LA HERENCIA TRILLONARIA DE LA FAMILIA ROSALIÓT

El patrimonio más grande del Mundo

La herencia trillonaria de la familia Rosalió t

El patrimonio más grande del Mundo

65 Trillones | 50 Mil Herederos | 200 Años | 2.5 Millones De Beneficiados

Dr. Ramón Murray, Ph.D., Th.D., Ed.D.

Edición literaria realizada por
Abner Murray M.D., Ph.D.

Editorial Ancla de Salvación Internacional

La herencia trillonaria de la familia Rosaliót
El patrimonio más grande del Mundo
65 Trillones | 50 Mil Herederos | 200 Años | 2.5 Millones De Beneficiados
por Dr. Ramón Murray, Ph.D., Th.D., Ed.D.

Edición literaria, corrección de estilo y lectura crítica: Abner Murray, M.D., Ph.D.
Diseño gráfico de portada: Licda. Jenny De León
Composición y diseño completo: Abner Murray
Maquetación y diseño interior: Abner Murray
Traducción al inglés: Licda. Jenny De León
Adaptación al formato digital: Abner Murray

Datos de catalogación en la Biblioteca del Congreso disponibles a solicitud.

Primera edición: Julio 2025
© 2025, Dr. Ramón Murray
© 2025, Editorial Ancla de Salvación Internacional
Miami, Florida, EE. UU.

Inpreso en EE. UU.

ISBN (Rústica, Edición en Español): [979-8-9996006-0-8]
ISBN (eBook, Edición en Español): [979-8-9996006-1-5]
ISBN (Tapa Dura, Edición en Español): [979-8-9996006-2-2]

Publicado por:
Editorial Ancla de Salvación Internacional
Para más información, contacto o pedidos:
www.ancladesalvacion.org | info@ancladesalvacion.org
(786) 399-8949

Dedicatoria

Dedico esta obra primero a Dios, que me dio la fuerza; a toda mi familia: mi esposa, la Dra. Altagracia Murray, y a mis hijos e hijas; y luego a todos los luchadores de la familia Rosaliót que lucharon junto a nosotros por esclarecer la realidad de esta herencia de 50 mil herederos, en manos de políticos corruptos y un abogado insensible que no mostró ninguna empatía con esta familia Rosaliót.

CON MUCHO DOLOR Y PESAR RECORDAMOS A TODOS NUESTROS MUERTOS QUE SE FUERON ESPERANDO EN PUERTO REAL; QUIEN NO LES CUMPLIÓ A LOS MUERTOS, TAMPOCO A LOS VIVOS.

Dr. Ramón Murray, Ph.D.

Índice

Parte II
La Promesa Encendida

Parte III
La Promesa Quebrada

Parte IV
Las Brasas del Juicio

Parte V
Cenizas del Linaje

Prefacio

Durante décadas, la historia de una familia dominicana fue silenciada por el polvo del oro y la sombra del poder. En un rincón llamado Cotuí, un linaje con el apellido Rosaliót vio desaparecer sus tierras, sus títulos y su derecho a la memoria.

Primero fue la dictadura. Luego, el continuismo. Años de expropiación disfrazada de legalidad. Tiempos en que los mapas cambiaban, pero los dueños verdaderos eran borrados con tinta burocrática.

Hoy, esas tierras —ricas en minerales, bañadas en sudor y sangre— son explotadas por una poderosa compañía extranjera. Pero sus verdaderos dueños nunca han recibido una onza de justicia.

La historia de la familia Rosaliót no es única. Es el eco de muchas otras en nuestra tierra: campesinos, obreros y herederos invisibles, despojados en nombre del progreso, silenciados en nombre del orden. Pero ninguna dictadura, banco ni contrato extranjero puede enterrar la verdad para siempre.

Yo estuve allí cuando comenzaron a despertar. Cuando las voces del olvido se convirtieron en gritos. Esta historia no me la contaron: la viví. Y por eso la escribo.

Esta no es solo una historia de herencia. Es una historia de despojo, de silencio forzado, y de esperanza que se niega a morir.

Las historias de la narración no están en orden cronológica y contienen ficción en muchas escenas, sin omitir la realidad de la historia. Los nombres han sido cambiados como prevención de litigios legales. Pero la herida es real.

Ahora los Rosaliót tienen una historia escrita. No se la escribió su abogado, que debió escribirla con letras de oro. Pero como dice la Escritura,

> *Pero al malo, al impío, Dios le quita las riquezas de sus manos y se las da al justo (Proverbios 13:22; Job 27:17-18).*

Dr. Ramón Murray, Ph.D.
Miami, Florida, EE. UU.
Julio de 2025

Parte I
El Legado Perdido

Antes del oro, hubo sangre. Antes del poder, hubo un nombre que se defendió como reino. Esta parte cuenta cómo nació la semilla de los Rosaliót y cómo su corona fue manchada por siglos de ambición.

I | Del Edicto y el Oro: El Origen Secreto de los Rosaliót

España 1492-1765: El Origen — Los Reyes Católicos — Cristóbal Colón — Decreto de la Alhambra — José Margarita del Rosaliót (padre) — José Margarita del Rosaliót, (hijo) y su viaje a América — Celedonio del Rosaliót Guzmán — Celedonio del Rosaliót, padre de Jacinto

1492, España. Ese es el año exacto del descubrimiento de América por Cristóbal Colón y un grupo de bandidos expresos y exiliados que lo enviaron a conquistar tierras para la colonia española, ya que carecían de especias y de muchas cosas que hacían falta en España. En ese año, Colón se lanzó al agua para descubrir un nuevo mundo que creía que era la India.

En ese mismo año, ocurrió otro hecho trascendental: la expulsión de los judíos. El Decreto de la Alhambra, emitido el 31 de marzo de 1492 por los Reyes Católicos, ordenó que todos los judíos sefardíes que vivían en los dominios españoles aceptaran el catolicismo obligatorio antes del 31 de julio, o de lo contrario, serían expulsados del territorio. Muchos aceptaron la conversión forzada, convirtiéndose en *conversos*, mientras otros huyeron hacia el norte de África, el Imperio Otomano, Portugal y otras partes de Europa.

Aquellos que se negaron a convertirse fueron perseguidos y, en muchos casos, condenados a la hoguera por su fe. Los que permanecieron y se adaptaron al catolicismo fueron absorbidos gradualmente por la sociedad española, y al cabo de generaciones, sus descendientes llegaron a considerarse españoles natos, católicos romanos y apostólicos.

Más de 300 años después, una de estas familias que se quedó en España y aceptó el catolicismo, aun siendo judíos sefardíes, prosperó en España. Más de 300 años después, esta familia había prosperado mucho y había alcanzado logros, convirtiéndose en una familia poderosa. Su patriarca era un hombre próspero en negocios y también con riquezas. Estamos hablando de José Margarita del Rosaliót (padre) nacido en España hacia 1700, en una época en la que la monarquía borbónica consolidaba el poder central tras la Guerra de Sucesión Española. Era a su vez un hombre de bien y había tenido varios hijos con Margarita del Rosaliót, pero hablaremos aquí solamente de los dos hijos mayores, el mayor fue José Margarita del Rosaliót (hijo)

Nacido en España en 1745, el segundo hijo fue Antonio del Rosaliót II, nacido en 1748, hijos que crecieron en la opulencia y en las riquezas del seno de esta familia. Sin embargo, el padre, aunque acaudalado, siempre había soñado con viajar a América, ya que América era el foco que todos los europeos miraban para conocer y ver la tierra de oportunidades que se había descubierto por Cristóbal Colón más de 300 años antes de la época de esta familia española descendiente de judíos sefardíes.

Entre sus dos hijos, sin embargo, había un pugilato por el control del poder; estamos hablando del primer hijo y el segundo hijo ya mencionado. Había una rivalidad entre ellos.

El primer hijo siempre pensó en el sueño de su padre de irse a América para ver la nueva tierra que hacía más de 300 años se había conquistado por España. Era el deseo de muchos acaudalados venir a América para conseguir oro, ya que el oro estaba en América virgen, y era la meta de todos los ricos hacerse aún más ricos.

Aprovechando todas esas coyunturas, este joven decidió cumplir el sueño de su padre. Se aprovechó de una desavenencia con su hermano; el mayor decidió que los dos debían separarse. Luego de la muerte de su padre, que ocurrió durante un atraco al salir de una reunión de negocios en el Banco Español SATAN DER, los vándalos le dieron diez tiros y se llevaron un maletín con una gran suma de dinero. Pero estos dos muchachos se separaron después de enterrar a su padre y guardar luto. El mayor, José, tomó bastantes bienes y a su mujer, Victoria Del Rosaliót Guzmán, y decidió partir a América con su esposa, que también era una joven aristócrata.

Los dos con menos de 22 años

Así es que, preparados y listos para irse a las Américas a buscar oro, decidieron pagar por uno de los barcos de aquella época, que no era tampoco un viaje seguro y duraba muchos días, pero era mucho más seguro que en las tres carabelas de Cristóbal Colón.

No se había avanzado tanto en la construcción de barcos, pero los barcos eran mucho más seguros y grandes que hace 300 años, cuando Colón viajó y descubrió por accidente América, ya que Colón cuando salió no sabía a dónde iba, y cuando llegó no sabía a dónde estaba.

En 1765, en febrero, José Margarita del Rosaliót (hijo) y su esposa Victoria salieron de España rumbo a las Américas, abordaron un barco que, para la época, parecía seguro para hacer la travesía a las nuevas tierras conquistadas por Colón más de 300 años antes. Zarparon rumbo a las Américas; no obstante, fue un viaje duro y difícil por meses, ya que, en el trayecto, al entrar en el Atlántico y salir del Mediterráneo, el barco atravesó una gran tormenta que parecía hundirlo. Solo se salvaron gracias a la gran capacidad del capitán, que había logrado evitar que el barco se estrellara en un arrecife.

Debido a esa primera tormenta, unos 3 días después, enfrentaron un intenso aguacero y vientos huracanados que prácticamente impedían al barco avanzar. Cuando todo parecía resuelto después de haber salido de esta segunda tormenta, se veía la calma.

Dos días después, fueron atacados por piratas del Caribe que se escondían en islas para hacer daño a los galeones españoles o barcos ingleses que se encontraban en la región, cerca de una isla que pertenece a Puerto Rico. Cerca del Canal de la Mona, fueron nuevamente atacados, y esta vez, como si la desgracia quisiera hundir el barco.

Finalmente, trataron de llegar al puerto de la capital dominicana, pero producto de un gran oleaje y una tempestad de aguaceros que habían estado azotando a la isla La Española, tuvieron que girar hacia el este y llegaron a una ensenada en lo que siglos más tarde sería conocido como San Pedro de Macorís. Ninguno de esos lugares, ni la capital ni San Pedro, tenía muelles, pero San Pedro de Macorís era el puerto más antiguo que existía en la República Dominicana. Aunque eso no se le podía llamar puerto, sino un lugar donde podían fondear los barcos, porque los puertos se construyeron más adelante.

El puerto de San Pedro de Macorís es el más antiguo del país. Fue construido hacia finales del siglo XIX. Este puerto fue utilizado para recibir la mayor parte de las operaciones del puerto de Santo Domingo, cuando este era incapaz de manejar la capacidad de los barcos en ese momento. El puerto recibió las operaciones vinculadas de Europa y los Estados Unidos.

Así, José Margarita del Rosalió̱t (hijo) y su esposa Victoria, jóvenes de menos de 25 años, llegaron y fondearon en San Pedro de Macorís un día de junio de 1765, cuatro meses después de zarpar de España. Al llegar al puerto, fueron recibidos por un contacto de José Margarita que había venido a América unos 3 años antes. Eran amigos de la infancia y se habían establecido en El Seíbo, una de las ciudades más antiguas de la República Dominicana, donde se asentó una gran colonia de españoles que habían venido a buscar tesoros y riquezas en la nueva tierra descubierta por Cristóbal Colón más de 300 años antes.

La Española y el Nacimiento de la República Dominicana (1765–1882)

El Seíbo es una de las ciudades más antiguas de la República Dominicana, fundada en 1502 por el conquistador español Juan de Esquivel. Sirvió como centro militar y administrativo para controlar a los taínos del este de la isla durante las primeras décadas del siglo XVI. Su nombre proviene, según la tradición oral, de un subcacique taíno llamado Seebo, quien estaba bajo la autoridad del cacique de Higüey, Cayacoha. Durante la época colonial, ya existía como división territorial, y fue reconocida como una de las provincias originales del país tras la independencia, mediante la ley de división territorial de 1845. El nombre de Santa Cruz de El Seíbo refleja la costumbre española de colocar cruces cristianas en los puntos cardinales como protección espiritual. Aún se conserva una de estas cruces, conocida como la Cruz de Asomante, en el sector oeste de la ciudad.

Una vez allí, José Margarita y su esposa Victoria Guzmán se convirtieron en una familia próspera. Como tenían el dinero que habían traído, se dedicaron a establecer negocios y a comprar tierras en El Seíbo, pronto alcanzando un estatus honorable en la provincia del Seíbo, en la República Dominicana. En 1767, José Margarita Rosaliót y Victoria de Guzmán Rosaliót tuvieron su primer hijo, de quien hablaremos en detalle más adelante.

Celedonio de Rosaliót Guzmán Senior, hijo de los anteriores, nació en El Seíbo en 1767 y fue el primer hijo de José Margarita Rosaliót Junior y Victoria de Guzmán. Hizo lo mismo que su padre, quien lamentablemente murió joven, entre los 48 y 55 años, en agosto de 1796. Ahora, Celedonio asumió la responsabilidad de su padre y expandió el imperio de la familia Rosaliót, adquiriendo numerosas propiedades en el este y en otras partes del país, como La Vega y Cotuí, así como diferentes propiedades en el Distrito Nacional, la capital dominicana, Santo Domingo.

Celedonio del Rosaliót Guzmán Junior se casó con Manuela del Rosaliót Rosa y tuvieron dos hijos: Celedonio de Rosaliót y Alaya Emilia del Rosaliót; esta última fue la madre de Francisco del Rosaliót Sánchez, quien más tarde se convertiría en uno de los líderes de la independencia dominicana y en el primer presidente provisional del país en su etapa fundacional. Celedonio Junior murió a una edad temprana, a los 40 años, a causa de una enfermedad contagiosa, el 30 de diciembre de 1805, en El Seíbo.

Celedonio del Rosaliót, nacido en El Seíbo en 1800, era hijo de los anteriores. Se casó con Felicita Concepción y Baltasara Rosaliót y fue el padre de Jacinto del Rosaliót Concepción, de quien hablaremos más adelante.

Celedonio continuó expandiendo los negocios familiares y fue el primero en enviar madera de caoba para vender en España desde San Pedro de Macorís. Estos barcos transportaban mercancías y viajeros a través de ese desembarcadero, así como a Santo Domingo y La Isabela, Puerto Plata. Muchas veces, los barcos eran atacados por piratas del Caribe. Durante los siglos XVII y XVIII, el Caribe era una región infestada de piratas, filibusteros y corsarios, muchos con patentes de corso emitidas por potencias rivales como Inglaterra, Francia y los Países Bajos. El Canal de la Mona, entre la Española y Puerto Rico, era una ruta estratégica pero peligrosa.

Los piratas del Caribe asaltaban numerosos barcos españoles e ingleses, escondiéndose en las islas que rodean el Caribe, lo que hacía casi imposible capturarlos. No solo robaban madera, sino también oro, joyas y, especialmente, la valiosa caoba, muy codiciada en el Viejo Mundo.

La primera mina de oro del Nuevo Mundo fue explotada en Pueblo Viejo, en Cotuí, por los españoles desde principios del siglo XVI, aunque fue abandonada durante siglos y resurgió intermitentemente. Celedonio, familiarizado con esta antigua tradición aurífera, aprovechó los rumores sobre nuevas vetas en la región y comenzó a explorar las tierras que la familia Rosaliót había adquirido.

Pronto descubrió vetas de oro en los ríos y comenzó a extraer el metal precioso de los cauces, arroyos y de ciertas corrientes de montaña. La fortuna de los Rosaliót continuó creciendo con Celedonio, quien también expandió sus dominios hacia otras regiones del país.

Tenía negocios familiares en Cotuí y había comprado tierras allí. Además, se extendió hacia la capital, como ya se mencionó, y contaba con un gran número de vasallos y hombres que trabajaban para él y para los Rosaliót, quienes ya se habían establecido en todo el territorio del Seíbo, Romana, Capital, Bonao, La Vega, Cotuí, Pueblo Viejo, y habían llegado incluso hasta Santiago y Baní.

Durante la segunda mitad del siglo XVIII, la colonia española vivía un período de declive económico frente al auge de la colonia francesa en Saint-Domingue (actual Haití). En 1795, como parte del Tratado de Basilea, España cedió la parte oriental de La Española a Francia, lo que provocó tensiones, migraciones y una redefinición del poder local. Las familias con recursos, como los Rosaliót, tuvieron que adaptarse constantemente ante los cambios políticos y económicos que transformaban el paisaje de la isla.

Esto llevó a que los empresarios que vivían en las Américas y enviaban oro y madera en los barcos que ofrecían ese servicio exigieran seguros para entregar solo a familiares en Europa, y el negocio crecía; por tanto, los piratas del Caribe tenían el comando en los mares. Pero por ese mismo año, ya en tiempo de Celedonio, comenzó una nueva era de ataques con los compradores y vendedores de madera, y también de ganado, como los bucaneros que se lanzaban a buscar ganado, y los filibusteros que buscaban madera, y eso trajo muchos conflictos, otras veces entre los mismos descendientes de los Rosaliót, entre primos y hermanos, los cuales no fueron pocos los conflictos por la lucha de poder, igual que el padre de todos ellos en España, y los dos primeros hijos, el cual uno se quedó allá y el otro murió en el Seíbo, República Dominicana.

Cubrir sus mercancías en caso de que los bucaneros, filibusteros o piratas del Caribe saquearan los barcos. Como en cualquier negocio, había que buscar maneras de protegerlo. Para mitigar las pérdidas ante ataques piratas, comerciantes coloniales comenzaron a establecer acuerdos rudimentarios de seguros. Aunque la práctica formal surgió en Europa con Lloyd's de Londres, en América se usaban redes familiares, juramentos notariales o pactos privados para garantizar la entrega de mercancías desde La Española hasta Europa. Así nació, de manera informal, una forma primitiva de asegurar bienes comerciales.

Celedonio educó a su hijo con una mentalidad diferente a la de otros Rosalió t, que adiestraban a sus hijos para manejar los negocios familiares. Pero Celedonio fue más allá, junto con la madre de Jacinto del Rosalió t, ya que desde temprana edad se notaba la habilidad de Jacinto para hacer negocios. Tenía una mente muy abierta y era muy ambicioso, especialmente en lo que concernía al oro, la madera y las tierras. Le gustaba mucho la ganadería y superó a su propio padre, Celedonio, con la ambición de convertirse en un verdadero patriarca poderoso dentro de la familia Rosalió t.

Jacinto creció desarrollando negocios más sofisticados que los demás, porque su padre lo llevaba a reuniones de negocios y a los barcos donde se enviaban mercancías a España, así como oro que se guardaba en el banco SATAN DER. Jacinto desarrolló habilidades con la espada y las armas de juego, además de prepararse para entrenar como soldado y guerrero; le gustaba mucho usar el sable y la espada, y era amante de las armas de la época, que los dominicanos llamaban cachafú.

Celedonio del Rosalió t eligió dos mujeres para sí, una llamada Felicita y otra llamada Baltasara, a quienes amaba. Lamentablemente, ambas murieron antes que Celedonio del Rosalió t; una en un viaje a La Vega y la otra en Cotuí, ya que Celedonio viajaba a esos lugares para reforzar los negocios, pues se había descubierto oro en varias de las propiedades que había adquirido, tanto en La Vega como en un lugar llamado Pueblo Viejo. En una de esas propiedades había una mina de oro, pero no pudo avanzar mucho en el proceso de extracción. Sin embargo, fue el primero en enviar madera y oro que consiguió en los terrenos que ocupaban. A pesar de todo, su hijo Jacinto, de quien hablaremos más adelante, había trabajado junto a su padre y conocía todos los mecanismos de esas tierras.

Así es como Celedonio del Rosalióт murió en Cotuí, y fue llevado por su hijo Jacinto a ser enterrado en El Seíbo. Aunque no se conoce el lugar exacto de su sepultura, se ha podido averiguar que Jacinto lo llevó de Cotuí, desde los terrenos donde estaba la mina de Pueblo Viejo, hasta El Seíbo, donde recibió sepultura. No estamos seguros de cuántos años vivió Celedonio, pero se estima que vivió más que todos los anteriores, con su muerte cifrada entre 1878 y 1882, a los 78 o 82 años.

II | El Imperio y el Exterminio: De Jacinto a Trujillo

La Española RD 1883-1946: Jacinto del Rosaliót y su descendencia — Francisco del Rosaliót Sánchez — Pedro Santana — Ulises Heureaux (Lilís) — Francisco Henríquez y Carvajal — Horacio Vásquez — Rafael Leónidas Trujillo Molina — Acuerdos con Franco — El Corte — Andrés Antonio del Rosaliót

Jacinto del Rosaliót Concepción, hijo de los anteriores, nació en El Seíbo en 1825, hijo de Celedonio del Rosaliót y Felicita Concepción Rosaliót. Marido de Rita Diaz Joran del Rosaliót y Petronila Antonia Hernández Rosaliót. Padre de Víctor del Rosaliót Díaz; Antonio del Rosaliót Díaz; José Altagracia del Rosaliót Díaz; Eduviges del Rosaliót; Juana Rosaliót Hernández y dos hijos más que no mencionaré aquí.

Jacinto del Rosaliót fue el más ilustre de todos los Rosaliót que descendían de judíos sefardíes y, en la República Dominicana, realmente extendió el imperio hacia las provincias de Monseñor Noel y Sánchez Ramírez, imperio que se radicó exactamente en la provincia de Sánchez Ramírez, La Vega y

Monseñor Noel, llevando su cuartel general desde El Seíbo, donde había nacido, hacia la provincia de Sánchez Ramírez.

Fue Jacinto quien descubrió que en ese terreno había mucho oro, aunque nunca supo que poseía una mina tan grande. Comenzó a cavar con instrumentos rudimentarios, y lo que extraía de los arroyos lo enviaba a España, depositándolo en el banco SATAN DER. Tanto la madera como el oro eran enviados a España, ya que en la República Dominicana no había bancos en ese momento (el Banco Central de la República Dominicana fue creado por Trujillo en 1947).

Jacinto tuvo muchos hijos e hijas; fue el más prolífico de todos ellos y es considerado el patriarca de los Rosaliót. Se extendió a muchos territorios, también a la capital, donde encontró numerosos y grandes terrenos, como la parte donde está el Palacio Nacional, la Universidad Autónoma de Santo Domingo, el Teatro Nacional y la Galería de Arte Moderno; todo eso perteneció a Jacinto del Rosaliót.

Aunque el estado lo niega, a pesar de los tiempos, tanto los que se quedaron en España como los que vinieron a América y se quedaron en la nueva tierra conquistada, todos llevaron sus riquezas al banco de España.

Luego, SATAN DER, durante casi 150 años, esas riquezas produjeron enormes beneficios, especialmente las depositadas que nunca perdieron valor, sino que aumentaron continuamente, convirtiendo a Jacinto en el hombre más rico de toda la isla, y sus descendientes se volvieron acaudalados. Con ello, Jacinto ayudó a financiar la gesta del prócer Francisco del Rosaliót Sánchez, quien lideró el acto de independencia y fue figura clave de la Junta Central Gubernativa. La madre de Sánchez era tía de Jacinto: Olaya Emilia del Rosaliót, hermana del padre de Jacinto, quien se estableció en la ciudad de Santo Domingo de

Guzmán, lo que se conoce como la capital dominicana, pero de eso hablaremos más tarde.

Jacinto, aunque había nacido en El Seíbo, había expandido su imperio por Sánchez Ramírez, gracias a una relación cercana con esos territorios, la mayoría adquiridos por su padre anteriormente. Ahora él era el líder absoluto del clan de la familia Rosaliót en América. Se encariñó mucho con su primo Francisco de Rosaliót Sánchez, quien nació en 1817 y era ocho años mayor que él. Llevaban una relación afable y él se involucró en la lucha de Francisco de Rosaliót Sánchez que liberó a la República Dominicana del yugo haitiano. En ese tiempo, toda la isla estaba bajo control haitiano desde 1822, tras la unificación impuesta por Jean-Pierre Boyer. Este periodo trajo reformas abolicionistas, nuevos impuestos y tensiones culturales, especialmente con las élites criollas conservadoras, muchas de las cuales —como los Rosaliót— vieron sus privilegios y estructuras de poder amenazados. No fue hasta 1844, tras la independencia liderada por figuras como Sánchez, que se restableció la división: Haití en el oeste y la República Dominicana en el este.

En esta lucha, Jacinto no solo se involucró con dinero; también fue miembro de su clan y tomó las armas junto con Francisco de Rosaliót Sánchez. En 1838, un grupo de jóvenes patriotas liderados por Juan Pablo Duarte, incluyendo a Juan Alejandro Acosta y Juan Isidro Pérez, fundó la sociedad secreta La Trinitaria, concebida para organizar la resistencia intelectual y militar contra el dominio haitiano. Jacinto del Rosaliót financió parte de esta hermandad, que más adelante conduciría a la proclamación de independencia en 1844. Para entonces, Duarte había sido deportado, y Francisco del Rosaliót Sánchez asumió el liderazgo del movimiento.

Francisco del Rosaliót Sánchez, líder independentista y figura central de la Junta Central Gubernativa de la República

Dominicana, era hijo de Olaya Emilia del Rosalió —hermana del padre de Jacinto— lo que reforzaba aún más los lazos familiares entre ambos, pues Jacinto y Francisco no solo compartían ideales patrióticos, sino también sangre: eran primos directos. Francisco era acaudalado, parte del clan de la familia Rosalió, pero nunca tan rico como su primo Jacinto del Rosalió. Jacinto del Rosalió, junto con Francisco del Rosalió Sánchez, fue líder del movimiento armado que logró la independencia de la República Dominicana en 1844. Rosalió Sánchez es considerado, junto a Juan Pablo Duarte Díez y Ramón Matías Mella Castillo, uno de los Padres de la Patria de la República Dominicana.

Tras el exilio de Duarte, Sánchez asumió el liderazgo del movimiento independentista, manteniendo correspondencia con él a través de sus familiares. Jacinto y Francisco cubrieron los gastos de Duarte en el exilio. Bajo la dirección de Francisco, los dominicanos proclamaron la independencia el 27 de febrero de 1844, separándose de Haití. Fueron batallas difíciles, pero en 1844, bajo el liderazgo de Francisco de Rosalió Sánchez y apoyado por Jacinto del Rosalió, los Rosalió fueron parte fundamental de la independencia de la República Dominicana, encabezados por el que más dinero aportó a la causa del país, Jacinto del Rosalió.

Aunque Francisco del Rosalió Sánchez dirigió la proclamación de independencia en ausencia de Duarte, no asumió la presidencia interina del país. Ese rol recayó inicialmente en Tomás Bobadilla, un abogado conservador, quien fue designado como presidente de la Junta Central Gubernativa tras el 27 de febrero de 1844. Sin embargo, las ideas de Francisco —que defendía un Estado plenamente soberano y republicano— encontraron una fuerte oposición dentro del nuevo gobierno, especialmente del sector conservador liderado por el general Pedro Santana.

Pocos meses después, Santana derrocó a Bobadilla de la Junta Central y se proclamó primer presidente de la República Dominicana, concentrando el poder en sus manos. Aunque había apoyado la independencia al inicio, pronto mostró su preferencia por un modelo autoritario y tutelado. Años más tarde, en 1861, sería él quien promovería la polémica anexión de la República Dominicana a España, justificándola como un acto de protección frente a Haití y la inestabilidad interna, lo que provocó profundas divisiones políticas y patrióticas. Fiel defensor de la soberanía nacional, Rosaliót Sánchez enfrentó repetidos episodios de persecución política, incluyendo encarcelamientos, confiscaciones de bienes y exilios en varias islas del Caribe. En 1861, sus temores se materializaron cuando Pedro Santana concretó la anexión de la República Dominicana a la Corona Española bajo el argumento de protegerla de Haití y de las potencias europeas. Ante este acto que consideró una traición a la patria, Sánchez regresó al país desde el exilio para organizar una insurrección armada. Fue capturado por fuerzas leales a Santana y ejecutado el 4 de julio de 1861 en San Juan de la Maguana, dos años antes del estallido de la Guerra de la Restauración (1863–1865), a la cual no sobrevivió, aunque su sacrificio inspiró profundamente a los restauradores. Antes de morir, exclamó:

—Yo soy la bandera dominicana, entré por Haití porque no podía entrar de otra manera.

Su muerte provocó indignación nacional y avivó el fervor patriótico que daría lugar, en 1863, al inicio de la Guerra de la Restauración. Encabezada por líderes como Gregorio Luperón, Benito Monción y Gaspar Polanco, con el apoyo del campesinado del Cibao, que rechazaba el dominio español, culminando con la recuperación de la independencia en 1865. Así, fue la familia de Jacinto la que patrocinó todas las guerras de la independencia (1844-1856) y restauración (1863-1865). Jacinto tuvo una vida tan larga como el número de hijos e hijas que tuvo.

Los enemigos de Francisco del Rosalıót Sánchez eran, por extensión, enemigos de Jacinto. Y no faltaban motivos: un sector del poder conservador lo detestaba, no solo por su cercanía al prócer caído, sino por la amenaza que representaba su inmenso poder económico y su influencia sobre vastas regiones del país. Pedro Santana, movido por la envidia y el miedo, decidió actuar. Lo acusó de traición y orquestó una emboscada en La Vega con la intención de eliminarlo de una vez por todas.

Pero el destino —o quizás la lealtad de un pueblo que lo veneraba— se interpuso. Un niño que recogía leña en las afueras del camino vio a los hombres armados esconderse entre los matorrales. Sin pensarlo, corrió a avisar a los hombres de Jacinto, quienes actuaron con rapidez. La emboscada terminó al revés: siete de los atacantes cayeron muertos y dos fueron capturados. Bajo tortura, confesaron todo. Revelaron que el plan venía directamente de Pedro Santana. Jacinto, con el rostro endurecido por el luto y la ira, ordenó su fusilamiento en la plaza de Cotuí, como homenaje a su primo asesinado.

La muerte de Francisco, a los 44 años, lo marcó profundamente. No era solo la pérdida de un primo, era la caída de un ideal compartido, la muerte de la esperanza de una patria verdaderamente libre. Jacinto sabía que no estaba a salvo. Santana no descansaría mientras él viviera. Pero también sabía que enfrentarse a él no sería fácil: Jacinto era dueño de más que tierras y oro. Tenía hombres, tenía lealtades, tenía un pueblo entero que lo protegía.

Y entonces juró venganza.

En 1864, casi tres años después del fusilamiento de Francisco, Pedro Santana viajaba por un camino rural cerca de San Cristóbal, escoltado por una pequeña comitiva. No esperaba peligro. Ya no era presidente y se creía fuera del alcance de sus enemigos. Pero al anochecer, cuando los árboles proyectaban sombras largas sobre el sendero, un grupo de hombres armados emergió del monte. Eran los leales de Jacinto. El ataque fue rápido, certero, brutal. Le golpearon la garganta con la culata de un fusil y lo dejaron allí, desangrándose entre las piedras y el polvo, creyéndolo muerto.

Sobrevivió, pero apenas.

Fue encontrado horas más tarde, apenas consciente, con la voz rota, la garganta inflamada, incapaz de tragar. Nunca volvió a hablar con claridad. Nunca volvió a comer sin dolor. Lo que siguió fue una lenta decadencia: su cuerpo se fue apagando, consumido por la fiebre, la desnutrición y una extraña afonía que lo acompañó hasta el final. Algunos dijeron que era cáncer. Otros —los que conocían la verdad— hablaban en voz baja de la emboscada y de la promesa que Jacinto había cumplido. Murió en junio de 1864, aislado, consumido por la enfermedad, incapaz de hablar con claridad. Para Jacinto, no fue necesario disparar un último tiro. El tiempo, la herida y la historia hicieron lo suyo.

Guerras, Caudillismo y el Fin de una Época (1865–1925)

Con la muerte de Pedro Santana y el cierre sangriento de la era restauradora, la República Dominicana entró en una nueva etapa: una época marcada por caudillos, conspiraciones, represión política e inestabilidad fiscal. De ese torbellino emergió una figura que dominaría la vida nacional durante más de una década: Ulises Heureaux, conocido como Lilís, nacido en Puerto Plata en 1845.

Lilís asumió la presidencia por primera vez en 1882, impulsado por su reputación como militar astuto y hábil orador. Pero el poder no sació su ambición. Cuando intentó presionar a Jacinto del Rosalió para obtener financiamiento para su gobierno —apelando a la excusa de enviar a su hijo a estudiar a Francia— se encontró con una negativa tajante. Jacinto, firme defensor de su independencia económica, rechazó cualquier forma de subordinación.

Herido en su orgullo, Lilís cruzó las líneas de la legalidad y la ética: mandó a imprimir billetes sin respaldo, desató una inflación galopante y recurrió a tácticas de extorsión, incluyendo el intento de secuestrar a una de las hijas de Jacinto del Rosalió. Pero el plan fue frustrado por un teniente llamado Carera, quien alertó a los hombres de Jacinto y pidió una recompensa, la cual le fue otorgada sin que Lilís lo supiera. Aquel intento fallido no sería olvidado.

Aunque oficialmente cedió la presidencia en 1884, Lilís jamás soltó las riendas del poder. Gobernó desde las sombras mediante presidentes títeres como Francisco Gregorio Billini y Alejandro Woss y Gil, aferrándose al cargo de ministro de Guerra y Marina. Desde ahí, construyó una red de espionaje, silenció a sus adversarios y transformó la república en una dictadura personalista, corrupta y brutal.

El país se sumió en una espiral de represión y miseria. La censura, la vigilancia y el miedo se volvieron cotidianos. La economía colapsaba bajo la presión del papel moneda sin valor. Nadie estaba a salvo: ni comerciantes, ni campesinos, ni políticos. Para 1899, el descontento hervía bajo la superficie como un volcán a punto de estallar.

Ese mismo año, Lilís viajó a Moca, confiado en su aparente invulnerabilidad. Lo esperaba la historia. En una calle polvorienta, tres hombres lo interceptaron: Ramón Cáceres,

Jacobito de Lara y Horacio Vásquez —miembros de una conspiración largamente gestada. Cáceres, hijo de un opositor asesinado por Lilís años atrás, descargó su revólver con precisión quirúrgica. El dictador cayó, herido de muerte.

Pero no murió en el acto.

Gravemente herido, fue trasladado a su residencia. Apenas podía hablar. La sangre lo abandonaba lentamente mientras los médicos debatían su destino.

Y entonces, la segunda parte del plan entró en marcha.

Jacinto del Rosaliót, maestro de la paciencia y las estrategias a largo plazo, había sembrado su venganza años antes. Uno de sus hombres más leales había sido infiltrado en el entorno del dictador, haciéndose pasar por un sirviente insignificante. Había servido en silencio, esperando este momento.

Esa noche, mientras la casa de Lilís olía a alcohol, pólvora y desesperación, el agente de Jacinto se acercó con una infusión *medicinal*. En el líquido, un veneno lento, indetectable, pero infalible. Lilís bebió sin sospechar. La muerte ya se deslizaba por sus entrañas.

Oficialmente, falleció a causa de las heridas de bala. Pero en los círculos de poder, los verdaderos herederos de la nación sabían la verdad: la justicia de Jacinto del Rosaliót había llegado.

Tras la ejecución de Lilís en 1899, la nación no encontró estabilidad. Lejos de inaugurar una nueva era de paz, su muerte abrió un ciclo de gobiernos breves, golpes de Estado y pactos frágiles entre caudillos. La presidencia se disputaba entre figuras como Juan Isidro Jimenes, Horacio Vásquez y Alejandro Woss y Gil, ninguno de los cuales logró consolidar un poder duradero. Las arcas del Estado, saqueadas por años de corrupción y billetes sin respaldo, apenas podían sostener la administración pública. Los ingresos por aduanas se volvieron insuficientes, y la corrupción debilitó los cimientos institucionales de la joven república.

Fue en ese contexto de caos económico, desconfianza política y creciente influencia extranjera que los Estados Unidos comenzaron a intervenir con mayor fuerza, alegando la necesidad de estabilizar la región y asegurar el pago de deudas. Para muchos dominicanos, especialmente los más nacionalistas, lo que venía no era ayuda, sino una nueva forma de dominación.

Durante esos años convulsos, Jacinto del Rosaliót —ya anciano, pero aún vigilante— observaba desde sus propiedades en La Vega y Cotuí el deterioro del país que él y su primo Francisco del Rosaliót Sánchez habían ayudado a fundar. Se mantenía al margen de las disputas políticas, pero no pasaba desapercibido: ministros, militares y hasta presidentes lo visitaban en busca de su apoyo económico o su consejo estratégico. Algunos recibieron su respaldo; otros fueron rechazados con la misma cortesía con la que se cierran las puertas de una fortaleza inexpugnable.

A pesar del caos nacional, el imperio Rosaliót siguió creciendo: tierras fértiles, rutas comerciales, ganado, oro… Jacinto sabía que, en tiempos de incertidumbre, el poder no siempre estaba en la presidencia, sino en quien podía sobrevivir a todos los presidentes. Así, mientras el país se desmoronaba entre luchas internas, Jacinto se convirtió en una figura silenciosa pero imprescindible: el anciano del que dependían muchos, pero que obedecía a pocos.

A raíz de la invasión de 1916 de los estadounidenses a la República Dominicana, el presidente Francisco Henríquez y Carvajal (1859-1935) buscó apoyo financiero de Jacinto del Rosaliót, pero este se negó, alegando que era una persona neutral en este caso. La ocupación trajo consigo no solo la imposición de un nuevo ejército, sino también una intervención profunda en las aduanas, la infraestructura y la política monetaria del país. Para muchos dominicanos, fue otra forma de colonización disfrazada de orden institucional. Jacinto, ya anciano, observaba con recelo esta nueva intromisión extranjera y se mantuvo al margen, aunque muchos acudieron a él en busca de respaldo económico y político; algunos lo obtuvieron y otros no.

En 1923, Horacio Vázquez —viejo conocido de las guerras restauradoras— buscó el respaldo de Jacinto del Rosaliót, apelando a su influencia casi mítica, que aún abarcaba desde el norte hasta el sur, del este al oeste del país. El anciano, de más de 97 años, pero con una mente lúcida, aceptó apoyar su candidatura. Gracias a esa red de apoyo, Vázquez fue elegido presidente en 1924, con la promesa de restaurar la soberanía nacional. En los últimos años de su vida, Jacinto escuchaba rumores de un muchacho que subía como la espuma dentro de ese nuevo ejército creado por los invasores. Decían que hablaba poco, pero miraba mucho. Que tenía amigos en Washington. Jacinto, con su intuición intacta, supo que vendrían tiempos aún más oscuros. Sin embargo, el anciano Jacinto del Rosaliót falleció en 1925, en la ciudad de La Vega, después de haber superado los cien años. Fue el patriarca más longevo y acaudalado de toda la dinastía Rosaliót: dueño de tierras fértiles, ganado, minas de oro y riquezas incontables. Su vida se extendió por más de un siglo de poder discreto, influencia silenciosa y dominio territorial que abarcaba casi toda la isla.

Tras su muerte, el peso del legado familiar recayó sobre sus hijos. El primogénito, Víctor del Rosaliót Díaz, había muerto joven, en 1889, a los 44 años, sin dejar descendencia. Víctor vivió siempre bajo la sombra de su padre y no llegó a heredar ni ejercer el liderazgo que muchos consideraban suyo por derecho.

Con su partida, fue Antonio del Rosaliót Guzmán quien asumió las riendas de la familia. Heredó no solo el nombre y las propiedades, sino también la responsabilidad de preservar el imperio construido por Jacinto. Lo que Antonio no sabía era que se acercaban tiempos difíciles —cambios políticos, traiciones internas y nuevas amenazas— que pondrían a prueba el linaje y el legado de los Rosaliót, dueños de terrenos y haciendas dispersas por prácticamente todo el país. Pero de Antonio y lo que enfrentó, hablaremos más adelante.

Jacinto del Rosaliót (1825-1925) y Rita Díaz Joran Rosaliót (1822-1897) se casaron el 30 de septiembre de 1845 en Cotuí, Sánchez Ramírez, RD, y tuvieron muchos hijos e hijas:

- Víctor del Rosaliót Díaz (1849-1889)
- Juan del Rosaliót Díaz (1849-1911)
- Andrés Antonio Rosaliót Díaz (1855-1946)
- Eduviges del Rosaliót Díaz (1855-)
- José Gabriel Rosaliót (1860-1950)

Trujillo: Ascenso del Dictador y Ruptura con los Rosaliót (1925–1936)

Con la muerte de Jacinto del Rosaliót en 1925, se cerró un siglo de influencia silenciosa y dominio patriarcal. El imperio familiar, construido con visión y paciencia, quedó en manos de su hijo mayor sobreviviente, Andrés Antonio del Rosaliót. A diferencia de su padre, Andrés era un hombre más pragmático que estratégico; conocía los negocios, pero no los laberintos del poder. Lo asistía su hermano menor, José Gabriel Rosaliót, joven, idealista, y aún sin la madurez política que había caracterizado a su padre.

Sin embargo, lo que ninguno de ellos anticipó fue que el país que heredaban —aunque libre de la ocupación norteamericana desde 1924— ya había sido reconfigurado desde sus cimientos. La Guardia Nacional Dominicana, creada por los marines y aún bajo su sombra, se había transformado en el nuevo eje del poder.

Desde ahí, surgía la figura de un oficial que hasta entonces había sido apenas un rumor: disciplinado, silencioso, ambicioso. Un hombre que hablaba poco, pero miraba mucho. Un hombre que, sin que lo supieran, traería la tormenta.

Fue en ese contexto que emergió Rafael Leónidas Trujillo Molina, un joven mulato nacido en San Cristóbal en 1891, hijo de un telegrafista estricto y una madre piadosa. Su infancia transcurrió entre la pobreza, la disciplina del hogar y la marginación de una sociedad que lo veía con desprecio por su clase y color de piel. Pero Trujillo no era un niño común. Desde temprano, aprendió a moverse entre la necesidad y la oportunidad. Astuto, ambicioso y frío, se ganó una reputación peligrosa. Algunos lo recuerdan liderando, hacia 1916, una pandilla de ladronzuelos en la capital —una banda pequeña, pero despiadada.

Todo cambió con la ocupación estadounidense. En 1919, Trujillo se alistó en la recién creada Guardia Nacional Dominicana, el brazo armado de los marines, entrenado y supervisado directamente por oficiales norteamericanos. Por primera vez en su vida, encontró jerarquía, estructura... y una vía directa al poder. Lo favorecieron por su sumisión, su disciplina extrema y su capacidad para ejercer violencia sin cuestionamientos. Aprendió rápido. Subió aún más rápido. Fue enviado como cadete a la academia militar, y al regresar, ya tenía rango y autoridad. Para 1924, era una figura temida dentro del aparato militar.

El 6 de diciembre de 1924, el presidente Horacio Vásquez, confiado y políticamente vulnerable, lo ascendió a teniente coronel y jefe del Estado Mayor del Ejército Nacional. Fue una firma que, sin saberlo, selló su propio destino.

Trujillo no desperdició el gesto. Desde esa posición, consolidó su influencia como el verdadero poder tras las armas. En apenas cinco años, ascendió a coronel y tejió una red de aliados: militares de carrera, empresarios oportunistas y norteamericanos que veían en él una garantía de orden. Su reputación crecía, pero su ambición crecía aún más.

Fue entonces cuando ejecutó su jugada maestra. En 1929, cruzó en secreto la frontera hacia Haití. A primera vista, parecía un viaje sin importancia. Pero Haití aún estaba bajo ocupación estadounidense (1915–1934), y Trujillo sabía lo que hacía. En Puerto Príncipe, se reunió con un coronel de la Armada de los Estados Unidos, un enlace clave del poder regional. No pidió permiso. Ofreció algo más valioso: estabilidad, control militar, protección a las inversiones estadounidenses y el pago ordenado de la deuda externa. No hubo una bendición oficial, pero el mensaje fue claro: no habría interferencia.

Meses después, una insurrección estalló en Santiago, encabezada por Rafael Estrella Ureña, un político ambicioso que había chocado con Vásquez por reformas pendientes. Vásquez, ya debilitado tras años en el poder y por haber extendido su mandato de forma controversial, subestimó la amenaza. Ordenó al jefe del ejército —el propio Trujillo— sofocar la rebelión.

Pero Trujillo ya había elegido su bando.

Desde su despacho, dejó correr los días. No movilizó tropas. No dio órdenes. No mostró alarma. Y cuando los rebeldes marcharon hacia la capital, el 26 de febrero de 1930, no encontraron ni una sola barricada. El ejército se mantuvo inmóvil. Los cuarteles cerraron sus puertas. El presidente estaba solo.

Al comprender la traición, Vásquez prefirió dimitir antes que enfrentar un derramamiento de sangre. Abandonó el poder y fue escoltado al exilio. Mientras abordaba el barco rumbo al destierro, no maldijo a Trujillo. Solo bajó la cabeza y murmuró:

—Elegí al verdugo con mis propias manos.

En la plaza pública, Estrella Ureña fue proclamado presidente provisional, pero nadie se engañaba. El verdadero arquitecto del golpe aún no había pronunciado palabra. Desde las sombras, Trujillo acababa de tomar el país sin disparar un solo tiro.

Trujillo se convirtió en el candidato en las elecciones presidenciales de 1930, llevando a Rafael Estrella Ureña como vicepresidente.

La oposición, encabezada por Federico Velásquez Hernández y Ángel Morales, fue sistemáticamente intimidada por los cuerpos de seguridad y la banda paramilitar La 42, dirigida por el mayor del ejército Miguel Ángel Paulin. La represión fue tal que ambos candidatos renunciaron antes de las votaciones, dejando la boleta Trujillo-Ureña como la única opción posible.

Incluso los miembros de la Junta Central Electoral se vieron obligados a dimitir el 7 de mayo, reemplazados por figuras afines al régimen. El proceso electoral fue una farsa cuidadosamente orquestada: el binomio Trujillo-Ureña fue declarado ganador con un 45% del supuesto voto popular, aunque luego se reveló que apenas el 25% del electorado acudió a las urnas. Aun así, el 24 de mayo de 1930, ambos fueron proclamados oficialmente como presidente y vicepresidente. El 16 de agosto, a los 38 años, Trujillo asumió el poder.

El país no tuvo tiempo de digerir el cambio. Solo tres semanas después, el 3 de septiembre de 1930, el huracán San Zenón azotó Santo Domingo con furia bíblica. Los vientos, de más de 250 kilómetros por hora, arrancaron tejados, derrumbaron paredes y transformaron avenidas enteras en campos de escombros. Más de 3,000 personas murieron, y algunos dicen que los muertos reales fueron el doble. La ciudad quedó hecha trizas. Cuerpos sin nombre yacían entre el lodo. El aire olía a muerte y a humedad estancada. Trujillo, recién investido, supo ver oportunidad en el caos. Tomó control de la ayuda internacional —incluyendo fondos de la Cruz Roja Americana— y la usó como palanca política. Se presentaba como el único capaz de reconstruir el país. Se levantaron avenidas con su nombre. Edificios que glorificaban su imagen. Nacía no solo una nueva ciudad, sino un nuevo culto. A partir de los escombros, Trujillo edificó su leyenda.

La reconstrucción fue rápida, pero no inocente. Se levantaron amplias avenidas, edificios públicos y monumentos con su nombre. La nueva ciudad era un reflejo de su ambición: orden, poder y omnipresencia. Nacía no solo un nuevo Santo Domingo, sino también el culto a la figura del *Benefactor de la Patria*.

En junio, los remanentes de la oposición intentaron organizar un contragolpe, pero fue en vano. La persecución fue inmediata y feroz: Martín de Moya, Horacio Vásquez, Ángel Morales, Federico Velásquez, Alfredo Ricart, Cucho Álvarez Pina, Ángel María Soler, José Dolores Alfonseca, Luis F. Mejía, Leovigildo Cuello y Ramón de Lara se vieron obligados a exiliarse.

En marzo de 1931, el general Desiderio Arias, uno de los últimos hombres con influencia propia dentro del gobierno, renunció al gabinete. Trujillo quedó sin contrapesos.

En octubre de 1931, Trujillo promulgó una serie de decretos de emergencia que marcaron un antes y un después. Bajo esas nuevas disposiciones, el gobierno suspendió el pago de la deuda externa, especialmente con los Estados Unidos, alegando la necesidad de reconstrucción tras el desastre natural.

Al mismo tiempo, redujo drásticamente el gasto público: miles de empleados fueron despedidos, se recortaron salarios y se suprimieron servicios considerados no esenciales. Todo con una retórica de austeridad… y un objetivo de control.

Trujillo también limitó las importaciones, estimuló la producción nacional, centralizó la distribución de recursos y usó el Estado como arma de poder político. Los contratos, subsidios y permisos comerciales se entregaban solo a quienes mostraban lealtad al régimen.

A ojos del pueblo, era una mezcla de orden, disciplina y hambre. Para los poderosos, una advertencia: el Estado ya no era una institución… era un solo hombre.

Tras consolidarse en el poder, Rafael Leónidas Trujillo no solo dominó con mano férrea la política dominicana, sino que también buscó legitimarse ante el mundo. Uno de sus mayores gestos propagandísticos llegó en 1954, cuando anunció el pago total de la deuda externa de la República Dominicana: 9,271,855 dólares estadounidenses. Años después, esa cifra sería repetida por su aparato oficialista como símbolo de soberanía, austeridad y liberación nacional. Pero, como en todo lo trujillista, detrás del anuncio se escondía una verdad más compleja.

El pago fue posible gracias a años de centralización económica, represión y apropiación de recursos nacionales. Trujillo se presentó como el salvador de la patria, el único capaz de poner en orden las cuentas del país —y, por supuesto, exigir obediencia total a cambio. No era solo una transacción financiera. Era un acto político, casi religioso: el caudillo limpiando las culpas de la nación.

Pero sus orígenes como *reconstructor* se remontan al inicio mismo de su mandato. Apenas semanas después de asumir la presidencia en agosto de 1930, el huracán San Zenón arrasó Santo Domingo. Aunque las cifras oficiales hablaban de 3,000 muertos, otras fuentes calculaban más de 8,000. Las pérdidas materiales ascendieron a más de 50 millones de dólares —el equivalente a casi 1,000 millones hoy—. Trujillo aprovechó la tragedia. Se apropió de la ayuda internacional, especialmente de la Cruz Roja Americana, y la distribuyó como favores personales. Inició ambiciosos proyectos de reconstrucción urbana, colocando su nombre en calles, edificios y plazas. Nacía el culto al Benefactor.

Fue durante esta etapa que Trujillo volvió a acercarse a los Rosalió t. Recordaba bien que la familia, bajo el mando de Jacinto, había ayudado a Horacio Vásquez a llegar al poder años atrás. Andrés Antonio del Rosalió t —hijo de Jacinto, aunque no el primogénito— lo recibió en su casa, en la provincia Sánchez Ramírez, durante una visita oficial tras el paso del huracán. Trujillo le solicitó apoyo financiero para enfrentar la catástrofe. No se sabe con exactitud cuánto dinero recibió, pero fue lo suficiente como para que el dictador regresara tiempo después, esta vez con una carta formal y una delegación oficial, solicitando un préstamo aún mayor.

Andrés reunió a sus hermanos. Discutieron. Recordaron viejas alianzas. Y al final, se negaron. Trujillo, acostumbrado a la obediencia sin condiciones, no lo tomó con calma. En silencio, comenzó a planear su revancha.

En Europa, el 1 de octubre de 1936, otro general —Francisco Franco— derrocó al gobierno republicano de Manuel Azaña tras una cruenta guerra civil. Franco, que había iniciado su levantamiento militar en julio de ese año con el apoyo de sectores monárquicos, fascistas, la Alemania nazi y la Italia de Mussolini, consolidó su poder tras la caída de Madrid en 1939. Trujillo lo felicitó de inmediato. Pronto entablaron una relación de mutua admiración: dictador llama a dictador.

Fue entonces que, muy molesto, Franco llamó a Trujillo para informarle algo que creía de interés común. Había recibido reportes confidenciales sobre la familia Rosalió t: que algunos de sus miembros —los que permanecían en España y otros que habían migrado a América— poseían grandes cantidades de oro depositadas en el Banco de España. Franco lo deseaba para financiar su naciente régimen. Pero ya era tarde. Antes de su caída, el presidente Azaña había enviado esas reservas a bancos suizos. El oro, y con él el rastro financiero de los Rosaliót, desapareció.

Franco estalló en furia. Ordenó la persecución de los Rosaliót que quedaban en territorio español. Muchos fueron arrestados. Otros, fusilados sin juicio. El oro nunca apareció. Trujillo, astuto, supo capitalizar el momento. Le ofreció a Franco una *solución*. Él también tenía cuentas pendientes con los Rosaliót… y una idea de cómo actuar.

Al mismo tiempo, avanzaba en otra de sus obsesiones: el *blanqueamiento* de la población dominicana. Entre 1936 y 1939, promovió la inmigración selectiva de familias españolas blancas, estableciéndolas en regiones como Constanza, Jarabacoa, Puerto Plata y Baní. Oficialmente, se trataba de un plan agrícola de desarrollo rural. Pero tras bastidores, era un experimento racial cuidadosamente diseñado. Trujillo imaginaba una nueva República: más blanca, más dócil, más suya.

En octubre de 1937, lanzó una comunicación pública dirigida a la comunidad haitiana en la frontera. Les urgía a abandonar el país de forma voluntaria. Fue una advertencia, disfrazada de diplomacia. Pero para quienes lo conocían, el tono era inquietante. La frontera, una región de historia compartida y mezclas culturales, comenzaba a tensarse bajo una calma espesa, como el silencio antes de una tormenta.

En algunas regiones, se hablaba en voz baja. Las radios transmitían con retardo. Patrullas nuevas circulaban por caminos olvidados. Algo se estaba gestando. Algo grande.

Pero nadie sabía —todavía— cuán profundo sería el abismo.

Genocidio Racista

Una mala pronunciación de la palabra *perejil* era una condena de muerte. En los campos de la frontera norte, soldados dominicanos, muchas veces guiados por vecinos o autoridades locales sobornadas o amenazadas, exigían a quienes encontraban que repitieran la palabra. La pronunciación —especialmente de la *r* y la *j*— delataba a los hablantes del kreyòl haitiano. Quien no la decía bien, moría.

—¿Cómo se llama esto? —preguntaba el soldado, alzando una ramita de perejil.

—Pe... pelejil... —intentaba uno, temblando.

El machete caía sin demora.

Durante semanas, entre septiembre y octubre de 1937, miles de haitianos y dominicanos negros fueron asesinados en la región fronteriza. No hubo juicios, ni registros, ni piedad. Los cuerpos fueron arrojados al mar, a los ríos o enterrados en fosas comunes. La masacre fue ejecutada por el Ejército y por delincuentes liberados para esa tarea. Muchos fueron recompensados con tierras o posiciones menores. El terror se institucionalizó.

Luisa de Peña, directora del Museo Memorial de la Resistencia Dominicana, ha señalado que es *imposible* establecer un número definitivo de víctimas, pero las investigaciones del museo calculan unas 17,000 muertes, incluyendo una minoría de dominicanos de piel oscura confundidos con haitianos. Otras estimaciones, como las citadas por el historiador Juan Daniel Balcácer de la Academia Dominicana de la Historia, varían entre 5,000 y 35,000, aunque las más altas se consideran poco probables dado el tamaño de la población en ese entonces.

El régimen justificó la matanza como una respuesta al *robo de ganado* y la *invasión* de haitianos, pero el verdadero objetivo era más profundo: consolidar una identidad nacional dominicana basada en la exclusión racial. Vicente Tolentino, director de

Estadísticas del régimen, elaboró un estudio donde planteaba que la única forma de *mejorar la raza* era con inmigración europea selectiva, pues "en el mejor de los casos, el país acabaría siendo mulato."

La masacre, conocida como *El Corte* por el uso sistemático de machetes, fue la culminación de la obsesión de Trujillo con el *blanqueamiento* nacional. Entre 1936 y 1939, el dictador promovió la inmigración de familias españolas blancas, particularmente de la región de Canarias, estableciéndolas en lugares estratégicos del país. El discurso oficial hablaba de desarrollo agrícola, pero la intención real era étnica y simbólica.

Ambos caudillos compartían una visión autoritaria del mundo: el orden como virtud, la disidencia como traición. Trujillo admiraba el culto franquista al poder eterno; Franco, por su parte, veía en el dominicano un aliado estratégico en el Caribe. Fue una alianza sellada entre discursos incendiarios y silencios convenientes.

En Europa, los nazis consolidaban su dominio. En Asia, Japón avanzaba con violencia imperial. En Washington, la prioridad era estabilidad en el hemisferio —no justicia en la frontera. Mientras el mundo se preparaba para la Segunda Guerra Mundial, en el Caribe, un crimen masivo pasaba casi desapercibido. El embajador estadounidense en la República Dominicana, R. Henry Norweb, informó del genocidio a Washington. Sin embargo, la política del *Buen Vecino* de Franklin D. Roosevelt impidió cualquier tipo de sanción o condena oficial. Estados Unidos presionó únicamente por una solución diplomática: una indemnización.

Fue entonces cuando Trujillo envió a Joaquín Balaguer —joven, educado, leal— a negociar con el presidente haitiano Sténio Vincent. Balaguer, futuro presidente del país, empezaba aquí su carrera como intelectual dócil al servicio de una tiranía que moldearía su visión del poder para décadas venideras. Balaguer acordó una compensación de 50 centavos de dólar por cada haitiano asesinado. Trujillo, al enterarse del monto, lo llamó a su despacho.

—¿Cincuenta centavos? —rugió, golpeando el escritorio—. ¿Qué somos, mendigos? ¡Dale un dólar por cabeza, Balaguer! ¡Pero que se callen!

El pago de un dólar por víctima fue presentado como un acto de *reconciliación*. En realidad, fue una transacción para comprar silencio. Se acordó un pago de 750,000 dólares —el equivalente a unos 30 dólares por víctima estimada—. Sin embargo, el régimen dominicano solo desembolsó 525,000. De esa suma, el gobierno haitiano apenas distribuyó unos 2 centavos por doliente a las familias afectadas. El resto, según reportes, se perdió en *gastos administrativos* o corrupción.

Luego de la presión internacional, Trujillo mandó a Balaguer a negociar con el presidente haitiano una indemnización, y Balaguer le pagó 50 centavos por cada haitiano. Cuando Trujillo se enteró, llamó a Balaguer a su despacho y lo regañó, diciéndole tacaño, y pagó 1 dólar por cada haitiano.

Para el ciudadano común, vivir bajo Trujillo era existir entre el miedo y la máscara. La radio repetía sus discursos. Las escuelas enseñaban su nombre antes del alfabeto. Un chisme mal dicho podía significar desaparición. El silencio se volvió una forma de defensa nacional.

Mientras tanto, la persecución contra los Rosalíót alcanzaba su punto más oscuro. En 1942, Francisco Franco viajó a la República Dominicana y compartió con Trujillo, en privado, nuevos informes: el oro de la familia Rosalíót había salido de España antes del final de la guerra civil. Había sido extraído de una mina propiedad de la familia en Pueblo Viejo, Cotuí, y enviado al extranjero por orden de Manuel Azaña. Trujillo escuchó en silencio. Su odio se reavivó.

Cuatro años después, en 1946, Trujillo desató la represión final. Antonio del Rosaliót Díaz fue capturado, torturado y ejecutado en su propia casa. Su cuerpo fue quemado junto con la vivienda de Andrés Antonio del Rosaliót, quien también fue asesinado, ejecutado con un disparo a la cabeza antes de que los esbirros de Trujillo prendieran fuego al inmueble.

El apellido Rosaliót se convirtió en sinónimo de muerte. Decenas de familiares huyeron de la provincia Sánchez Ramírez, de Monseñor Nouel, de La Vega. Algunos cruzaron a Haití, otros emigraron en silencio. Muchos cambiaron de nombre. Trujillo los acusó públicamente de "conspirar con potencias extranjeras." La prensa estatal repitió una y otra vez las mismas palabras: *traidores, criminales, enemigos del pueblo.*

Pero no todos lo creían.

Aunque la posición oficial de la República Dominicana es que la familia Rosaliót era culpable de traición y robo, inteligencia interna sugiere que la persecución fue personal. El régimen no está eliminando enemigos del Estado, sino enemigos del presidente.

—Cable confidencial, Embajada de EE. UU., Ciudad Trujillo, 1947

III | El Subsuelo y la Sangre: De Trujillo a Barril GOLD

República Dominicana 1947-2009: José Javier de Rosaliót Díaz — Aníbal Trujillo — Comisión de Trujillo — Era de Balaguer — Rosaliót Mining Company — La Rosaliót Dominicana — Gobierno de León Hernández — Barril Gold Corporation

En 1947, tras décadas de tensión y sangre, Rafael Leónidas Trujillo mandó a buscar —con escolta armada y sin cortesías— al último hijo sobreviviente de Jacinto del Rosaliót: José Javier de Rosaliót Díaz. Lo sacaron de su finca en Cotuí y lo llevaron al Palacio Nacional, cuyas obras habían comenzado en 1944 y cuya imponente cúpula blanca ya dominaba el horizonte de Santo Domingo.

El Generalísimo lo recibió en su despacho con una sonrisa afilada.

—Don José Javier… no quiero más problemas con los Rosaliót. Vine a ofrecerle paz.

José, rígido como una estatua, permaneció de pie hasta que le indicaron que se sentara.

—¿Y cuáles son las condiciones de esa paz, Excelencia?

Trujillo no titubeó. Extendió un mapa sobre la mesa de caoba.

—Estas tierras. Aquí —señaló con un dedo firme—. Esta franja detrás del palacio. Esta colina cerca de Gazcue. Y estas parcelas de La Vega.

José Javier examinó el mapa. El terreno del Palacio Nacional ya había sido tomado, y el edificio estaba prácticamente terminado. Las otras zonas —sin nombre aún, pero perfectamente delineadas— eran estratégicas: elevadas, céntricas, fértiles… con un potencial urbanístico inmenso.

Décadas después, ese mismo territorio acogería el Teatro Nacional, la Galería de Arte Moderno y otros íconos del futuro centro cultural del país. Pero en ese momento, para José, eran el último pedazo del legado de Jacinto.

—¿Qué pasa con Pueblo Viejo? —dijo—. ¿No fue suficiente?

—Usted no entiende, Don José —respondió Trujillo con voz seca—. Esto no es una negociación. Es una advertencia.

El silencio se volvió insoportable.

—¿Qué elijo, entonces? —preguntó José.

—La paz… o el polvo.

Con la mirada clavada en el mapa, José supo que su respuesta ya estaba escrita.

—Deme los documentos —dijo finalmente.

Un asistente colocó los títulos sobre el escritorio. José los firmó uno a uno, con una pluma que temblaba entre sus dedos.

Trujillo se puso de pie, por primera vez, y le estrechó la mano.

—Bienvenido al futuro, Don José. Ahora sí… estamos en paz.

Pero no lo estaban. Ni él lo creía. Así, volviendo a Sánchez Ramírez y pensando que todo estaba resuelto, un año después, en 1948, Aníbal Trujillo se apareció en su casa con un grupo de matones. A diferencia del Generalísimo, Aníbal Trujillo Molina no poseía carisma ni disciplina militar. Era conocido por su temperamento violento, su afición al ron y su historial de abusos. En círculos cercanos, lo llamaban *el hermano bruto* o *el perro suelto del régimen*. Era mayor general, pero su rango le venía más por sangre que por mérito. Lo que le faltaba en inteligencia, lo compensaba con brutalidad.

—¿Dónde está José Javier? —preguntó Aníbal, llegando sin aviso con seis hombres armados a la finca de los Rosaliót en Pueblo Viejo de Cotuí, en 1948.

—En la casa principal, señor —respondió un jornalero, con la voz quebrada.

Los matones rodearon la vivienda. Aníbal entró sin tocar. José Javier, ya de pie, no se movió cuando Aníbal Trujillo se le acercó, rodeado de hombres armados.

—¿Tú sabes quién soy yo? —escupió Aníbal, con un dejo de rabia contenida.

—Claro que sí —respondió José, sin titubear—. Usted es el hermano del hombre con quien firmé la paz. Y si viene a hablar de tierras, ya le digo que no tengo nada más que dar.

—Eso lo decido yo —gruñó Aníbal—. Todavía hay mucho para repartir.

—No me amenace, general. Usted no tiene palabra, pero yo sí. Lo pactado es ley.

—¿Ley? ¿Tú me hablas de ley? —Aníbal se acercó, con la mano sobre la pistola—. Aquí la única ley soy yo.

Aníbal dio un paso más. Su rostro, ennegrecido por el sol y la arrogancia, parecía a punto de estallar.

—Yo no pido —gruñó—. Yo tomo. Así funciona este país. Así lo hicimos nosotros.

José bajó los ojos brevemente. Sus dedos temblaban apenas, pero su voz se mantuvo firme.

—Entonces mátame —respondió José, mirándolo a los ojos—. Pero sepa que con mi muerte no se apagan los Rosaliót. Se encienden.

Aníbal se le quedó viendo, perplejo, como si no esperara semejante osadía. Luego hizo un gesto leve, casi imperceptible. Y todo terminó en segundos. Un disparo seco quebró el aire. José cayó, con un agujero rojo en la frente. Cinco de sus guardias intentaron responder, pero fueron abatidos sin contemplación. Los hombres de Aníbal colocaron una cerca de alambre alrededor de la propiedad, marcando su nueva *posesión*.

Sin embargo, un líder leal a Trujillo en la provincia de Sánchez Ramírez informó al Generalísimo ese mismo día sobre lo que había hecho su hermano Aníbal.

—Generalísimo... ocurrió un incidente en Cotuí.

Trujillo lo miró con cejas arqueadas.

—¿Qué clase de incidente?

—Su hermano... Aníbal... ordenó matar a José Javier de Rosaliót. También a cinco de sus hombres. Tomó las tierras por la fuerza.

—¡¿Pero qué carajo...?!

Trujillo se levantó de un salto. Golpeó el escritorio con el puño. La taza se volcó. El café manchó los papeles.

—¡Coño, carajo! ¡Ese maldito hijo de puta! ¿Qué le pasa a este maldito hijo de puta? —tronó Trujillo, golpeando su escritorio—. ¡Después de que yo le prometí paz a esa familia, este imbécil va y los masacra!

Se paseó por la oficina como una fiera enjaulada. Luego ordenó:

—¡Tráiganmelo ya! ¡Y que nadie lo toque en el camino!

El menor de los Trujillo llegó ebrio, con el uniforme desabotonado. Al entrar al despacho, intentó sonreír.

—Hermano... ¿qué pasa?

Trujillo no contestó. Lo miró con desprecio. Luego caminó hacia él, bastón en mano.

—¿Te burlaste de mí? —le gritó, golpeándolo con furia—. ¡Yo di mi palabra! ¡Yo firmé la paz! ¿Qué hiciste, carajo? —gritó Trujillo—. ¿Tú entiendes lo que hiciste?

—Solo resolví un asunto pendiente, hermano —dijo Aníbal, tambaleándose—. Esas tierras eran nuestras…

Trujillo no respondió con palabras. Le dio tres bastonazos, uno tras otro. Cada golpe era más fuerte. Luego sacó su revólver; el último fue con la culata de una pistola.

—¡Traidor! —gritó Trujillo. Y disparó.

Silencio.

Un teniente que esperaba afuera escuchó el disparo.

—¡Saquen a esta carroña de aquí! —ordenó, tras dispararle en la cabeza—. ¡Y limpien bien mi despacho!

Luego, el cadáver de Aníbal Trujillo Molina, de 48 años, fue trasladado a su residencia en la calle Isabel La Católica esquina Padre Billini. Allí, los agentes del Servicio de Inteligencia Militar (SIM) colocaron el arma en su mano, dispararon una bala al techo y declararon suicidio.

A la mañana siguiente, los periódicos, siguiendo instrucciones del régimen, titulaban:

Tragedia Familiar: Muere Aníbal Trujillo, víctima de sus demonios personales. Se presume suicidio.

Pero en los cafés, en las barberías, en los ingenios y en los cuarteles, nadie creyó esa versión. Todos sabían lo que significaba cuando el Generalísimo decía que se había acabado la paciencia.

La noticia de la muerte de José Javier no tardó en llegar a la capital. Muchos sabían la verdad, pero nadie se atrevió a hablar. En los cafés, se murmuraba. En los campos, se temía. En la prensa, silencio.

Dos semanas después, Trujillo ordenó la creación de una comisión técnica de evaluación de terrenos y subsuelo, integrada por geólogos, abogados del Estado y tres militares de confianza. La llamaron simplemente *La Comisión*, aunque todos sabían que su propósito no era técnico. Era político.

—Queremos saber qué hay debajo de esa tierra —ordenó Trujillo en consejo privado—. Si vamos a enterrar una familia entera, que al menos brote oro del entierro.

Los peritos se instalaron en Pueblo Viejo. Cavaron, midieron, anotaron. Confirmaron lo que los Rosaliót siempre supieron: la tierra era rica en oro. Y también en níquel, bauxita y promesas.

Poco después, en cadena nacional, Trujillo apareció rodeado de mapas y documentos. Su voz, lenta y ceremonial, resonó en todo el país.

—El subsuelo no pertenece a los hombres —dijo, levantando la mirada hacia la cámara—. Pertenece a la patria. A mí.

Citó el Artículo 51-1 de la Constitución Dominicana, que establecía que los recursos naturales del subsuelo pertenecen al Estado, y mencionó la Ley 344, una disposición complementaria que autorizaba la expropiación por *razones de utilidad pública*.

—No es confiscación —agregó—. Es soberanía.

El tono era imperial. Más que una ley, era una declaración de poder absoluto. El Artículo 51-1 fue una interpretación específica del artículo 51 original de la Constitución, manipulada durante el trujillato para justificar expropiaciones sin compensación real. Aunque la ley indicaba que debía pagarse una indemnización *justa y previa*, en la práctica se convirtió en un instrumento para legalizar despojos, especialmente contra opositores o familias *incómodas*.

La Ley 344, promulgada en los años 40, permitía al Estado declarar cualquier territorio como zona de interés estratégico o productivo, facilitando su ocupación inmediata. Con apoyo notarial y sin posibilidad de apelación judicial, los afectados quedaban a merced del dictador.

Trujillo utilizó ambas leyes como herramientas, no de justicia, sino de venganza.

Así, muchos de los familiares Rosaliót fueron despojados de sus tierras, tanto en la capital como en La Vega. Las fincas en Cotuí, los cafetales en Jarabacoa, los solares en Gascue y hasta los terrenos baldíos en el sur del Distrito Nacional fueron inscritos a nombre del Estado dominicano con sellos oficiales y firmas de jueces comprados. El apellido Rosaliót desapareció del registro catastral como si nunca hubiera existido.

Pero fue todo un acto de teatro. Aunque lo dijo públicamente, **jamás esas personas recibieron la indemnización** por las tierras expropiadas por él y el Estado.

—Se les pagará —decía el ministro de Agricultura a los periodistas extranjeros—. Solo que estamos esperando la valoración final.

La valoración nunca llegó. Tampoco el dinero.

En su lugar, Trujillo explotó las tierras con maquinaria pesada, trayendo a varias compañías mineras extranjeras —muchas de ellas sin experiencia real—, que renunciaban tras pocos meses por pérdidas o sabotajes internos. Aun así, el dictador se llenó los bolsillos con lo poco que extrajeron, favoreciendo además a sus amigos, empresarios y familiares políticos. Fue así como nacieron muchas de las fortunas que perduran hasta hoy. Aquellos allegados a Trujillo, enriquecidos con las tierras y contratos usurpados a los Rosaliót, se convirtieron en los patriarcas de las diez familias que aún controlan el país.

Aquellos que alguna vez caminaron con dignidad por las tierras de Jacinto, ahora las veían desde lejos, convertidas en propiedad estatal, vigiladas por soldados, con letreros que decían:

Zona Restringida: Proyecto Nacional

—Todo esto es por el bien del pueblo —decía la radio estatal.

Pero el pueblo no recibió nada.

Lo recibió Trujillo.

Y la historia oficial nunca mencionó los apellidos borrados por decreto.

El tiempo, implacable, no perdonaba. Los años pasaban, pero las heridas seguían abiertas. En cada parcela expropiada, en cada nombre tachado de los registros, latía un resentimiento silenciado. El país entero se acostumbraba a callar. Pero en la sombra, otros aprendían a conspirar. Mientras Trujillo seguía acumulando poder, oro y enemigos, el suelo bajo sus pies comenzaba a temblar —no por terremoto, sino por traición.

La noche caía densa sobre la carretera Sánchez, rumbo a San Cristóbal. El asfalto ardía todavía del sol del día, pero el aire olía a tensión. A traición.

Rafael Leónidas Trujillo, El Jefe, El Benefactor de la Patria Nueva, viajaba en su Chevrolet Bel Air negro junto a su fiel chofer Zacarías de la Cruz. Iban sin escolta. Una anomalía, incluso para él. Pero esa noche, El Generalísimo tenía planes privados: un encuentro con una amante en la casa de Caoba. La discreción era clave.

—Todo está tranquilo, jefe —dijo Zacarías, sin girar la cabeza.

—Muy bien. Nadie se atrevería. Yo soy la patria —respondió Trujillo, acomodándose el uniforme blanco, impecable como siempre.

Lo que no sabía era que sus propios hombres lo habían dejado solo.

Antonio de la Maza, Amado García Guerrero, Juan Tomás Díaz, Salvador Estrella Sadhalá y otros miembros del grupo conspirador lo esperaban en la curva de la muerte. Llevaban semanas, meses, años planificando aquel instante. Una oportunidad histórica para borrar del mapa al tirano que por más de tres décadas había ahogado al país en sangre, silencio y miedo.

—Ahí viene —susurró uno, aferrado al fusil.

A las 9:45 p.m., el automóvil se aproximó. En segundos, las luces del Bel Air iluminaron las caras tensas de los conjurados. Una ráfaga de balas rompió la noche.

—¡Ahora! —gritó uno.

—¡Cuidado, jefe! —gritó Zacarías, intentando esquivar.

Pero era tarde. Trujillo bajó rápidamente del carro con su ametralladora Thompson... descargada.

—¡Maldita sea! —alcanzó a decir, buscando inútilmente un cargador.

Su cuerpo fue acribillado. Fue alcanzado por más de sesenta balas. Tenía al menos seis heridas de bala letales. Se desplomó entre espinas, tierra y oscuridad. Cayó de rodillas, como una estatua vencida. Su mano aún sostenía el arma vacía. Su cadáver fue abandonado en la carretera, junto al monte. El hombre que por décadas gobernó con puño de hierro, que había ordenado miles de asesinatos, que mandaba matar con solo una mirada, murió sin poder disparar un solo tiro. Zacarías recibió cinco impactos de bala, pero sobrevivió para narrar los últimos minutos del dictador.

Ciudad Trujillo despertó sin voz. Las radios no sabían qué decir. Los periódicos —controlados hasta entonces por el régimen— no supieron cómo reaccionar. La prensa hablaba de *una tragedia* y un *ataque a la estabilidad de la nación*. Los titulares eran ambiguos, las fotos borrosas, y el nombre de los implicados brillaba por su ausencia. Todo olía a miedo.

Pero afuera, el mundo hablaba claro.

En Nueva York, The New York Times abría en primera plana:

Dictator of the Caribbean Falls in Ambush
(Dictador del Caribe cae en una emboscada)

En París, Le Monde lo llamaba:

Fin d'une ère de sang et d'or en République Dominicaine
(Fin de una era de sangre y oro en la República Dominicana)

En Londres, The Times editorializaba:

The Fall of a Tyrant: Dominican Future Uncertain
(La caída de un tirano: futuro incierto
para República Dominicana)

Las palabras eran duras, pero no trágicas. Eran observaciones de un mundo que, aunque escandalizado por décadas, había tolerado al dictador por conveniencia. Ahora, lo veían como una figura clásica: un tirano traicionado por los suyos, en la tradición de César, Calígula o Idi Amin. En la República nadie usaba aún la palabra que todos pensaban: libertad. En su oficina del Palacio Nacional, donde solía exhibir pacas de billetes en dólares como trofeos de poder, el trono estaba vacío.

El terror no murió con él, pero la dictadura comenzaba a desmoronarse.

Mientras el cadáver de Trujillo era custodiado en la Base Aérea de San Isidro y el régimen intentaba mantener una apariencia de control, las ondas sísmicas del magnicidio cruzaron el Atlántico y el Caribe.

En La Habana, Fidel Castro reaccionó de inmediato. En un discurso televisado, agitó un ejemplar del periódico Revolución y denunció:

—¡Este es el verdadero rostro del imperialismo! —tronó ante una plaza llena—. Primero apoyan a los dictadores, luego los abandonan cuando ya no les sirven. Trujillo no fue ajusticiado por la democracia, sino porque dejó de ser útil a Washington.

¡Hipócritas! Las palabras de Castro resonaron en radios clandestinas, universidades y embajadas.

En Puerto Príncipe, el presidente François *Papa Doc* Duvalier se limitó al silencio oficial. Pero en la intimidad de su palacio negro, levantó su copa de ron Barbancourt.

—Se acabó el perro rabioso —dijo a sus ministros—. Ya no tendremos que temer un nuevo *Corte*.

Trujillo había sido una amenaza constante para Haití. Su muerte, aunque incierta en sus consecuencias, eliminaba un vecino beligerante. En Madrid, Francisco Franco recibió la noticia con el ceño fruncido y el corazón inquieto. Trujillo había sido su aliado. No ideológico —el dominicano era más caudillo que fascista—, pero sí simbólico: un bastión autoritario frente al comunismo y al caos. En sus círculos privados, Franco murmuró:

—Los americanos ya no tienen lealtades. Hoy es Trujillo. Mañana, quizás, seremos nosotros.

Pero en público, el régimen guardó silencio. España, aislada y frágil, no podía permitirse condenas ni elogios.

En los pasillos de la Embajada de los Estados Unidos, el embajador John Bartlow Martin se preparaba para informar a Washington. En Washington, el presidente John F. Kennedy fue informado antes del amanecer. Reunido con sus asesores, escuchó los cables que llegaban desde Ciudad Trujillo.

El objetivo ha sido neutralizado. Sugerimos actuar con rapidez para evitar un vacío de poder favorable al comunismo.

—Cable confidencial, Agencia Central de Inteligencia, 31 de mayo de 1961

En las horas siguientes, el Departamento de Estado redactó una declaración cuidadosamente neutra. No lamentaban a Trujillo. Tampoco celebraban su muerte.

Pero en un cable que más tarde se haría famoso, enviado por la CIA al Departamento de Estado desde la Embajada en Ciudad Trujillo a las 11:40 a.m. del 31 de mayo, se leía:

La desaparición de Trujillo representa una oportunidad para asistir en la estabilización del Caribe.

—Cable confidencial, U.S. Department of State, 31 de mayo de 1961

Una frase que, aunque diplomática, decía más de lo que callaba.

Mientras tanto, en las calles dominicanas, algunos lloraban —por miedo o fidelidad— y otros se encerraban, temiendo una represalia. Pero muchos, muchísimos, celebraban en silencio.

En barrios pobres, las mujeres se santiguaban.

—¡Lo mataron! ¡Lo mataron a él!

—¿De verdad?

—Dicen que sí. Que fue en la carretera. Que lo cosieron a tiros.

En los cafetales de la Cordillera Central, donde los hombres temían pronunciar su nombre en voz alta, se alzó por fin una frase susurrada:

—Se acabó El Jefe.

La muerte de Trujillo no trajo la paz inmediata. Su hijo, Ramfis Trujillo, regresó al país con furia y revanchismo. Las cárceles se llenaron. Los Rosalió t aún sobrevivientes se ocultaban con nuevos nombres.

Pero la grieta ya estaba abierta.

En documentos desclasificados años después, se reveló que la CIA tenía conocimiento del complot e incluso había discutido discretamente con los conjurados. El gobierno de John F. Kennedy, aún recién instalado, no condenó ni aplaudió el hecho. Simplemente *tomó nota*, y comenzó a trabajar para que la transición no favoreciera al comunismo en plena Guerra Fría.

La figura de Trujillo comenzó a desmoronarse. Las estatuas no tardarían en caer. Las calles cambiarían de nombre. El terror mutó, pero no desapareció. La historia de los Rosaliót —como la del país— apenas entraba en un nuevo capítulo.

Y bajo tierra, entre los escombros de una dictadura asesinada a tiros, aún palpitaba el oro de Cotuí.

El oro de Pueblo Viejo: La Herida Abierta

En 1967, tras asumir la presidencia por elección, Joaquín Balaguer reanudó con firmeza la política extractivista iniciada por su antecesor y verdugo silencioso, Trujillo. Durante sus primeros años de gobierno, convocó varias licitaciones para explotar la mina expropiada a los Rosaliót en Pueblo Viejo. Pero ninguna empresa logró resultados significativos.

Hasta que, en 1969, una compañía extranjera con sede en Nueva York y operaciones en Honduras, llamada Rosaliót Mining Company, respondió al llamado. Fundaron una filial local bajo el nombre de Rosaliót Dominicana, en un intento de disfrazar la extranjerización de una riqueza nacional.

Ese mismo año, Rosaliót Dominicana realizó un hallazgo histórico: el depósito de óxido de oro de Pueblo Viejo, en la provincia Sánchez Ramírez, a 100 kilómetros de Santo Domingo. Se trataba de una reserva de categoría mundial, rica en oro, plata, bauxita, níquel —y en menores cantidades, cobre— enterrada bajo las tierras que alguna vez pertenecieron a Jacinto del Rosaliót. En 1975, la mina se convirtió oficialmente en una de las más grandes del hemisferio occidental, con una producción superior a las 400,000 onzas de oro por año. Aquel mismo año, la compañía descubrió también un prolífico campo de gas natural en Alberta, Canadá —conocido como Elmworth Field— el mayor yacimiento descubierto en ese país hasta ese momento. Era el auge dorado de la Rosaliót Mining Company.

Pero mientras las riquezas brotaban de la tierra, en la superficie se intensificaba el horror.

Durante los doce años del régimen de Balaguer (1966–1978), la represión fue sistemática. Los descendientes de Jacinto Rosaliót que intentaron reclamar sus tierras por la vía legal fueron perseguidos sin piedad. Entre 1967 y 1974, siete abogados —uno tras otro— aceptaron el caso. Siete fueron asesinados. Algunos aparecieron colgados con letreros en el pecho que decían *Traidor a la patria*. A otros los pasearon desnudos y sin vida por los caminos polvorientos de Pueblo Viejo, como advertencia. La sangre empapaba el polvo aurífero.

El terror fue tan grande que muchos descendientes cambiaron de nombre para no llevar el apellido Rosaliót. Los que se quedaron en sus terrenos próximos a la mina terminaron sumidos en la miseria y en enfermedades. La piel se les agrietaba. Los pulmones ardían con una tos negra, espesa, que nunca sanaba. El agua sabía a metal y las noches sabían a miedo.

El Proyecto Pueblo Viejo se volvió símbolo de esta herida nacional. Clasificada como una reserva minera de categoría mundial, era uno de los depósitos más grandes de oro no desarrollados del planeta. Para 1999, el depósito de óxidos se agotó y Rosaliót Dominicana finalizó operaciones. Aquel año, el Estado dominicano anunció una nueva licitación internacional, buscando revitalizar la mina.

La licitación internacional de los 2000 no fue casual. Fue parte de un modelo más amplio de liberalización económica impulsado por el FMI y el Banco Mundial. En nombre del desarrollo, el Estado entregó el subsuelo dominicano a empresas extranjeras bajo condiciones fiscales favorables y mínima regulación ambiental.

En 2001, la empresa Plazamar —una multinacional canadiense— ganó el contrato. En 2006, Barril GOLD adquirió todos sus activos, incluyendo los derechos sobre Pueblo Viejo. Luego, vendió el 40% del proyecto a Aurifera Corp Incorporated, otra empresa canadiense. Más adelante, en 2019, Aurifera Corp se fusionaría con la compañía estadounidense Numonte, formando el mayor consorcio aurífero del mundo. Desde entonces, Numonte controla ese 40%, y el nombre de Aurifera Corp desapareció de los registros globales.

Cambiaron los nombres: de Trujillo a Balaguer, de Rosaliót Dominicana a Barril GOLD y Numonte. Pero el patrón seguía intacto: oro para el extranjero, enfermedades para el pueblo, y silencio para los Rosaliót.

En 2009, el Estado firmó un Acuerdo Especial de Arrendamiento con Barril GOLD y su socio canadiense. Aunque presentado como un paso hacia el desarrollo, el contrato fue criticado por permitir a las empresas operar con exenciones fiscales agresivas, regalías mínimas y control limitado del gobierno local sobre las ganancias.

En 2010, se oficializó la inversión: 4,500 millones de dólares para poner en funcionamiento la mina. Fue, en su momento, el mayor megaproyecto minero del Caribe. La cifra —según datos del gobierno— representó la mayor inversión extranjera directa en la historia minera de la República Dominicana.

Era una suma que, para muchos dominicanos, sonaba a ciencia ficción. En un país donde el salario mínimo mensual no superaba los 200 dólares y los hospitales carecían de insumos básicos, la noticia cayó como un meteorito en el imaginario nacional.

—¿Cuatro mil quinientos millones... para excavar oro? —preguntaban los viejos en los colmados—. ¿Y no hay dinero para una escuela en Cotuí?

La cifra no era solo un monto; era un símbolo. Representaba la profundidad de la desigualdad estructural. Ese dinero no se invirtió en sistemas de agua potable, ni en carreteras rurales, ni en centros de salud. Fue dirigido, casi en su totalidad, a infraestructura minera, maquinaria extranjera, sistemas de procesamiento y logística de exportación. Oro que saldría del suelo dominicano... directo a bancos suizos, fondos de inversión y cuentas corporativas en el norte global.

La fiebre del oro no era solo dominicana. Desde que Nixon rompió el patrón oro en 1971, el precio del metal había escalado vertiginosamente. En los años ochenta, una onza superaba los 800 dólares. Pueblo Viejo se convirtió en una joya estratégica no solo para el Estado, sino para las grandes potencias auríferas del mundo. Y tras la crisis financiera de 2008, el oro alcanzó un valor sin precedentes: 1,900 dólares por onza.

En 2012, el depósito fue clasificado entre los cinco más grandes del mundo en reservas de oro recuperables, con más de 25 millones de onzas de oro estimadas y 122 millones de onzas de plata. Una joya envenenada. Las compañías lo sabían. Los gobiernos lo sabían. Y los Rosalió t también.

Pero el precio humano se multiplicó.

El polvo de las explosiones, los vapores del mercurio y cianuro utilizados en el procesamiento del oro, y la contaminación del agua por desechos industriales empezaron a dejar su huella. En los campos circundantes, las comunidades que alguna vez cultivaron café y cacao junto a los Rosalió t comenzaron a enfermar.

Niños nacían con problemas respiratorios. La piel ulcerada. Fatiga crónica. Tos con sangre. Ríos que sabían a muerte. Un informe de Diario Libre (2011) y una auditoría ambiental publicada por Oxfam (2013) encendieron las alarmas: había escorrentías tóxicas de las represas de relaves, con metales pesados como arsénico, mercurio, cadmio y plomo contaminando el agua.

Entre los efectos documentados:

- Envenenamiento por mercurio: temblores, pérdida de memoria, retraso cognitivo, defectos de nacimiento.

- Exposición al cianuro: problemas neurológicos, náuseas, insuficiencia respiratoria.

- Contaminación por metales pesados: daño renal, retraso en el desarrollo infantil, hipertensión, enfermedades gastrointestinales crónicas.

- Problemas reproductivos: bajo peso al nacer, abortos espontáneos, infertilidad.

- Deterioro de la salud mental: depresión, ansiedad, trastorno de estrés postraumático (TEPT), suicidios.

Y todo esto ocurría bajo el silencio internacional. En Estados Unidos y Canadá, grupos ambientalistas denunciaban la minería destructiva... mientras sus gobiernos subsidiaban y protegían a las mismas empresas que devastaban los campos dominicanos. Era el eco brutal de un doble estándar global.

Se trataba ya de la mina de oro más grande de América Latina y la decimotercera más grande del mundo. Pero para los campesinos, solo quedaban evacuaciones forzadas, tierra enferma y promesas sin cumplir.

Y en el fondo de todo, como una sombra que no se borra, permanecía la historia enterrada: aquella familia a la que primero se le quitó el apellido, luego la tierra, y finalmente, hasta el derecho al recuerdo.

Grilletes con Firma Electrónica

Desde las lomas de Pueblo Viejo, el sol se reflejaba en el polvo dorado que cubría los techos de zinc. Brillaba como promesa… y como mentira.

Ninguno de los acuerdos firmados durante los doce años de Balaguer —ni en sus segundos doce años— dejó frutos para los pobres. Los ricos se hicieron más ricos, y los pobres siguieron siendo más pobres. La explotación del yacimiento de Pueblo Viejo avanzó a pasos agigantados durante el primer gobierno de Balaguer, se aceleró bajo Antonio Guzmán, continuó con Jorge Blanco, y en los gobiernos posteriores siguió el mismo patrón: desalojos masivos, promesas vacías, oro para exportación, y miseria para los campesinos. Miles fueron desplazados de sus tierras, y cientos murieron o resultaron afectados por enfermedades raras, erupciones en la piel, salpullidos y males inexplicables.

En 1986, Balaguer volvió al poder por diez años más. Pero para la familia Rosaliót, nada cambió. El sufrimiento se intensificó. El gobierno no movió un dedo para resolver el tema de las tierras, y la empresa Rosaliót Dominicana siguió extrayendo oro como si nada.

Antes de dejar la presidencia en 1996, Balaguer ofreció un último gesto político que cambiaría el curso del país. No dio un discurso directo ni proclamó nombres. Bastó con una frase —*coman berenjena*— para que todos entendieran. En un país donde los partidos se reconocen por colores, esa berenjena morada no era una verdura: era el símbolo cromático del PLD, el partido de León Hernández. La gente comprendió: Balaguer le había tendido una alfombra púrpura. Su maquinaria votaría morado. Y así fue. El PRD perdió la contienda. León Hernández ganó.

Durante su primer mandato (1996–2000), León se vendió como el rostro del futuro. Vestía trajes europeos, hablaba en inglés con los embajadores, en francés con los empresarios, en italiano con los cardenales. Citaba a Fukuyama en los foros de inversión y a Rawls en las universidades. Se reunía con banqueros en Nueva York y caminaba por Davos como si fuera Ginebra. Su proyecto era claro: convertir al país en una vitrina para el capital extranjero.

Vendió la electricidad, los puertos, los teléfonos. El oro fue el siguiente paso.

Fue durante ese período que Barril GOLD, ya introducida y favorecida por los gobiernos anteriores, consolidó su dominio sobre la mina de Pueblo Viejo. El acuerdo fue negociado en inglés, en oficinas de abogados en Toronto y Ginebra, con cláusulas que entregaban el 97% de las ganancias a la empresa extranjera, dejando al Estado dominicano con apenas un 3%. Ese 3% ni siquiera estaba garantizado para llegar al pueblo: podía perderse entre fideicomisos, bufetes y funcionarios de traje oscuro.

Lo que nunca dijo fue que el contrato incluía cláusulas de arbitraje internacional. Si el Estado quería modificar cualquier condición, podía ser demandado en cortes extranjeras. Era una pérdida de soberanía disfrazada de desarrollo.
—Nos roban el oro y nos prohíben quejarnos —dijo un abogado dominicano frente al Congreso—. Nos pusieron grilletes con firma electrónica.

Después del 2000, con Humberto Mojica en el poder, no se revirtió ni una sola línea del contrato. Y en 2004, León Hernández regresó a la presidencia. Ningún presidente —ni Mojica ni Hernández— corrigió el desequilibrio. El Estado recibía centavos. Barril se llevaba toneladas. Cada contrato se firmaba en inglés. Cada funcionario salía con cuentas nuevas en Miami o Andorra.

El saqueo se institucionalizó.

En años siguientes, Barril GOLD anunció ganancias récord. Toneladas de oro extraído, miles de millones en ingresos. ¿Y para el país? Centavos. Impuestos mínimos. Regalías reducidas. Las promesas de empleo desaparecieron como humo.

Los periódicos lo bautizaron: *El Saqueo del Siglo*. Pero ya los arquitectos de ese saqueo vivían en Madrid, en Suiza o en embajadas con inmunidad diplomática.

Al principio fueron murmullos. Luego, carteles. Después, gritos.

Las redes hervían. La indignación cruzaba provincias.

Y entonces, un viernes por la tarde, las calles de Santo Domingo estallaron.

Entre la multitud, una anciana con la piel curtida y el cabello recogido alzaba un cartel pintado a mano:

—Soy Rosaliót. El oro era de mi abuelo.

Sus ojos brillaban de rabia. Nadie la miraba. Todos miraban los drones sobrevolando la Plaza de la Bandera.

—¡El oro es nuestro, no de los gringos ni de Canadá! —gritaban miles.

Pero ya era tarde. El contrato estaba firmado. El pacto estaba sellado. Y la mina ya no era de Jacinto.

En Cotuí, las comunidades se secaban. El agua ya no se bebía. El aire no se respiraba. Y la tierra no daba frutos. Solo polvo.

Mientras León Hernández cortaba cintas en torres de cristal frente al mar, en Cotuí los techos eran de zinc, el agua salía con espuma, y los niños dormían con mascarillas hechas de pañales viejos.

Antes, el oro se tocaba. Pesaba. Se guardaba en baúles de cedro. Ahora, estaba en cláusulas, contratos y pantallas.

Era un oro sin olor, sin forma, sin dueño. El oro ya no brillaba: se ocultaba.

Y todavía, nadie les pagaba.

Años atrás, cuando Trujillo arrebató las tierras a la familia Rosaliót, se les prometió compensación. Se hablaba de utilidad pública, de derecho, de Constitución.

Pero la promesa quedó en los archivos del Estado, junto a tantos otros pactos rotos.

Tal vez Trujillo murió, pero su eco seguía vivo en cada excavadora.

—El subsuelo no pertenece a los hombres —decía la voz sin rostro del poder. Y nadie lo contradijo.

Mientras tanto, en paralelo, el gobierno firmaba contratos multimillonarios con Odebrecht. Carreteras, plantas, represas. Todo se presupuestaba por una cifra y se ejecutaba por el doble. Los papeles desaparecían. Los nombres también. Los sobornos se camuflaban como *gastos de consultoría*. Era otro saqueo, con otra firma.

Dicen que, en las madrugadas sin luna, algunos obreros escuchan un lamento salir del pozo más antiguo de la mina.

Un susurro viejo, seco:

—Eso era mío.

La familia Rosaliót, por su parte, se extinguía. De ser los fundadores de la riqueza nacional, se habían convertido en fantasmas de la tierra que les robaron. Vivían en casas sin piso, comían de las cosechas ajenas, y recordaban —con dolor, con vergüenza— lo que alguna vez fueron.

La que alguna vez fue la familia más rica de la República Dominicana terminó mendigando mientras el Estado se tomaba selfies con embajadores, firmaba tratados de libre comercio y presentaba PowerPoints en Ginebra.

La historia de siempre en América Latina y África: el oro queda arriba, la sangre queda abajo.

Los Rosalió́t fueron dispersados. Los apellidos se diluyeron. Sus nietos escuchaban historias sobre haciendas, minas, carruajes y banquetes. Pero para ellos, todo eso sonaba a fantasía.

Hasta que, un día, una llamada interrumpió el silencio.

En la central telefónica del Palacio Nacional, una luz roja parpadeó.

—¿Quién llama? —preguntó el operador.

—Madrid. Banco SATAN DER. Asunto: Cuentas históricas. Urgente.

El silencio se hizo largo.

La línea no se colgó.

Y así, la historia que había sido enterrada por dictadores, tecnócratas y caudillos modernos volvió a abrirse como una herida mal cerrada.

IV | Los Fantasmas del Tesoro: De FATCA a Puerto Real

FATCA 2010 — Cuentas de la Familia Rosaliót — presidente León Hernández recibe llamada del Banco Español — Margot Hernández va por la herencia — Hernández llama a Mike Olivo — Contratación de Puerto Real — Llega Dañino Meden — Llegada de 13 Trillones de euros a República Dominicana

En junio de 2012, mientras Santo Domingo dormía y el mar lamía los muros del Malecón, una llamada cruzó el Atlántico. En Madrid eran las nueve de la mañana. En el Palacio Nacional, apenas pasaban las tres. A solo dos meses del cambio de mando, el país aún vibraba con los ecos de una elección cerrada. La secretaria privada del presidente contestó la línea cifrada con voz adormecida.

—¿SATAN DER...? —repitió, incrédula.

La llamada no venía de cualquier oficina. Era del banco más poderoso de España, donde el apellido Motín reinaba como monarquía financiera. Querían hablar directamente con el presidente. No era una cortesía diplomática: era una advertencia.

—Una auditoría interna. FATCA. Hemos encontrado cuentas… inactivas, antiguas, pero con nombres relevantes para la República Dominicana —dijo la voz al otro lado, seca y precisa.

La secretaria no entendió del todo, pero sintió el peso. Caminó sin hacer ruido por los pasillos del Palacio hasta llegar al dormitorio presidencial.

Allí, el presidente León Hernández, aún despierto, reposaba en su cama de sábanas italianas, sosteniendo un vaso de Macallan 25. A su lado, Margot —bata de seda blanca, cabello recogido, iPad en mano— revisaba las cifras del déficit. Afuera, los barrios ardían de calor y rabia. La luz se iba cada noche. Pero en el Palacio, el aire era suizo, y los contratos energéticos —firmados en inglés— seguían engordando cuentas invisibles.

—Dicen que aparecieron cuentas a nombre de los Rosaliót, en el banco SATAN DER —susurró la secretaria, bajando la mirada.

Margot se incorporó.

—¿FATCA? —preguntó, arqueando una ceja.

León asintió con desgano.

—Esa maldita ley gringa…

Margot deslizó el dedo sobre la pantalla y comenzó a leer:

—FATCA. Foreign Account Tax Compliance Act. Promulgada por Estados Unidos en 2010. Obligó a todos los bancos extranjeros —las FFIs— a identificar cuentas sospechosas de pertenecer a ciudadanos norteamericanos. No importa si viven afuera. Basta con haber nacido allá, tener *green card*, una dirección antigua, un seguro médico de Miami… todo eso obliga a reportar.

Hizo una pausa.

—Y no solo al IRS, también al FinCEN. Formulario 8938. Formulario FBAR. Doble reporte. Doble castigo.

León la miró con fastidio.

—¿Y nosotros qué?

—España firmó su acuerdo FATCA en 2012. Justo ahora. Están limpiando registros. Lo llaman cumplimiento fiscal. Pero para herederos fantasmas del Caribe… es una sentencia.

—¿Y qué encontraron?

—Cuentas abiertas en los años cuarenta y cincuenta. Vinculadas a Jacinto del Rosaliót. A Celedonio. Algunas con titularidad compartida con la empresa La Antigua Rosaliót Solemnidad.

León se llevó el cigarro a los labios.

—¿Montos?

—Oficialmente, no dicen. Pero varias superan los ochenta millones de euros. Con intereses… podrían llegar a cientos. Y eso sin contar las triangulaciones.

—Debo aclarar —añadió Margot— que FATCA no rompe el secreto bancario. Eso sigue protegido. Lo que hace es presionar a los bancos para identificar cuentas sospechosas, especialmente si están inactivas, heredadas o mal documentadas. Y ahí es donde aparecen los fantasmas.

El presidente se levantó y caminó hacia el ventanal. Desde su dormitorio, se veía el casco antiguo envuelto en penumbra. En su mente, resonaban otras cifras. El escándalo de Sun Land aún no se había enfriado: préstamos secretos, fideicomisos en Miami, obras fantasmas. Y ahora, justo cuando se acercaba el final de su mandato… aparecía esto.

Se giró hacia Margot.

—Ese dinero no puede caer en manos equivocadas. Es del Estado. Y lo vamos a proteger.

Su voz bajó de tono, tornándose conspiradora:

—Quiero que vayas tú. Personalmente. A Madrid. Habla con la Motín. Accede a los archivos. Encuentra todo. Pero no vayas como funcionaria. Vete como si fueras una viuda elegante buscando los papeles de su difunto esposo. Nadie debe sospechar.

Margot asintió en silencio.

—Y quiero que lo hagas en completo secreto. Esto es un asunto de Estado. Nadie debe saber sobre ese dinero de República Dominicana. Toda posesión que venga de esas tierras… será y debe ser para el Estado. Nadie debe saberlo jamás.

León dio un último trago a su whisky y escupió la sentencia:
—No vamos a hacer ricos a gente pordiosera, hambrienta y llena de grajo. Jamás.

Margot lo observó en silencio. Ya entendía. No era solo una misión financiera. Era una operación de poder. De exorcismo histórico.

Y mientras León regresaba a su cama, murmuró algo más, como si hablara con los muertos:
—Los Rosalió̇t no volverán.

Años atrás, FATCA había sido anunciado como una medida contra la evasión fiscal. Pero en países como la República Dominicana, fue otra cosa: un conjuro involuntario que desenterró fortunas dormidas.

En 2012, España firmó su acuerdo con el Departamento del Tesoro. Fue entonces cuando los bancos comenzaron a limpiar registros. Lo llamaban cumplimiento fiscal. Pero para los herederos invisibles del Caribe… era el principio del fin.

Bajo el título de *cuentas inactivas sin dueño aparente*, los bancos comenzaron a revelar activos antiguos, heredados, abiertos durante las décadas del exilio, el oro y el miedo. Muchas eran cuentas creadas por familias que, como los Rosalió̇t, habían sido perseguidas, expropiadas o dispersadas tras el ascenso de dictadores y la entrada de corporaciones extranjeras.

Y así fue como aparecieron.

Las cuentas malditas.

Pertenecen a José Margarita del Rosalió̇t, Celedonio del Rosalió̇t de Guzmán, Celedonio del Rosalió̇t De La Rosa, Victoria de Guzmán Rosalió̇t, Jacinto del Rosalió̇t y otros

miembros de la familia. Todos estos números de cuenta pertenecen al banco SATAN DER:
- 00490-7067-34BBBQOGN6000014
- 0049-0706-3622810-53240049
- 0049-00806-362281-025524004
- 0049-0706-36-2291015524-004
- 049-9070-6633-2291015524004
- 0049-00807-362391015524004
BANCO BANKINTIER
- ES-943707055902128000
- ES-950128034478014000284
- ES-740128035475910003 2832

Empresa "La Antigua Rosalіót Solemnidad"
Titulares: Celedonio Rosaliót, Jacinto Rosaliót

Los informes bancarios sugerían que esas nueve cuentas habían sido fusionadas o trianguladas en solo tres, bajo una nueva figura jurídica: *Carmín Lantigas.*

Mientras tanto, en el país, se agrietaban las fachadas. La minería a cielo abierto devoraba las montañas. La electricidad seguía privatizada. Los contratos energéticos eran secretos de Estado. Y en los periódicos, nadie decía nada sin aprobación.

Pero en Bruselas, en Ginebra, en Nueva York... los rumores crecían.

Los secretos no se congelan para siempre.

Madrid, España, junio 2012

La señora Margot partió en un vuelo privado desde la Base Aérea de San Isidro rumbo a Madrid. Era junio de 2012, y al presidente León Hernández le quedaban semanas en el poder. Las elecciones ya se habían celebrado, y su gobierno —salpicado de acusaciones por nombramientos de última hora, transferencias discretas y préstamos sin firma congresual—comenzaba a empacar sin hacer mucho ruido.

Margot, siempre elegante, viajaba sin escoltas visibles. En el aire, Margot repasaba su guion. Al aterrizar en Barajas, la escoltaron directamente al corazón financiero de Madrid. Se alojó en un hotel sobrio en el barrio de Salamanca y pidió cita —sin membrete, sin bandera— en la sede central del banco SATAN DER. La sede se alzaba como un palacio moderno, de mármol blanco y acero sin alma.

En el último piso la esperaba Aurelia Motín, vicepresidenta ejecutiva de la entidad. Pelo recogido, traje gris perla, sonrisa de banquera curtida. Su apellido era sinónimo de poder en Madrid. Los Motín llevaban tres generaciones dominando las finanzas ibéricas como una casa real sin corona. Durante décadas, ningún escándalo bancario tocó sus nombres —no por inocencia, sino por influencia.

Aurelia no era solo banquera. Era heredera de una estirpe financiera que había moldeado la banca europea durante generaciones. Se formó en economía y negocios en los Estados Unidos, lejos de las torres de Madrid, y regresó con una mirada entrenada para detectar oportunidades donde otros veían riesgos.

Endurecida en Bruselas, perfeccionada en Suiza —había absorbido el rigor de los reglamentos europeos y el arte del secreto financiero. Se movía con naturalidad entre gobiernos, fondos soberanos y consejos de administración como si fuesen habitaciones de su propia casa.

En su despacho no colgaban diplomas. Solo una fotografía austera de su abuelo, un mapa de flujos de capital con anotaciones suyas, y un reloj detenido el día en que quebró uno de los grandes bancos de inversión del norte. Quienes la conocían bien evitaban subestimarla. Quienes no, no solían cometer el mismo error dos veces.

Margot entró sola. No había cortesías.

—Señora Hernández —dijo Motín, sin invitarla a sentarse—. ¿En qué puedo ayudarla?

Margot fue directa.

—Vengo por las cuentas de la familia Rosalió t —dijo, mirando fijo—. Se han identificado bajo FATCA. Ese dinero pertenece al Estado dominicano.

Motín ni se inmutó.

—Señora Hernández —dijo con voz de archivo—, las cuentas existen, sí. No han sido negadas. Pero eso no significa que estén a disposición. Este banco respeta el secreto financiero, el derecho de propiedad, y opera bajo las leyes de la Unión Europea. Solo los herederos legítimos pueden solicitar acceso. Con documentación debidamente apostillada, sellada por cancillerías, verificada ante notario. Y hasta ahora… no ha venido ninguno.

Margot dio un paso adelante.

—Ese oro nació de nuestras tierras. Fue exportado en barcos sellados. Esos fondos existen porque hubo explotación. Hoy, ese dinero debe regresar. Esas cuentas fueron abiertas hace más de cincuenta años. Están inactivas. Los titulares han muerto. El Estado tiene derecho —insistió Margot.

Aurelia Motín la observó en silencio. Luego se acercó a una vitrina, sacó una carpeta roja y la puso sobre la mesa.

—SATAN DER no niega la existencia de las cuentas. Solo se niega a entregarlas. No bajo nuestras leyes. Y menos bajo FATCA —respondió Motín, cruzando las piernas—. Estamos obligados a reportar, no a entregar. Podemos informar a EE. UU., bloquear por sanción, o congelar si hay actividad sospechosa. Pero no podemos transferir fondos sin la autorización expresa de los herederos reconocidos. Este banco no transfiere memorias, señora. Solo mueve activos. Y los Rosalió t —según consta— no están muertos en nuestros registros. Solo están ausentes.

Margot golpeó la mesa.

—Yo represento al Estado. Y esas tierras, esos nombres, ese oro... todo es parte de nuestro patrimonio. La historia lo dice.

—La historia no mueve fondos, señora —respondió Motín, imperturbable—. Solo lo hace la legalidad. Y la legalidad aquí no se dobla ante pasaportes presidenciales.

Margot lanzó otro golpe seco sobre la mesa de caoba.

—¡Ese dinero no es de una familia muerta! ¡Es de un país vivo!

—Pero usted no representa a los herederos —respondió Motín con una sonrisa helada—. Esto no es política. Es banca.

Y añadió:

—Nuestras bóvedas —dirigidas por la familia Motín desde antes de la Guerra Civil— están llenas de fortunas que Europa nunca devolvió: el oro de los Andes, los diamantes del Congo, joyas de dictadores, pólizas de viudas olvidadas. Aquí no se pierde nada. Solo se duerme. Estas cuentas generan intereses desde hace más de medio siglo —dijo—. Han sido reinvertidas, trianguladas, ocultas en fideicomisos legales. ¿Cree usted que hemos dejado ese dinero dormido? No. Ha financiado proyectos, rescatado bancos, fortalecido balances.

Margot palideció.

—¿Se están quedando con ese dinero?

—Nos quedamos con lo que nadie reclama. Y hasta ahora, ningún Rosalió ha tocado a esta puerta.

Margot salió de la sala furiosa. Cerró la puerta con violencia. Mientras lo hacía, Motín murmuró sin despeinarse:

—Los fantasmas no heredan. Solo asustan.

De regreso en Santo Domingo, Margot se reunió con el presidente. Le relató todo con precisión. Las negativas. Las cláusulas. La burla silenciosa en los ojos de la banquera. León escuchó en silencio, sosteniendo un cigarro encendido. Su rabia era muda.

—¿Se están quedando con ese dinero? —preguntó al final.

—Lo administran. Lo protegen. Y lo hacen rendir —dijo Margot.

—Entonces no lo perdimos —reflexionó León—. Solo está en cautiverio.

Afuera, los periódicos hablaban del *cierre ejemplar* de su gobierno. Nadie mencionaba las transferencias que se hacían desde la Tesorería Nacional hacia cuentas en Ginebra, ni los cheques emitidos a nombre de fundaciones inexistentes. La prensa, como siempre, sabía cuándo callar. Mientras tanto, en Bruselas y Ginebra, los rumores de nuevas filtraciones comenzaban a circular. Se hablaba del caso HSBC, del caso UBS, del FATCA como preludio de tormentas mayores. El escándalo de los SwissLeaks se cocinaba a fuego lento.

Pero Madrid seguía sonriendo detrás del cristal.

Y la fortuna de los Rosaliót —nacida en oro, enterrada en silencio— seguía rindiendo frutos en las arcas europeas, mientras en Quisqueya, el pueblo pagaba apagones, y el Estado buscaba oxígeno fiscal entre las ruinas de su propia historia.

En los pasillos del Palacio Nacional, el presidente no dormía. Su mente ya ideaba un nuevo plan.

—Esto no termina aquí —dijo León, mirando a Margot con ojos inyectados—. Si no puedo abrir la bóveda con la ley... la abriré con los herederos.

Y así comenzó la siguiente fase.

En una reunión del comité ejecutivo del PDL, el presidente León Hernández se acercó discretamente a uno de sus operadores de confianza.

—Mike —le dijo, casi en susurro—, necesito hablar contigo. Pásate por mi despacho mañana temprano.

A las 10 en punto del día siguiente, Mike Olivo ya estaba en el despacho presidencial. Era un hombre de campo y ciudad, curtido en campañas, conocido por haber llevado arroz y habichuelas en tiempos electorales a los más pobres de Pueblo Viejo. León fue directo.

—Mike, necesito un abogado. Pero no uno de renombre. No un jurista mediático. Quiero alguien que haga el trabajo sucio sin levantar sospechas.

—¿Y qué tipo de trabajo sucio es ese, presidente?

—Hay una riqueza en el banco SATAN DER, en España. No podemos entregarla a esos pordioseros. Ese dinero debe regresar al Estado, como las tierras. Pero la única vía es a través de los herederos. Necesito que los identifiques. Que consigas sus firmas. Que montes todo.

Mike asintió, entendiendo la magnitud del encargo.

—Organízalo todo —dijo León—. Pero que no se note mi mano. Y no uses a mis abogados del bufete. Quiero a alguien que se la juegue… ¿Te queda claro?

—Clarísimo, presidente.

Mike pensó de inmediato en un personaje que conocía desde hacía años: el abogado Puerto Real. Un tipo siniestro, de reputación cuestionable, pero hábil con las triquiñuelas legales. Antes de contactarlo, Mike regresó a Pueblo Viejo. Reunió a varias familias que alguna vez habían recibido ayuda suya en campañas anteriores, y les habló con tono grave.

—Hay una oportunidad histórica —dijo—. Una herencia millonaria dormida en Europa. Pero necesitamos demostrar que ustedes son descendientes de Jacinto del Rosaliót.

Los rostros se endurecieron. Algunos se mostraron escépticos. Otros lloraron. Recordaban persecuciones, desalojos, amenazas. El apellido Rosaliót no era solo linaje; era herida. Sin embargo, aceptaron reunirse.

En una casa de zinc y madera, entre cafecito colado y sillas de plástico, Mike les explicó todo. Dijo que, si aparecía el dinero, él cobraría un porcentaje por representarlos.

—Pero el grueso será de ustedes —prometió.

Tres días después, Mike Olivo fue a buscar a Puerto Real. Se reunieron en un lugar paupérrimo y destruido de Villa Consuelo, donde los ventiladores sonaban como turbinas rotas y el olor a humedad era permanente. Puerto Real no inspiraba confianza. Tenía cara de no serio, un saco arrugado, y maletín parchado con cinta adhesiva.

Pero Mike lo recordó todo: el presidente necesitaba un tipo dispuesto a jugársela como fuera. Y Puerto Real era ese tipo.

Era enigmático, hablador, que hablaba hasta por los codos. Parecía un loro y se creía sus propias mentiras, uno de esos tipos que llenan el aire con cuentos imposibles. Decía que había matado al gigante Goliat en la guerra de 1965, cuando apenas tenía 14 años, con una ametralladora que, según él, pesaba el doble que él.

Cuando Mike le explicó la magnitud del encargo, Puerto Real se entusiasmó. Más aún cuando vio un sobre lleno de billetes dominicanos.

—Compadre —dijo con una sonrisa de predicador—, esto lo arreglo yo. Déjeme a mí los papeles y a los muertos.

Sin genealogía ni pruebas de ADN, comenzó a visitar casa por casa a todo aquel que tuviera el apellido Rosaliót, o algo parecido. Les hablaba de millones, de la gloria perdida, del destino histórico.

—Esta es la herencia del siglo —decía—. Ustedes son los hijos del oro. ¡Vamos a recuperarlo!

Cuanto más tiempo pasaba, más gente llegaba. Comenzó a comer gallina, pavo y puerco todos los días. Se vestía con trajes nuevos, hablaba por celular desde la galería.

Armado con firmas, relatos orales y partidas de nacimiento viejas, comenzó a hacer litis a nombre de la familia Rosaliót, desde los presentes hasta Celedonio del Rosaliót y Jacinto.

Incluso hizo demandas en nombre de descendientes aún no nacidos.

—Por derecho de vientre —decía—.

El dinero que se ofrecía era tan considerable que el mismo Puerto Real dejó caer una litis que tenía con el señor Olivo en Cotuí, en los tribunales. No se presentó al juicio. Mandó a su hijo, Alexis Puerto Real, sin documentación alguna. Se había vendido, según rumores, a los abogados de Barril GOLD, diciendo que había más dinero en Europa que el que jamás se obtendría como indemnización por los terrenos de la minera.

Puerto Real tenía su propio proyecto de litis contra Barril GOLD, pidiendo 10,000 millones de dólares. Mandó a una comisión de familia que él mismo había formado con un tal Ampaguo, miembro del consejo familiar.

—Esos gringos van a pagar hasta el último centavo —prometía—. Porque aquí hubo genocidio mineral.

En la reunión con los ejecutivos de Barril, cuando llegó el momento de firmar, el tal Ampaguo pidió 50,000 millones en lugar de los 10,000 previamente acordados. Los ejecutivos se levantaron indignados. No hubo firma. No hubo indemnización.

Puerto Real dejó eso de lado. Había algo más jugoso en Europa. Fue contratado para asistir al presidente y traer esa fortuna al Estado, no a la familia Rosaliót. Y eso, pensaba, lo elevaría por encima de todos.

Mientras tanto, en Cotuí las protestas aumentaban. En junio de 2012, los residentes de Sánchez Ramírez se lanzaban a las calles exigiendo agua potable, empleos dignos, y participación en las ganancias de la mina. Barril GOLD hablaba de inversión. El pueblo hablaba de miseria. Las demandas de regalías eran ignoradas mientras la tierra quedaba desnuda y el aire se volvía irrespirable.

Puerto Real, ajeno al polvo y al plomo, seguía comiendo gallina y hablando como si fuera ministro. En su boca, la historia era una telenovela, y él era el protagonista. Se hacía llamar *Doctor en herencias transcontinentales* y dormía con una copia plastificada del acta de defunción de Celedonio debajo de la almohada.

Pero todo era parte del plan.

El presidente necesitaba un expediente. Y Puerto Real, con sus cuentos, sus firmas y sus sueños, lo estaba construyendo.

Después de la salida de León Hernández del poder en 2012, el abogado Puerto Real comenzó a expandir su poder como un virus silencioso. Ya no respondía llamadas del expresidente. Se reunió en secreto con Dañino Meden —el nuevo hombre fuerte de Palacio— para dejar fuera a su antiguo jefe y quedarse él solo con todo el dinero de la familia Rosaliót.

Dañino le ofreció prebendas, protección y hasta una candidatura futura, con tal de que entregara los certificados, las claves, y todos los papeles vinculados al dinero en Europa. A cambio, le asignó escoltas con rifles de asalto y acceso irrestricto a recursos del Estado. Para 2018, la sede de la Central Derecho parecía una fortaleza: cercada, vigilada, con detectores de metales y hombres de negro. Nadie entraba sin autorización.

Los guardaespaldas de Puerto Real no eran simples escoltas. Eran veteranos del ejército, armados con M-4 y radios encriptados. Algunos hablaban en código militar. Otros, en puro silencio. La Central Derecho parecía una base clandestina disfrazada de oficina notarial.

Allí dentro, Puerto Real ya no era abogado. Era oráculo. Lo trataban como a un dios. Le abrían puertas, le tendían alfombra roja, lo esperaban de pie. Lo que decía se cumplía. Si sonreía, todos reían. Si fruncía el ceño, el salón temblaba.
En noviembre de 2017, Puerto Real hizo su anuncio más explosivo:

—Han llegado quince cuentas a República Dominicana —dijo, con voz ceremonial—. Trece trillones de euros, depositados en el Banco Nacional de Herencias.

A veces decía euros, otras veces dólares. A los viejos les prometía pesos dominicanos. A los jóvenes, criptomonedas. Su narrativa era líquida, como el dinero que decía custodiar. Decía que había 50,000 herederos Rosaliót en total. Y que cada uno recibiría lo suyo... pronto.

El nuevo gobierno hablaba de austeridad, pero firmaba préstamos en silencio. Y el dinero, como siempre, venía con condiciones. Mientras tanto, los trillones de Puerto Real servían de opio popular: la promesa de riqueza sin trabajo, de justicia sin tribunal.

Puerto Real había oído del caso HSBC, del SwissLeaks, del escándalo de los Papeles de Panamá. Sabía que los gobiernos ya no cerraban los ojos. Pero confiaba en que su teatro jurídico lo protegería del tsunami fiscal que venía desde Bruselas y Nueva York.

En los tribunales se hablaba de *la fábrica de herederos*. Testimonios, actas de nacimiento, certificados de defunción... todo podía conseguirse por un precio. Puerto Real tenía acceso a esa maquinaria de falsificación que había servido para despojar familias enteras en la frontera, en Samaná, en el sur profundo.

Un día, un agente federal de los Estados Unidos apareció en la oficina de Central Derecho. Venía en nombre de la familia Rosaliót. Puerto Real empalideció.

—¿Cuál es el monto exacto que ha recibido en nombre de los Rosaliót? —preguntó el agente.

Puerto Real tartamudeó:

—No... no puedo decirle eso...

—Lo tengo en este portafolio —dijo el agente, golpeando el maletín—. Pero si no quiere hablar, me retiro.

Y se fue, bajando las escaleras.

Julio Ángel, Jesús y otros presentes lo regañaron:

—¡Debiste responderle en privado!

Puerto Real sudaba. Mandó a buscarlo de nuevo.

El agente federal regresó. Todos salieron. Se encerraron a solas.

—He recibido 13 trillones de pesos —confesó Puerto Real.

El agente abrió su portafolio. La cifra coincidía exactamente. Todo había sido rastreado. En silencio, el agente se marchó. Ya no había vuelta atrás.

Era tanto dinero que el notario de Central Derecho, Matin Hidaygo, me envió los montos que le corresponderían a cada heredero. Con 50,000 herederos, estos montos son por mis 10 herederos y lo que me tocaría a mí. Lean esto con cuidado.

Dr. Ramón Murray: 120,511,799,263,168.00

Monto para pagar a herederos: 87,104,616,814,365.10

Monto por un libro: 1,000,000.00

Monto neto por servicios profesionales adicionales: 2,459,425,474,758.54

Depositar en la cuenta 240-128526-4 a nombre de Martín, por depositar todo mi dinero en mi cuenta.

Nota: ilustre Dr. Murray, le recordamos que estos datos no son definitivos. Claro que, en vez de resultar en menos, son en más. Y que son absolutamente confidenciales entre usted y nosotros. Tanto usted como nosotros somos responsables de mantener nuestra confidencialidad. Hasta la fecha, esta confidencialidad la hemos conservado a través de más de 700 clientes con la protección de más de 27,000 herederos. Buena noche. Muchas gracias. Fecha: 8 de abril de 2021.

Este señor es un mentiroso engañador.

Parte II
La Promesa Encendida

La esperanza es un fuego pequeño, pero cuando prende en el corazón de muchos, se vuelve inapagable. No había nada más poderoso que la promesa de un mañana compartido; cada marcha era una chispa, cada voz un soplo de luz

V | La Carta que Nunca Fue

Dañino Meden pone a su gente en posición — El dinero llegó de estado a estado — Lizardis, director del banco y aliado de Puerto Real — Comisiones de Puerto Real — Cuotalitis por rumbas — Llegada a la Central de RRR — Mómica Bienal — Carmín Lantigas — Carta de SATÁN DER en casa de RRR

Puerto Real había creado un círculo cerrado. Solo sus leales conocían fragmentos cuidadosamente seleccionados de lo que él permitía que se supiera, sobre todo en lo que respectaba al dinero. Lo demás—la verdad entera de la herencia—vivía sepultado bajo un silencio hermético.

Aquel abogado, llamado Johnny Puerto Real, se convirtió en un poder en sí mismo. Amenazaba con excluir de la herencia a quien osara cuestionarlo. Gobernaba con miedo, manipulando a 50,000 herederos multiplicados por sus familias—más de dos millones de personas bajo su sombra. Armado, arrogante y sin límites morales, se paseaba como un caudillo. Usaba a mujeres casadas, solteras o viudas por igual, como si fueran trofeos de guerra. Una vez, su esposa lo encontró en su oficina con *La*

Rubia sentada sobre sus piernas. Al enfrentarlo, Johnny sacó una pistola. Hubo gritos, forcejeo y escándalo en la Central Derecho.

Dañino Meden, el presidente, movía sus fichas en paralelo. Puso a su hermano como enlace directo con la oficina de Puerto Real. Durante ese tiempo, él también disfrutaba de muchos privilegios por parte del presidente Daniño Meden, quien ansiaba la fortuna de los Rosalió t, especialmente ahora que el antiguo presidente Hernández ya no estaba en el poder y se acercaban las elecciones de 2020. Así fue como Daniño Meden lavó el cerebro a una persona ambiciosa como Puerto Real. Le prometió que para 2020 sería candidato presidencial por el PDL, cosa que Puerto Real recibió con entusiasmo, pues le habían ofrecido la presidencia a cambio de entregar toda la documentación sobre la herencia de los Rosalió t a Daniño Meden. Durante ese tiempo, más de 400 funcionarios recibieron cantidades exorbitantes de dinero, desde 100 millones de pesos hasta 23,000 millones de dólares, todo entre 2017 y 2020, los últimos tres años de gobierno de Daniño Meden.

Ese mismo entorno estaba marcado por el escándalo de Odebrecht, que destapó sobornos por más de 90 millones de dólares. Mientras Puerto Real abría cuentas a nombre de los muertos, Odebrecht pagaba contratos con los vivos. Los dos operaban bajo la misma lógica: robar era legal si el papeleo estaba en orden.

Le gustaba decir que había combatido en la revolución del '65... con apenas 14 años. Reunía fieles como un predicador. Pastores evangélicos lo ungían con aceite, llamándolo *el profeta del oro*. Le caía el cabello por tanto aceite. El poder y la grandeza se enseñoreaban en Puerto Real, que era digno de celebración incluso por sus chistes.

En abril de 2018, Johnny tomó una decisión crucial. A las dos de la tarde, sin consulta ni elecciones, envió a su hombre de confianza—Veterano—al Banco Nacional de Herencias. Veterano era el presidente del consejo que Puerto Real había formado sin elecciones, ya que los 50,000 herederos no eligieron a nadie. Llevaba una nómina con los nombres de 8,000 herederos. El banco emitiría pagos a nombre de cada uno, canalizados desde la Central Derecho. El Consejo Familiar, que debía ser electo democráticamente, jamás fue votado. Fue impuesto por Johnny. Así comenzaba la institucionalización de la ilusión.

Ese mismo año se aprobó la Ley 155-17 contra el lavado de activos. Decía que blanquear capitales era delito. Pero nadie lavaba mejor que el Banco Nacional de Herencias.

El dinero, supuestamente, venía de *estado a estado* desde España. Pero pronto esa versión se desmoronó. Óscar Aza, su propio vocero, lo negó. También lo desmintió el señor Ampaguo, cercano al caso. En realidad, el dinero parecía venir de otra fuente... o de ninguna.

En una reunión secreta con el director del banco, Simeón Lizardis—amigo íntimo y miembro del mismo partido, el PDL (Partido de Ladrones)—se pactó abrir cuentas para los herederos usando la nómina entregada por Veterano. Las firmas fueron estampadas bajo confidencialidad. Las cuentas tenían códigos SWIFT e IBAN, muchas de ellas vinculadas a bancos en Ginebra y Toronto, incluyendo una entidad que aparecería en los Papeles de Pandora tres años después.

A partir de ahí, la maquinaria se puso en marcha. El Banco Nacional de Herencias contactó a más de 3,000 personas. Se abrieron cuentas con códigos internacionales, se emitieron tarjetas de débito, cuentas de ahorro, cheques. Se hablaba de un trato VIP. La gerente más activa, Kirla Asención, atendía personalmente a los Rosalió. Entregaban catálogos con yates, mansiones y villas. Les prometían riqueza en menos de 20 días.

Abrir una cuenta costaba 500 pesos. Las oficinas del banco—desde Montecristi hasta Higüey—se llenaban de herederos pobres que firmaban papeles sin comprenderlos, embriagados por promesas. Los más viejos recordaban a Baninter. Los jóvenes apenas sabían que su dinero dormía en cuentas fantasmas. Pero el Banco Nacional de Herencias era peor: vendía sueños, no intereses.

La Central Derecho se convirtió en un hervidero. Cobraban por todo: cuotalitis, pines, certificados, sellos, asesorías. Entre los relacionadores públicos estaban Lebrón, Adonai y Manuel Hawái, quienes repetían el guion oficial:

—Falta poco. El oro está asegurado.

Hablaremos de estas personas más adelante, pero muchas se convirtieron en *puertorealistas*, creyendo que todo lo que él decía era suficiente sin mostrar un solo documento.

Otros, más cercanos, formaban parte del círculo íntimo. A Puerto Real había que aplaudirle hasta los pedos. Literalmente. En una ocasión, mandó a un seguidor a sentarse... y le soltó un pedo en la cara. Todos rieron. Incluso el afectado. La humillación era requisito para la herencia.

En esa oficina se presentaban como grandes ejecutivos la señora Míguela Gómez, que cobraba todo el dinero y se aprovechaba en gran medida. A muchos les cobró dinero para resolver problemas relacionados con los PINs y las cuotalitis. Esta señorita fue una de las más influyentes dentro de Central, teniendo acceso a todo en esa oficina.

La oficina se convirtió en un nido de delincuentes, de la mafia siciliana, donde el dinero fluía. Allí, muchas veces, lo que ya se había pagado se duplicaba. Esto sucedía con el notario Matin Hidaygo, quien también cobraba una vez más, siempre con el conocimiento de Puerto Real.

También estaban ahí los diferentes coordinadores, quienes en muchas ocasiones cobraban un porcentaje adicional al heredero, por encima del 35% que debía ir al abogado Puerto Real. Los coordinadores iban directamente a las casas de las personas y, después de que ya habían pagado el 35% a Puerto Real, cobraban extra por cualquier investigación o por hacer absolutamente nada, ya que eran asignados al coordinador por voluntad de Puerto Real. Así es que muchísimos herederos del 100% le veían quedando un 40% o un 50%, y todo lo demás era tomado por avivatos de la Central Derecho, la cual se convirtió simplemente en un semillero de mafia, totalmente mafia.

No todo era corrupción. Había hombres decentes, pocos, que no reían los chistes de Johnny. Estaba su hijo, quien intentó—sin éxito—convencerlo de entregar la herencia. Estaba William Rosaliót, firme, insistiendo en que se hiciera justicia. Estaba Amét, el policía, que le advirtió a Johnny:

—Entrega el dinero o te explotará una bomba en las manos.

Y estaba Ingenio Panyagua, el genealogista, cuya casa se llenó de tantos folders que terminaron mojándose en la marquesina.

Las comisiones de Puerto Real

Puerto Real había instalado varias comisiones dentro de la familia Rosaliót. Ninguna fue sometida a referendo, ni a votación, ni siquiera a una consulta simbólica entre los 50,000 herederos. Todas nacieron por decreto verbal, por el dedo ungido del abogado que se creía heredero del mismísimo Jacinto del Rosaliót.

Nombraba a quienes le serían fieles. A los que sabían obedecer sin preguntar. A los que, como él decía, *saben dónde está el oro y dónde está el peligro*. Nadie podía contradecirlo. Ni siquiera dudar en voz baja.

La primera comisión, llamada pomposamente Consejo Familiar Rosaliót, estaba compuesta por veinte nombres cuidadosamente seleccionados. Allí estaban William, el veterano incansable; Paniagua, el genealogista con la marquesina inundada de archivos; Marisol, voz templada pero obediente. También estaba un abogado notario apodado Martincito, cuya historia terminaría en tragedia: se ahorcó meses después, en circunstancias que aún hoy despiertan murmullos. De él hablaremos más adelante.

Figuraba también Wendy Zacapa y otros tantos que, por exceso de nombres y ausencia de decisiones, no vale la pena enumerar.

Otra comisión que Puerto Real fundó fue la Comisión de Pago, igual de extensa y opaca. Encabezada por su vocero de confianza, Óscar Aza, quien fungía también como portavoz oficial de Central Derecho. Le seguían nombres como Chonchi, la señora Branchi, y varias figuras menores que deambulaban por la oficina con carpetas vacías y promesas llenas.

Estas comisiones no eran órganos deliberativos, ni fiscalizadores. Eran cortinas de humo institucionalizadas, dormidas por las mentiras del abogado. Puerto Real les decía que el dinero—los trillones de euros—ya estaba en la República Dominicana desde noviembre de 2017. Les hablaba de códigos, de firmas, de bancos en Suiza y Alemania. Pero el oro jamás llegó a manos de un solo Rosaliót.

El corazón de esta maquinaria era Central Derecho, dirigida por el propio Puerto Real y su socio Rollo, el dueño formal. Allí también operaban sus hijos, sin títulos ni ética profesional. Entre ellos, destacaba un joven abogado llamado Alexander. Tenía nobleza en la mirada y un corazón distinto al resto. Trabajaba sin cobrar, revisaba expedientes con devoción, y se quedaba hasta tarde ayudando a ancianos que ni sabían leer. Pero el cáncer lo venció temprano.

Fue una pérdida real. Alexander era el único dentro de esa estructura envenenada que de verdad quería ayudar a la familia. Su muerte no fue solo una tragedia médica; fue el símbolo de que en la Central Derecho no había espacio para los justos.

También estaba Olivo, figura clave que aparecerá más adelante. Porque en esta historia, como en toda tragedia dominicana, los nombres no mueren: se repiten, se esconden, y regresan en los momentos más oscuros.

Llegada de RRR y su hermana Rosa

A mediados de 2017, llegaron al país Rafael Rosaliót Rosaliót, mejor conocido como RRR, y su hermana Rosa. Venían con la urgencia de quien ha esperado una vida entera: según el abogado, el pago de la herencia estaba programado para la próxima semana. Muchos habían recibido llamadas desde el extranjero. Todo apuntaba a que, esta vez, era verdad.

La primera vez que RRR visitó la Central Derecho, llevaba consigo sus papeles y la cuota de inscripción como heredero: su cuotalitis. Pero no esperaba lo que encontró. Las tres plantas del edificio estaban abarrotadas de gente y, aún más perturbador, de hombres armados con fusiles largos, algunos incluso vestidos de militares. No era una oficina. Era una zona militarizada, un búnker disfrazado de bufete.

Intentó ver a Puerto Real. Se identificó como heredero directo, proveniente de Puerto Rico. Pero la seguridad le negó el paso más allá de la primera planta. No importaba su apellido. No importaba su historia. No pudo verlo.

Antes de regresar a Puerto Rico, RRR organizó una pequeña reunión en su apartamento. Invitó a algunos del personal de la

Central Derecho. Allí apareció Alexander Puerto Real, hijo del abogado. Lo abrazó con sinceridad. Le dijo:

—Quería conocer al que siempre defendía a mi padre.

Fue un momento que RRR recordaría con afecto. Esa noche no hubo oro, ni firmas, ni promesas. Solo un gesto humano.

Pero el silencio volvió. Hasta que una semana después, Rosa, desde Pensilvania, lo llamó. Estaba agitada:

—Me llamó Font de España, el hermano de Roque. Dicen que el pago se hace esta semana. Tienes que venir. No puedo sola.

Y él fue. Se encontraron en el aeropuerto de Las Américas: ella desde EE. UU., él desde San Juan. Y juntos se dirigieron, una vez más, a la Central Derecho.

Esta vez fue diferente. Rosa tenía una historia con Puerto Real. Lo conocía. Había hablado con él. Los guardaespaldas, al verla, se cuadraron con respeto. Los dejaron pasar directo a la tercera planta, el sancta sanctorum del abogado.

La oficina parecía un mercado en hora pico. Herederos llegaban con sobres, contratos, certificados. Más de mil millones de pesos habían pasado por esa oficina entre genealogías, cuotalitis, pines, y otros inventos legales. Rosa levantó la voz en la entrada:

—¡Doctor Puerto Real, aquí estamos! Y le traigo a mi hermano Rafael.

Puerto Real se incorporó, teatral. Dio un golpe seco en la mesa, se pasó la mano por la calva y exclamó:

—Bueno, bueno... ¡Ahora sí se puso bueno esto! ¡Voy a entregarle esta oficina a RRR!

Nunca lo había visto antes. Ni siquiera lo reconoció la primera vez. Pero necesitaba aliados. Y un Rosalió† útil valía más que mil fieles.

Convenció a Rafael de quedarse en el país. No tenían dónde dormir. Pasaron una semana en un hotel hasta que un primo cantante—Rafa, del grupo de los Rosaliót—les prestó un apartamento vacío en el Ensanche Isabelita.

Fue allí donde se alojaron. Y fue allí donde llegaría la carta.

La señora Carmín Lantigas, figura misteriosa con tres cuentas adjudicadas a la familia Rosaliót, era la representante de Puerto Real en Europa. Tenía un contrato firmado con el abogado. Y ahora tenía una misión: obtener del banco SATAN DER la carta oficial con las cuentas que supuestamente ya estaban en República Dominicana.

Pidió una yipeta a cambio. Una compensación, decía, por el riesgo y la información. Jochee Rosaliót gestionó el vehículo. Carmín, ahora sí, accedió.

El gerente del banco SATAN DER, Rafael Revuelto, le aseguró que enviaría la carta directamente al apartamento de Rafa y Rosa en Isabelita.

Pero Carmín no se sentía segura. Así que RRR y Rosa la llevaron a su apartamento. Cerraron puertas. Pusieron cerrojos. Nadie podía entrar. Nadie.

La noticia corrió como pólvora. El Consejo Rosaliót, encabezado por el veterano y más de veinte miembros, rodeó el edificio. Vestían sacos y corbatas, a pesar del sol brutal de agosto. El asfalto ardía, el aire era denso, y el sudor empapaba sus camisas formales mientras golpeaban el portón con los nudillos enrojecidos. Parecían políticos en una cruzada sagrada, pero su propósito era uno solo: ver la carta.

—¡Ábrannos! —gritaban desde abajo.

Intentaron varias veces entrar al apartamento, pero RRR llamó a la policía. Hilar Ampaguo también intentó entrar, pero no lo dejaron pasar. Allí estaban Rafa, Rosa, Carmín y RRR, resistiendo el asedio como si fuera una última trinchera.

El veterano, enardecido, levantó una piedra.

—¡Si no abren, vamos a quemar este apartamento! —gritó, y lanzó la piedra. No rompió el cristal. Pero el mensaje quedó claro: era guerra.

Una semana después, llegó Mómica Bienal, asistente del expresidente León Hernández. Vestida de blanco, con una cartera de cuero y voz suave, la dejaron entrar. Había sido enviada por Puerto Real. Y traía una misión.

La carta ya estaba allí. En el buzón. La Carta de SATAN DER.

Una hoja con membrete internacional. Códigos IBAN. Cuentas con cifras astronómicas. El documento más esperado de toda una generación. La Biblia de los Rosaliót.

Mómica la sostuvo con delicadeza. Llamó a RRR, a Carmín, al coronel Hidalgo. Todos la vieron. Todos la tocaron. Pero nadie la leyó entera. Era una carta por delante. Y por detrás. Demasiadas cifras para tan pocos segundos.

Antes de irse a sacar las copias, Mómica dijo con una voz suave, casi maternal:

—Yo le prometí a Carmín un spa; quiero que vayamos primero para que ella se haga su masaje, y luego entonces vamos y sacamos las copias.

Todos asintieron, sin sospechar que esa frase, dicha con dulzura, formaba parte de una estrategia ya definida.

Llegaron al spa. Carmín se metió a su lugar para hacerse su tratamiento. El coronel Hidalgo y RRR se quedaron en el lobby, inquietos. El aire acondicionado apenas mitigaba el calor caribeño, y la tensión en sus cuerpos era evidente: piernas inquietas, miradas fugaces al reloj, silencios densos.

Mientras tanto, Mómica entraba y salía de una de las oficinas interiores con la soltura de quien conoce bien el lugar. Era amiga de los dueños. Pero aquella mañana, su visita no era social. A los diez minutos, desapareció tras una puerta esmerilada. Fueron quince minutos exactos.

En ese lapso, ejecutó lo que ya estaba planeado: habló con León Hernández y le envió el documento. No pidió permiso. Solo informó:

—Todo listo.

Del otro lado, León llamó a Dañino Meden para una reunión secreta. El traslado de poder ya había comenzado.

Mómica no improvisaba. Ejecutaba. Cada sonrisa, cada pausa, cada gesto había sido ensayado. El spa no era un descanso: era una sala de espera, una coartada.

Cuando terminó, volvió al lobby, donde RRR y el coronel Hidalgo la esperaban sentados. Esperaron a que Carmín terminara su tratamiento y luego se fueron a un sitio supuestamente para hacer copias de la carta, lo que resultó ser un montaje, pues ya había hablado con su jefe. Mómica sacó las copias de esa carta, las hizo con letra grande y le trajo una copia a RRR, otra al coronel Hidalgo, otra a la Antigua y quedó una para ella.

Les entregó las copias con la misma delicadeza con la que se ofrece un anzuelo. Los tres las sostuvieron como si fueran escrituras sagradas. Pero la calma no duró.

Entonces... sonó su celular. Atendió. Fueron cinco segundos. Colgó. No recibió instrucciones. Confirmó que la puerta ya estaba abierta.

Con frialdad metódica, empezó a arrebatar las copias una por una, como parte de un guion ya escrito.

—¡No pueden ver esto! ¡Ya no!

No fue un arrebato. Fue parte del truco. Como un mago que da y quita, sabiendo que el truco no está en la carta, sino en lo que no dejaron ver.

Nadie pudo detenerla. Se fue con todas las copias. Dijo que se las entregaría a Puerto Real. Hasta hoy, nadie ha vuelto a ver esa carta. Nadie sabe dónde está. Nadie sabe si alguna vez existió.

VI | El Espectáculo de la Herencia: Mírenla. Huélenla. Olfateen

Confesión de Puerto Real a RRR — Alejandro Meden — Arrazele Meden — coronel Hidalgo muestra la carta en el restaurante de Roque — Se muestran las cuentas en La Central — Viaje a España: Mike Olivo, Ampaguo, Lucía Montes, Ana Antonieta, y Luis Maten Hidarguo — Los contratos de Puerto Real — 1,500 Millones de pesos a la Central Derecho

Puerto Real le había dado las llaves de las oficinas a RRR, ya que este vivía cerca; así RRR abría y cerraba las oficinas de la Central Derecho, era el primero en llegar y el último en irse. Su escritorio estaba al lado del doctor; cuando llegaba, lo saludaba con un beso, y al irse le daba otro beso. Eran tan cercanos que, si Puerto Real comía un plato de comida, le daba la mitad a RRR y la rodaba hacia su escritorio. A RRR le llamaban el hijo de Puerto Real. RRR fue muy fiel al doctor Puerto Real.

Una noche, cuando RRR estaba cerrando la oficina, alrededor de las 7, ya oscureciendo, el doctor le dijo a Rafael, en un tono triste:

—El gobierno se quiere quedar con el 100% de la herencia de la familia Rosaliót. Estoy destruido. Por supuesto que le dije que no al presidente Dañino. Me dijeron que entonces le diera un 50%, a lo que dije que no. Me dijeron que le diera un 15% de la herencia, y le dije que no, que ni un chele menos, ni un chele más. La herencia de la familia Rosaliót no se toca.

—Sin embargo, accedí a un trato sobre mi 30% que yo voy a cobrar, y les ofrecí un 5% para repartir entre todos los políticos —añadió—. Pero la respuesta fue: *Eso lo vamos a estudiar*, y no me dieron respuesta. Temo que se quieran quedar con toda la herencia de la familia Rosaliót.

Pasados unos días, el coronel Hidalgo y RRR llegaron al restaurante de Roque, que estaba totalmente lleno. Se corrió la voz de que se iba a mostrar la carta. A ese restaurante llegaron más de 500 personas ese día. Los cubiertos repicaban, pero nadie comía. Todos esperaban la carta como si fuera la aparición de la Virgen. Roque se peleó con el cocinero por su lentitud y porque lo encontró rascándose y sirviendo comida.

Cuando llegaron, el coronel Hidalgo comenzó a mostrar la carta, uno por uno:

—Mírala, huélela, olfatea —decía.

Pero no se la dejó tocar a nadie ni sacar fotos. Todos desfilaron frente a la carta. Nadie pudo firmar nada, ni tener nada, ni tomar esa carta. Solo eso: *mírala, huélela, olfatea*. Al final, el coronel Hidalgo se llevó de nuevo la carta.

RRR y el coronel volvieron a la Central Derecho. Allí los esperaba otro grupo que quería ver la carta. Y de nuevo:

—Mírenla, huélenla, olfateen.

No se le dio copias a nadie.

Inmediatamente después, la comisión de la familia Rosaliót, dirigida por Veterano, decidió poner un impedimento de pago. Se reunieron, firmaron una carta y la enviaron al Banco Reservas para que esas cuentas no fueran pagadas. Esto causó un gran malestar entre la familia Rosaliót, porque se les impuso una oposición de pago a esas cuentas, pero de los veinte miembros, solo firmaron tres personas, entre ellas Veterano.

Enterado Puerto Real de lo ocurrido, se enojó muchísimo. Desde su escritorio en la Central Derecho, con testigos presentes, llamó por teléfono a los miembros del consejo. A Veterano, a William, a todos. Y gritó:

—Yo necesito que ustedes revoquen eso, y que traigan esa carta y la firmen todos, revocando el impedimento de pago. Porque si no, voy a ir armado con todos mis guardaespaldas y voy a armar una matazón. Y acuérdense muy bien que yo para matar a un hombre no tengo temor, porque fui combatiente; yo peleé en la revolución del 65 al lado de Caamaño y de Montes Arache… cuando los tanques de Estados Unidos cruzaban la George Washington, y el humo de las bombas lacrimógenas se metía en las iglesias. Yo tenía trece años, pero me trepaba en los techos con la ametralladora. Yo vi a Caamaño con mis propios ojos, caminando entre las ruinas con el pecho descubierto, diciendo que Bosch volvería, que este país merecía dignidad. Montes Arache me enseñó a desarmar un M1 con los ojos cerrados. ¿Y ustedes creen que ahora me van a venir con una cartica para bloquearme una cuenta?

Y diciendo eso a Veterano por teléfono, levantó su pistola y disparó tres veces al techo. Las luces parpadearon. El yeso cayó como nieve sucia. Todos salieron corriendo. Y Puerto Real, aún al teléfono, gritaba:

—¡Si ustedes no me conocen, coño, si esa carta no está en mi escritorio firmada hoy mismo, ya saben lo que les espera!

Veterano se llenó de miedo. Le dio diarrea. Tuvo que tomarse un Pepto Bismol y ponerse un pamper. Pero tuvo que hacerlo. Tres horas después, Veterano y diez miembros del consejo llegaron a la oficina del abogado con la revocación firmada frente a Puerto Real. Retiraron el impedimento de pago.

Mientras tanto, el Banco Reservas, que había prometido que en 21 días haría millonarios a 8,800 herederos de la nómina depositada en abril de 2018, ahora se echaba para atrás. El dinero no apareció. Ninguna cuenta fue acreditada. El banco alegó que el abogado había detenido las aperturas de nuevas cuentas. También dijeron que, por una carta que Puerto Real envió solicitando información sobre el monto exacto a repartir, se había paralizado todo. La carta era válida: él era el abogado apoderado. Pero el gobierno —corrupto, voraz, sin ley— quería dar el tumbe.

Era el gobierno más corrupto: más de 300 billonarios se formaron bajo el PDL, Partido De Ladrones. Un gobierno que se apoderaba de lo que no era suyo.

Dañino Meden estaba detrás de todo esto. Sus funcionarios cercanos estaban listos para la piñata: los Paredes, su hermano Alejandro Meden, el puente entre Puerto Real y el presidente, y su hermana Arrazele Meden, quien tenía un alto cargo de control en el Banco Reservas. Todo fue orquestado desde Palacio. Todo fue ejecutado a través de Puerto Real.

El Nudo Español: Viajes, Poderes y Silencios (2014–2017)

Puerto Real viajó a España más de diez veces entre 2014 y 2017. A veces solo. Otras veces acompañado de Ampaguo y el señor Olivo. El objetivo siempre fue el mismo: activar los fondos de la familia Rosaliót. En uno de esos viajes, se reunió con el hermano de Roque, Font, con la señora Lucy Montes y con su madre, doña Antonieta —madre y hermana de Féliet

Rosaliót, del equipo de los guerreros— y les otorgó poderes notariales para representarlo en España.

Incluso le dio poder a una estilista suiza, Celestine Trump, para representar a la familia en Suiza. También contrató al abogado español Luis Maten Hidarguo, quien tendría la tarea de enviar los fondos a República Dominicana. En el contrato constaban los números de cuenta para las transferencias. Maten Hidarguo luego negó haber trabajado para Puerto Real. Su firma está plasmada en tinta y papel de contrato que publicamos también en los chats de la familia.

Puerto Real redactó una serie de contratos para apoderar legalmente a Hidarguo como representante de la familia Rosaliót bajo su mando. Viajó con más de 102 firmas obtenidas en la República Dominicana, presuntamente de herederos y miembros del consejo. Mike Olivo y Ampaguo lo acompañaron hasta la oficina de Hidarguo en Madrid. Pero al examinar las rúbricas, el abogado español frunció el ceño.

—Estas firmas... —dijo, levantando una—. No son válidas. Necesito que me traigan nuevas con identificación fotográfica.

Regresaron semanas después con un nuevo paquete. Y otra vez, Hidarguo negó su legalidad.

—Estas también están falsificadas. No puedo trabajar bajo estas condiciones.

Puerto Real salió enfurecido de la oficina, maldiciendo entre dientes, buscando otro abogado en la ciudad.

En esos días ocurrió una discusión tan violenta que casi termina en tragedia. Puerto Real insistía en poner el dinero a nombre de un funcionario del gobierno —o incluso del propio Dañino Meden— para *asegurar la transferencia*. Ampaguo, indignado, se levantó de golpe. Sacó su pistola y, temblando de furia, se la colocó en la frente a Mike Olivo.

—¡Si tú firmas esa vaina, te vuelo la cabeza aquí mismo! —gritó—. ¡Ese dinero no es del gobierno, coño! ¡Es de la familia!

Olivo levantó las manos, pálido. Puerto Real intentó interceder, pero nadie osaba moverse. El ambiente era denso, cargado, como si el aire mismo pudiera estallar.

—Bájala, Ampaguo... —dijo Puerto Real, sin éxito.

—¡Bájatela tú, traidor! —rugió Ampaguo—. ¡No vamos a regalarle la fortuna de Celedonio a ningún maldito político!

Después de minutos eternos, Ampaguo bajó lentamente el arma. Pero el respeto en la habitación se había resquebrajado para siempre.

A lo largo de esos viajes, Puerto Real se dedicó más a la vida de lujos que a asuntos legales. Paseaba por Madrid, comía caviar, se tomaba selfies en bancos simulando reuniones con *ejecutivos* que no eran más que recepcionistas. En uno de sus videos más descarados, enfocó un cofre viejo y dijo:

—Aquí está el oro de Jacinto. El tesoro de la familia Rosalió́t.

Aseguró que Mike Olivo había metido la mano y sacado un collar y unos brazaletes. Todo era mentira.

El engaño causó un nuevo encontronazo, esta vez a puños. Ampaguo le gritó a Olivo en plena calle:

—¡Eso no es tuyo! ¡Son objetos sagrados, desgraciado!

Y le propinó un puñetazo directo a la mandíbula. Tuvieron que separarlos.

Wendy Zapote, testigo de algunos momentos, negó saber nada.

—A mí me dejaron en un sitio... Yo no vi nada. No fui parte de eso.

Mientras tanto, Luz Montes y su madre Antonieta —ambas con poderes legales firmados— comenzaban a sospechar. Puerto Real se había acercado al esposo de Luz con una petición directa:

—Ya el pago viene pronto —dijo, bajando la voz como un confesor—. Solo necesito 300,000 euros más para completar el proceso.

Se los prestaron. Hasta hoy no han visto un centavo.

En audios filtrados, doña Antonieta estalla:

—Es necesario que usted me pague ese dinero. ¿Cuándo va a pagar?

Pero Puerto Real se escudaba en silencios, evasivas y más promesas.

—Tranquila, doña. Todo está a punto de resolverse...

Se hicieron tantos viajes, tantos contratos, tantas firmas, que hasta hoy nadie sabe qué exactamente *amarró* Puerto Real. Solo se sabe que lo que amarró fue tan grande que no se ha podido desatar EL NUDO. En varios de esos viajes, fue solo. Alegaba que las restricciones del espacio Schengen —reforzadas entre 2015 y 2017 por amenazas de seguridad y crisis migratorias— hacían más difícil viajar con grupos grandes o acompañantes innecesarios.

—Con tanto control, es mejor moverme solo —decía con tono grave, como si fuera víctima de la burocracia europea.

Pero a muchos les pareció una excusa conveniente. En realidad, nadie sabía con quién se reunía ni qué negociaba en esos trayectos solitarios.

También lo dijo en mi programa de YouTube Hilar Ampaguo: Puerto Real no tenía la capacidad para mover esa cantidad de dinero —y mucho menos 13 o 65 trillones de euros— sin la ayuda de alguien de peso. Y si el dinero llegó a la República Dominicana, tuvo que haber sido por alguien como Luis Maten Hidarguo, que pudo haberlo canalizado a través de una ONG, pues no llegó de Estado a Estado, según confirmó el vocero de la Central Derecho, Óscar Aza.

En esos años, España endurecía sus políticas contra el lavado de activos. Las autoridades, presionadas por el Grupo de Acción

Financiera Internacional (FATF), monitoreaban con lupa cualquier transferencia sospechosa. Pero Puerto Real aseguraba que tenía sus *vías discretas*, como si los controles globales no aplicaran a sus papeles. En su boca, hasta los euros falsos sabían a verdad.

José Francisco Rosaliót de la Vega relató lo que muchos recuerdan como el evento más indignante y surrealista de todo el proceso: la gran fiesta de Piedra Blanca, Cotuí.

Puerto Real había mandado a imprimir miles de volantes a color que se repartieron por todo el país. Decían:

¡GRAN FIESTA DE HEREDEROS!
La semana que viene llega el pago.
¡Ven a celebrar tu futuro millonario!
Entrada: GRATIS.
Artistas invitados:
LOS HERMANOS Rosaliót

La noticia se regó como pólvora. Desde San Cristóbal, Bonao, Baní, hasta las entrañas del Cibao, los herederos se preparaban. Algunos alquilaron guaguas, otros llenaron carros con banderas de la familia. Muchos fueron con camisetas blancas donde llevaban estampadas las palabras: *Yo soy Rosaliót.*

Había gente emocionada, llorando de felicidad al llegar al campo de tierra preparado para la tarima. A la entrada, una pancarta gigante decía:

La espera ha terminado. Bienvenidos a la riqueza.

—Esta fiesta es histórica —decía una señora con un nieto en brazos—. Esto es para contarle a mis nietos.

—Yo vine a marcar mi presencia —decía un joven con los ojos brillosos—. Cuando yo sea millonario, quiero que se sepa que estuve aquí. Que no fue suerte. Fue legado.

Pero la ilusión empezó a agrietarse apenas cruzaron el portón. Un letrero colgado de dos palos de caña decía:

ENTRADA: RD$400 — para cubrir gastos de logística.

Muchos se quejaron, pero nadie se fue. Se habían dicho que la herencia llegaría la semana siguiente, así que 400 pesos era un sacrificio mínimo por estar presente en *el momento antes del milagro*. Adentro, vendían platos de arroz con cerdo a 250 pesos, refrescos a 100, y camisetas oficiales a 500. También ofrecían una revista titulada *La Herencia del Siglo*, con la cara sonriente de Puerto Real en portada, a 100 pesos la unidad. Se vendieron más de 20,000.

Miguela, con gafas oscuras y blusa morada, y Mike Olivo, en pantalón blanco y chacabana, recogían el dinero en bolsas plásticas, fundas de colmado, y hasta un viejo saco de arroz reutilizado. La música retumbaba desde la tarima. Los Hermanos Rosaliót afinaban sus guitarras. El ambiente era electrizante. Bajo las estrellas del cielo cibaeño, 12,000 personas sudaban, reían, cantaban, y bailaban abrazados. Por unas horas, fueron millonarios en su imaginación.

Hasta que, cerca de la medianoche, ocurrió lo impensable.

Una voz desesperada atravesó los parlantes de emergencia:

—¡Hay una bomba! ¡Le pusieron una bomba al abogado Puerto Real!

El DJ detuvo la música con un chillido de acople. Las luces se apagaron. Un silencio de muerte cubrió la multitud.

Y entonces, como en una mala película, tres guardaespaldas vestidos de negro saltaron sobre Puerto Real —quien estaba sentado en una silla VIP junto a la tarima— y lo sacaron a empujones. Uno gritó:

—¡¡Cúbranlo!! ¡¡Protéjanlo!!

Hubo gritos. Gente corriendo. Zapatos en el aire. Una madre tiró al piso una caja de refrescos y alzó a su niño como si lo salvaran de un maremoto. Algunos creyeron haber escuchado un estallido, aunque no hubo ninguno.

En cuestión de minutos, Puerto Real desapareció.

La tarima quedó vacía. Los músicos se bajaron. La multitud, aún sin entender, comenzó a marcharse entre lodo, botellas plásticas y decepción.

—¿Y el pago? —preguntaban algunos.

—No hubo herencia, no hubo fiesta, no hubo nada —respondía otro, con los ojos húmedos.

Los 9 millones de pesos recaudados esa noche nunca volvieron a aparecer.

Las cosas se complicaron. En una reunión tensa del consejo familiar en la Central Derecho, la atmósfera era sofocante. El calor de los ventiladores mal colocados apenas podía disipar la tensión. Las sillas crujían bajo cuerpos rígidos. Todos esperaban que alguien hablara. Nadie se atrevía.

De pronto, William se levantó de golpe. Sacó una pistola corta y la estampó contra la mesa con un estruendo que hizo temblar los vasos de agua.

—¡Aquí se va a resolver esto ya! —gritó, jadeando, con las venas del cuello marcadas y los ojos fuera de sí—. ¡Aquí se paga o se prende esto en fuego!

Todos enmudecieron. Nadie se atrevió a moverse. Algunos se inclinaron levemente, como anticipando una descarga. Carmín Lantigas se persignó en silencio.

Entonces habló Alejandro, el hijo de Puerto Real, con voz firme, aunque cargada de vergüenza:

—Haga el favor, papá. Páguela a esta familia. Ya está bueno.

Puerto Real giró la cabeza hacia él. Por un instante, se le apagó la altanería en los ojos.

—¿Tú también, Alejandro?

Pero antes de que pudiera responderle, Amét —el viejo policía, ya retirado, pero aún con voz de mando— golpeó la mesa con el puño abierto:

—Esto hay que pagarlo, coño. ¡Ya basta! ¡La familia está esperando desde hace años!

Y entonces Mónica Bienal se levantó. Su blusa blanca parecía brillar de rabia bajo las luces amarillas. Llevaba en la mano un fajo de papeles. Caminó hasta la cabecera de la mesa, donde estaba Puerto Real, y con un grito seco y un movimiento violento, estrelló los documentos justo delante de él.

—Puerto Real —dijo, mirándolo a los ojos—, usted es un delincuente. ¿Cuándo le va a pagar a la familia? ¡Ese dinero llegó a este país y usted lo sabe!

El golpe fue tan fuerte que su arete derecho salió volando al suelo.

—No es que yo esté en contra suya —continuó, con la voz temblando de furia—. ¡Es que usted le ha mentido a esta familia durante años! ¡Usted los ha usado, los ha humillado, y aún tiene la cara de seguir viniendo aquí como si nada!

Nadie la detuvo. Nadie la contradijo. La sala quedó muda. Y la pistola seguía allí, temblando sobre la mesa.

Puerto Real, en Central Derecho, recaudó más de 1,500 millones de pesos entre cuotalitis, los famosos coordinadores que él puso, inversionistas y gente que le prestó dinero, como a Luz Montes, 300,000 euros. Todo eso no se sabe de dónde salió. Puerto Real, un hombre que nunca estuvo a favor de la familia Rosaliót, se reunía en secreto con muchos de sus cercanos.

Decía en voz baja, solo entre los suyos:

—No voy a hacer ricos a todos esos pulgosos, a todos esos recogidos de basureros. Este dinero no se les puede dar a ellos. Cuando tenga el dinero, nos vamos a esconder en Cuba, porque allá podemos rapar mujeres con menos de 100 pesos, y nadie nos puede buscar. En Cuba no hay extradición.

Ese era el plan: huir, esconderse y dejar atrás a los herederos. Mientras tanto, se presentaba como hombre de fe. Mandaba a sus seguidores a orar, citaba versículos de la Biblia. Pero en su casa tenía altares a Papá Bocó, Metezilí, Liborio, el varón del cementerio y una bruja haitiana que le leía las cartas e invocaba el espíritu de su bisabuelo muerto. Las sesiones —según testigos— siempre terminaban en orgías.

VII | El Evangelio Roto: Entre Marchas, Mártires y Mentiras

La Muertes de Alex Puerto Real, William y Martincito — Llegada de la Comisión Internacional — Puerto Real intenta volver a España — Llegada del Dr. Murray

La muerte de Alex

Mientras tanto, su hijo Alex Puerto Real —abogado joven, de mirada seria y voz templada— comenzó a sentirse mal. Las molestias de salud se acumularon y tras varios exámenes médicos, llegó el diagnóstico temido: cáncer.

La familia Rosaliót, que lo quería profundamente, se volcó en ayudar. Hubo oraciones, promesas, cadenas de apoyo. Dan Muñez —el inversionista más fuerte del proyecto Rosaliót— le donó 30,000 dólares para sacarlo del país y buscar tratamiento especializado. Pero su padre, Puerto Real, no lo hizo.

Teniendo los recursos. Teniendo los contactos. Teniendo la salida.

Puerto Real dejó morir a su propio hijo. Prefirió fingir que no tenía dinero. Prefirió guardar silencio para ocultar lo que ya muchos sospechaban: que había negociado el dinero con Dañino Meden y no podía moverlo sin exponerse.

Alex murió con el cuerpo debilitado, pero con la lucidez intacta. En su lecho de muerte, tomó la mano de su padre y susurró:

—Por favor, padre mío… resuelve ese dinero de la familia Rosalió.

Fueron sus últimas palabras. Murió minutos después.

Y en vez de un acto solemne, su entierro fue extraño. Puerto Real, sin ser pastor ni ministro, ofició la ceremonia. Invitó a un grupo de pastores improvisados y se colocó al centro, como si fuera el guía espiritual de su propio hijo. Pero los presentes no vieron fe en sus ojos, sino una culpa que apenas se sostenía en pie.

La muerte de William

Producto de todo lo que estaba pasando —las mentiras, la manipulación, el desgaste emocional— William Rosalió ya no aguantó más. Miembro de la comisión familiar, hombre de carácter fuerte y voz de trueno, había sido uno de los más leales. Pero aquel día, en una llamada telefónica, reventó:

—¡Eres un sinvergüenza, Puerto Real! ¡Un ladrón disfrazado de abogado! ¡Nos engañaste a todos! —rugía William al otro lado de la línea—. ¡Yo puse mi nombre, mi cara, mi respeto por esta causa! ¡Y tú lo usaste para llenarte los bolsillos!

Del otro lado, Puerto Real no decía nada. Solo respiraba. William seguía:

—¡Mírame bien! ¡Estoy enfermo de los nervios por tu culpa! ¡Estoy harto de tus cuentos de banco, de pagos, de que *la semana que viene*! ¡Tú no vas a pagarle a nadie! ¡Tú no eres doctor, eres un estafador con corbata!

Y colgó. La rabia le subía por las sienes como fuego líquido. Sintió un calor en el pecho, como si las palabras no hubieran sido suficientes. Como si el cuerpo, al fin, hablara lo que el alma ya no podía cargar. Su respiración se volvió corta. Se sentó. El brazo izquierdo entumecido. La visión, borrosa.

Sufrió un infarto.

Fue llevado de urgencia al hospital. Pero justo entonces, en pleno año 2021, la República Dominicana enfrentaba la peor ola de la pandemia de COVID-19. Los hospitales estaban saturados. Faltaban camas, oxígeno, personal. William fue ingresado en un área improvisada donde terminó contagiado del virus. Murió solo, sin ver ni un centavo de lo prometido. Su nombre, como el de tantos otros, se convirtió en una estadística más del colapso sanitario de un país ya golpeado por la desinformación, las desigualdades y el caos institucional.

Pero era cuestión de tiempo. La Central Derecho ya se estaba muriendo. La gente comenzaba a despertar. Ya no creían. Ya no seguían con los ojos cerrados.

Mercy Vergas y Memo Cruz se separaron del grupo original. Fundaron su propio consejo y alquilaron una oficina en la avenida 27 de febrero. Pero no duraron mucho. Tiempo después, regresaron con la cabeza baja, pidiéndole perdón al doctor. Puerto Real los recibió con su labia de siempre y los envolvió de nuevo en su red.

Pero ya no era igual. La gente ya no aguantaba más mentiras.

Aun así, el juego continuaba. Puerto Real se divertía con el dolor ajeno. Una de sus tácticas favoritas era mandar a su propia gente al banco:

—Vayan, vayan al banco —les decía—. ¡Hoy comienzan a pagar!

Salían todos como soldados en fila: Óscar Aza, RRR, Chancher, Bianki, el pastor Luciano… todos con la esperanza colgando del cuello. Llegaban al banco. Esperaban. Y nada.

—Díganle a Puerto Real, ¿dónde están los certificados?

Pero Puerto Real no respondía. Apagaba el celular. Se desaparecía. El banco no tenía ninguna instrucción. Nadie sabía nada.

Un día, llamó a Chancher directamente:

—Préstame cinco mil pesos —le dijo—. Es para pagar los sellos en el banco. Mañana mismo comienza el pago.

Chancher, esperanzado, se los dio.

Esa mañana, Puerto Real fue al banco. Saludó, firmó en la recepción y les dijo a todas las comisiones reunidas en Central:

—Espérenme aquí. Yo regreso con noticias para todos ustedes.

Se fueron quedando uno por uno, sentados, mirando el reloj. A las tres de la tarde seguían allí, muertos de hambre, bajo el mismo techo donde tantas veces se les había prometido la gloria.

Pero el doctor no estaba en el banco. Nunca más lo vieron ese día.

Había entrado y salido por la puerta de atrás.

Horas después, alguien lo vio en una finca cercana, sentado en una mecedora, bebiendo agua de coco, riéndose.

No fue la primera vez. Ni la segunda. Ni la tercera. Era su deporte favorito: humillar con la esperanza. Engañar con el calendario.

El día que William murió, no solo se apagó una vida. Murió también una parte de la dignidad colectiva. Murió la confianza. Y la Central Derecho ya no tenía pulso.

La muerte de Martincito, hijo

Las promesas de Puerto Real siguieron multiplicándose, y con ellas, las deudas. Todos se endeudaron. Y cuando el dinero no llegó, comenzaron a hundirse, uno por uno.

Uno de ellos fue Martincito hijo, notario de Central Derecho. Un hombre discreto, querido por muchos, que siempre aparecía con una libreta en mano y la frente sudada por andar resolviendo trámites para los herederos. Pero ya no podía más. La presión de los prestamistas lo tenía al borde. Una tarde se acercó a Puerto Real y le dijo, sin rodeos:

—Doctor... si usted no va a pagar aún la herencia completa, al menos repártales algo a los herederos. Aunque sea un abono. Mire que hay gente pasando hambre...

Puerto Real ni levantó la cabeza. Su respuesta fue seca, cortante, como una daga sin afilar:

—El que no puede estar vivo que se ahorque.

Aquellas palabras lo atravesaron. Se quedó en silencio. No dijo nada. Solo asintió, como si aceptara un veredicto. Salió de la oficina con paso lento. Nadie supo con certeza lo que ocurrió después. Solo que esa noche, Martincito se encerró en su habitación. Maldijo el nombre de Puerto Real. Maldijo los días perdidos, los sueños hipotecados, las mentiras firmadas con tinta seca, según contaron los vecinos.

Subió una silla. Ató una soga. Tiró una silla. Y se colgó.

Dicen que se oyó un llanto ronco, como si algo se rompiera por dentro.

Y luego, el silencio.

Cuando lo encontraron al día siguiente, colgado del techo con una soga de tendedero, hubo un grito que sacudió a todo el barrio. El cuerpo aún tibio, los ojos semicerrados y las manos con moretones. Porque en el último momento —ya arrepentido y sin aire— quiso vivir; había intentado quitarse la cuerda del cuello. Pero ya era tarde.

Esa muerte quedó flotando en el aire como un mal augurio. En pasillos y reuniones se susurraba con pesar:

—Él no quería morirse.

Y mientras eso ocurría, el abogado seguía con su rutina habitual.

En una ocasión, el doctor Rafael Rosalíot Vorgas llevó a Puerto Real a su apartamento por seguridad, pues había un pago importante y querían que el abogado estuviera tranquilo, sin interrupciones. Pero en lugar de ir al banco como había prometido, Puerto Real se quedó en pantalones cortos, recostado en un sillón, mientras Rafael le servía uvas, manzanas y peras con el desayuno.

—Estoy esperando una llamada del banco —decía con voz de profeta.

Pero no llamaba nadie. Y él nunca salía.

Desde las cámaras de seguridad del apartamento, Rafael podía ver que el abogado no se movía. Puerto Real llamaba a los herederos y les decía que ya estaba en el banco reunido. Pero era mentira. Ni siquiera se había puesto los zapatos.

Quería vivir como un rey, mientras los demás se endeudaban, enfermaban… o morían.

Llegada de la Comisión Internacional

En octubre de 2019, llegaron al país figuras clave de la diáspora Rosalíot. Procedentes de Estados Unidos, Europa y el Caribe, estos hombres prominentes —movidos por audios virales que rodaban en los chats de la familia— aterrizaron en República Dominicana con un solo objetivo: ayudar a que la familia finalmente cobrara su herencia. No se conocían en persona. Solo se habían escuchado, compartido oraciones, estrategias y esperanzas a través de mensajes de voz. En sus regiones, ya eran voces reconocidas: Jesús Rosalíot desde España, Adonáis Rosalíot desde Holanda, Rafael Rosalíot desde Nueva York, y Yadira Rosalíot desde el Cibao.

Pronto serían conocidos como la Comisión Internacional.

El primero en llegar fue Julio Ángel Rosalíot, procedente de Miami. Su aterrizaje en el Aeropuerto Internacional Las

Américas fue digno de una novela. Lo recibieron como si fuera un presidente electo o un mesías anunciado. El calor del Caribe golpeaba como un puño húmedo cuando Julio Ángel descendió del avión. El asfalto vibraba bajo sus pies y, al cruzar la puerta de salida, el estruendo fue total. Más de 3,000 personas coreaban su nombre:

—¡Julio, Julio, Julio!

Había altavoces saturados, vendedores de agua empujando carritos entre la multitud, y niños en hombros de sus padres para ver mejor al hombre que venía *a liberar el oro*. Una señora agitaba una sombrilla amarilla:

—¡Ese sí es de los buenos!

Un joven, con la camiseta blanca del clan Rosaliót y una cruz colgando del cuello, gritaba:

—¡Julio nos va a salvar!

Julio salió estoico, sudando bajo el cuello apretado de su camisa de lino con el teléfono en la mano, los hombros erguidos como un general del siglo XXI. No esperaba un recibimiento así. Miraba alrededor, entre asombro y responsabilidad. El evento había sido orquestado por el doctor Puerto Real, con un único fin: mostrar que tenía poder de convocatoria. Y lo tenía.

Julio fue recibido como un pastor, como un profeta, como un hombre ungido con vínculos políticos misteriosos. Se decía que tenía contacto con uno de los Paredes del poder, aquel que influía en las decisiones del PDL —el Partido de Ladrones.

Más tarde, ese mismo día, llegó Víctor Rosaliót en un vuelo distinto. En cuestión de días, todos estaban reunidos en Central Derecho, la supuesta sede del proceso. Pero el lugar era un chiste cruel: una oficina paupérrima, con olor a barco hundido, ratones cruzando las paredes y muebles vencidos. Para tratarse de trillones de euros, era una escena de pesadilla. Aun así, la oficina se llenó. Y al abogado más rico del mundo —en teoría— no le interesaba ni siquiera cambiar la imagen para dar una buena impresión.

A la Comisión se sumaron también Juan Rosaliót (hoy vocero de FRENAR), Elím Rosaliót (actual presidenta de FRENAR) y Joseph Mengía, creador del programa de YouTube *El Primo Rosaliót*.

Con ellos, Central Derecho revivió. Víctor organizó la nómina digital. Julio, por su parte, electrizaba a las masas. Algunos lo comparaban con George Whitefield, el evangelista inglés del siglo XVIII. Whitefield podía hacer llorar a multitudes enteras solo con leer un salmo; Julio tenía ese mismo don de manipular emociones, hacer vibrar a los oyentes, levantar las manos al cielo.

La intención del grupo era pura: ayudar a Puerto Real a destrabar el proceso, para que la familia Rosaliót cobrara lo suyo. Se hablaba de 65 trillones de euros dispersos en cuentas y propiedades alrededor del mundo, de los cuales 13 trillones supuestamente ya habían sido gestionados por Puerto Real. La Comisión lo favoreció por necesidad, no por convicción, porque creían que era la única vía para lograr el pago.

Pero el abogado se aprovechó. Puerto Real, astuto, nunca buscaba a los inservibles. Buscaba a los útiles. Y esta gente sí le servía. Usó el carisma, el prestigio y el trabajo sacrificado de los comisionados para recaudar más. Central Derecho, que producía apenas 4,000 o 5,000 pesos al día, empezó a mover millones diarios. Se calcula que, con todo lo que inventó Puerto Real, entraron más de mil millones de pesos gracias a la Comisión Internacional.

Este grupo levantó el ánimo de todos los herederos. Muchos más llegaron a la Central por su causa.

En 2019, Puerto Real aprovechó el impulso de la Comisión Internacional para convocar una serie de marchas multitudinarias que transformaron el paisaje urbano de Santo Domingo. Más de 18,000 personas marcharon en una de esas convocatorias. La familia Rosaliót volvió a despertar. Primero fue frente al Banco Nacional de Herencias, en la avenida Churchill. Luego, frente a la Embajada de España, donde decenas de altavoces portátiles repetían, como mantra amplificado, el mismo grito:

—¡Queremos nuestro oro! ¡Somos Rosaliót, no somos locos!

Las calles estaban repletas: camisetas blancas con el escudo familiar, pañuelos verdes con la frase *65 Trillones*, pancartas de cartón con letras torcidas. Algunos llegaron en guaguas alquiladas desde Higüey, otros a pie desde sectores cercanos. Había viejitas con bastones, niños en uniforme escolar, jóvenes tatuados, médicos en bata blanca. Aquel desfile parecía más una nación que una familia.

Una mujer gritaba con el puño al aire:

—¡Mi abuelo murió esperando este dinero! ¡Ahora lo reclamo yo, en su nombre!

A su lado, un joven sostenía una Biblia y decía:

—Esto es una batalla espiritual. Y el oro es del pueblo, no de los políticos.

En una de esas manifestaciones, el señor Ampaguo —de saco marrón y cara solemne— entró a la embajada española. Se dijo que iba a entregar un documento crucial, un papel que, supuestamente, destrabaría los fondos desde Europa.

—Con esto se resuelve todo —murmuraban los presentes. Pero el documento nunca apareció. Y lo que se habló con el cónsul aún hoy permanece en las sombras.

Vinieron más marchas. Aquel mismo año se organizaron otras tres, todas coreografiadas como misas masivas de desesperación: una frente al Banco Nacional de Herencias de la Máximo Gómez, otra a la torre sede del mismo banco, y la última al Banco de San Martín, donde miles de Rosaliót bloquearon el tránsito de toda la capital.

Esa tarde fue particularmente dramática. Ese día, el asfalto ardía como carbón. La avenida principal estaba colapsada: motoconchistas atrapados en el tráfico, policías tratando de contener la marea humana, y miles de Rosaliót en camisetas sudadas y gargantas roncas:

—¡Queremos justicia!

—¡El oro es nuestro!

El Metro suspendió el servicio en dos estaciones. Un anciano se desmayó del calor y fue asistido por médicos voluntarios. Los cantos subían como incienso:

—¡Somos herederos, no delincuentes! ¡Este país también es nuestro!

Algunos llevaron copias de sus partidas de nacimiento plastificadas. Otros, Biblias abiertas en el Salmo 37. No faltaron los carteles con los rostros de Celedonio del Rosaliót, ni los audios de WhatsApp reproducidos en bocinas desde carritos de helado.

Los medios se hicieron eco: El Caribe, CDN, El Nuevo Diario, AlMomento.net, Vigilante Informativo. Todos reportaban lo mismo:

La familia Rosaliót protesta por una supuesta herencia millonaria.

Pero mientras las avenidas rugían, el Estado callaba. Ni Dañino Meden, entonces presidente, ni sus ministros dijeron una palabra. En los despachos oficiales, todo era burla silenciosa.

—Una locura colectiva —murmuraban entre whiskies y papeles sellados. Pero para quienes marchaban, era la esperanza viva.

Las marchas no eran solo protesta. Eran ritual, redención, renacimiento.

—¡Por Celedonio! —gritaban unos.

—¡Por la dignidad de la familia! —respondían otros.

Y aunque el oro no aparecía, la fe crecía. Cada paso se convertía en legado. Y aunque los políticos no escuchaban, el país entero empezó a mirar. En medio de este auge, Puerto Real intentó volver a España. Pero Dañino Meden impidió su salida. Fue arrestado por la fiscal Berenice, aunque solo por unas horas. Al salir, gritó con cinismo:

—¡Estamos ganados!

Y quizás tenía razón. Mantenía como ganado a 50,000 herederos.

Poco después, Puerto Real rompió con las marchas. Ordenó a su vocero Óscar Aza notificar al Ministerio de Interior que Central Derecho no tenía relación con los movimientos sociales. Se había tranzado con el poder. La Comisión, sola, continuó luchando.

Hasta que un día, ya cansados y devastados, lo confrontaron directamente:

—Doctor, ¿por qué nos ha utilizado así? —preguntó Julio Ángel—. ¿Dónde está el dinero que usted ha prometido?

El ambiente estaba tenso. Julio Ángel sudaba. Tenía los puños y la mandíbula apretados. Frente a él, Puerto Real empezaba su monólogo:

Puerto Real desvió el tema. Empezó a hablar de sus días en la revolución, de un combate con Montes Arache, de un disparo que casi le vuela el pulmón.

Julio lo interrumpió con rabia:

—¡Basta de cuentos! —gritó Julio, con los ojos inflamados.

Y sin aviso, le propinó una galleta entre la cara y el oído. Puerto Real cayó de espaldas, los anteojos volando por el aire. Jesús Rosaliót desenfundó una pistola. Se la puso en la cabeza al abogado:

—¡Haz el pago, o aquí se termina todo!

Dos guardaespaldas corrieron al rescate. Pero Víctor Rosalió, exmarine de EE. UU., disparó al techo. El eco retumbó, cayendo polvo como ceniza del plafón:

—¡Tiren las armas o matamos al doctor! —rugió Víctor.

En ese instante, Óscar Aza entró con bravura y le dio un puñetazo en el mentón a Víctor.

—¡Respeten al doctor! —gritó.

Puerto Real, desde el suelo, levantó las manos:

—¡Cálmense todos! ¡Déjenme hablar!

Improvisó otra mentira:

—El pago viene… está al caer…

Para sostener su teatro, forzó a Matin Hidaygo a grabar un video. La sala estaba oscura. Una lámpara titilaba, y el celular reposaba sobre un trípode improvisado hecho con libros y una caja de zapatos. Matin Hidaygo, temblando, miraba a la cámara. El sudor le bajaba por la sien. Debajo de la mesa, una pistola apuntaba a su muslo.

—Dilo —susurró Puerto Real desde la sombra—. O tú sabes lo que pasa.

Matin tragó saliva.

—El pago… es inminente… ya viene…

Su voz era hueca, rota.

Ese video fue compartido en todos los chats como prueba de esperanza. Pero los ojos de Matin, vidriosos y derrotados, contaban otra historia.

El desgaste era total. Julio Ángel recibió una llamada de su esposa:

—La herencia o yo.

Rafael Rosalió fue abandonado. A Jesús lo dejaron, pero encontró reemplazo. Los demás… sobrevivían.

Y mientras todo eso ocurría, Puerto Real seguía comportándose como un sátiro. Ya se había contado la historia de la rubia, confrontada por su esposa armada en Central

Derecho. Pero también estaba el caso de la doctora Paz, casada, a quien obligó a dejar a su esposo usando guardaespaldas con rifles largos.

Las cosas de Puerto Real no tenían madre. Simplemente no tenía vergüenza ni moral.

En otra ocasión, llevó a su gente al banco. Les pidió que esperaran en el lobby mientras él hablaba con el gerente. Llamó a dos. Luego, desapareció. Salió por la puerta de atrás.

Horas después, sus seguidores aún lo esperaban. El banco estaba cerrando.

Pero el doctor ya estaba en casa, riéndose.

Aun así, 2.5 millones de personas seguían creyendo. En un audio, advirtió:

—Si no estás conmigo, pierdes la herencia.

Óscar Aza, su vocero, manejaba una lista negra con los nombres de los *traidores*. Para salir, había que enviar una nota de voz pidiendo perdón o arrodillarse públicamente.

Puerto Real se creía Abraham, Moisés y Josué. Estaba armado hasta los dientes. Y todos, incluso sus seguidores más fieles, le tenían miedo.

Una mujer dejó a su esposo por miedo a que el abogado lo matara.

La llegada del Dr. Murray a la herencia

En septiembre de 2019, el Dr. Murray recibió una llamada de un antiguo alumno: el pastor doctor Andrés Martínez Rosaliót.

—Doctor Murray —le dijo con tono entusiasta—, ¿usted ha visto lo que está pasando en República Dominicana?

—No —respondió—. ¿Qué ocurre?

—Una marcha. Una multitud reclamando una herencia. Dicen que hay una fortuna que pertenece a la familia Rosaliót... trillones de euros.

Lo dejó perplejo. Nunca había escuchado nada de eso. Era la primera vez que oía el nombre Rosaliót en ese contexto. Entonces, Martínez lo puso en contacto con su esposa, Bet.

—Pastor —le dijo ella, con serenidad y firmeza—, yo soy heredera. Y esto es algo real. ¿Usted tiene personas con apellido Rosaliót en su iglesia?

—Que yo recuerde, no.

—¿Estaría dispuesto a patrocinar a algunos? Hay muchos que son pobres y no tienen cómo cubrir los gastos de Central Derecho.

—No, hermana —respondió—. Por ahora no me siento llamado a eso.

Un mes más tarde, el Dr. Murray viajó a República Dominicana. Estaba ofreciendo talleres para equipos de Grandes Ligas. Y fue en Baní donde el apellido volvió a cruzarse en su camino.

Uno de sus entrenadores llevaba por apellido Rosaliót. Le preguntó:

—¿Tú sabes algo de una herencia?

—¿Herencia? No, pastor, nada.

—¿Y tú eres de aquí?

—Sí, somos como diez hermanos. Todos Rosaliót. Vivimos aquí mismo, en Baní.

La coincidencia le pareció demasiado grande como para ignorarla. Empezó a indagar. Recopiló nombres. Buscó registros. Estudió genealogías.

Poco después, recibió una confirmación:

—Pastor... ¡una de las señoras que aparece en esa lista es nuestra bisabuela!

Sintió que algo se abría. Un hilo invisible que lo guiaba hacia una verdad mayor.

—Podría ayudarles —les dijo—. Tengo conexiones. Si tienen derecho, vamos a buscar justicia.

Recordó también a dos hermanas de fe, Belkis de Rosaliót y su hermana. Las llamó de inmediato.

—Doctor —le respondieron con alegría—, ¡nosotras ya estamos inscritas! Formamos parte de la herencia desde hace meses.

Entonces llamó nuevamente al Dr. Martínez para informarle:

—Tengo diez personas legítimas de apellido Rosaliót. Quiero incluirlas.

La respuesta no tardó. Bet habló con tono sincero, pero agotado:

—Pastor… nosotros ya tenemos demasiada gente. Lo mejor sería que usted mismo los patrocine. Hay millones de euros envueltos en esto. Muchísimos millones. De verdad. Con un pequeño porcentaje, usted podría financiar todo su ministerio… incluso su trabajo en África.

Aquella frase le quedó resonando: *Todo su financiamiento para África.*

Y pensó en lo que significaba: décadas de servicio. Décadas levantando escuelas en comunidades olvidadas. Proveyendo ropa y comida. Coordinando brigadas médicas, apoyo psicológico, jornadas de oración y ayuda humanitaria. En las selvas de Perú, en los barrios de Guatemala, en las lomas de la República Dominicana. Y ahora, en aldeas rurales de África. Incluso en India.

Todo eso sostenido con donaciones modestas, colectas de iglesia y ferias misioneras.

¿Y si realmente existía una fuente legítima? ¿Una herencia que pudiera aliviar tanta necesidad?

Lo pusieron en contacto con un hombre llamado Álvaro. Enviaron a su coordinador —un ingeniero diligente— para que se encargara de todo. Él fue hasta San Juan de la Maguana, hizo diligencias, entregó documentos, verificó partidas. El Dr. Murray pagó todo lo que le pidieron.

Desde Central Derecho le dijeron que lo siguiente sería recibir una *rectificación* y los llamados PIN. También le enviaron unas cuotalitis.

Pero los PIN no llegaban.

Pasaron semanas. Llamó a Álvaro:

—Hermano, ¿qué está pasando con los PIN?

La voz del otro bajó:

—Pastor… la señora Míguela tiene todo bloqueado. No libera nada hasta que le paguen.

—¿Cómo?

—Escuche bien —dijo Álvaro—. Un pastor como usted tiene más de 90 personas bloqueadas por ella. Si no se le paga algo a Míguela, no libera nada. Es así de simple.

El Dr. Murray se quedó en silencio. Sintió que algo no cuadraba.

—Pero yo ya pagué. ¿Por qué tengo que pagarle a alguien más?

—Eso no me lo puede responder nadie, pastor. Pero es la realidad en Central.

Se levantó de la silla. Respiró hondo. Llamó a su ingeniero.

—Vamos a pensar bien. Esto no se trata de impulsos. Esto se trata de principios.

Esa noche, en vez de responder con rabia, comenzó a escribir. Palabras de aliento. De fe. De propósito. Textos que brotaban del corazón. Y así, comenzó a compartir lo que luego llamó sus reflexiones de Fe Motivacional. Primero por texto, luego en video.

Sin saberlo, esa decisión marcaría el comienzo de una nueva etapa en su caminar.

Y lo que vino después… fue más grande, más complejo, y más revelador de lo que jamás imaginó.

VIII | La Liturgia del Engaño: Profetas, Satélites y el Trillón

Puerto Real y el Dr. Murray — El problema con Miguela — El programa de Joseph — Los Grandes Boleros — Los acuartelamientos de Puerto Real — Las mentiras de Puerto Real — Dany Muñez quita bloqueo en Banque Helvétique — Julio Ángel mata a un hombre — Guillen — Hawái — Scarleet — Manuel — Óscar Aza — El Faraón de Trinidad — El satélite de Santiago

PRIMER CONTACTO ENTRE EL DOCTOR PUERTO REAL Y EL DR. MURRAY

Todo comenzó con una llamada inesperada. Un número desconocido apareció en la pantalla del celular del Dr. Murray. Al contestar, escuchó una voz serena, formal, casi solemne:

—Le habla el doctor Puerto Real.

La sorpresa fue inmediata. Jamás imaginó que ese señor —el mismo que encabezaba marchas multitudinarias y protagonizaba tantos rumores— lo llamaría directamente. Pero ahí estaba, hablándole como si fueran viejos colegas.

—He estado leyendo sus escritos, Dr. Murray —dijo Puerto Real—. Usted tiene una mente brillante, una voz espiritual poderosa. Nos haría mucho bien tenerlo como coordinador en el proceso Rosaliót.

El Dr. Murray le agradeció la cortesía, pero fue claro:

—Doctor, yo resido en Estados Unidos. No estoy en condiciones de asumir ese tipo de función. Lo único que quiero es que me entreguen mis PINs y las rectificaciones. Ya pagué todo lo requerido y, sin embargo, una señora llamada Míguela se niega a darme lo que es mío.

—¿Cómo que no te los quiere dar si ya tú pagaste? —replicó Puerto Real, con visible molestia.

Murray le explicó que hacía semanas había completado todos los pagos, tanto por sus patrocinados como por él mismo. Que todo se había hecho conforme a los lineamientos. Y que ahora le informaban que esta señora tenía todo bloqueado porque esperaba que se le diera algo *adicional*.

—No te preocupes —dijo Puerto Real—. Yo voy a resolver eso personalmente.

Y cumplió… al menos en apariencia. Al día siguiente, le escribió para decirle que había entregado una nota directa a Míguela, ordenándole que liberara los documentos.

—Ella me dijo que sí —aseguró.

Pero pasaron tres semanas. Y nada.

El Dr. Murray perdió la paciencia. No por falta de carácter, sino por sentido de justicia.

Tomó el teléfono, marcó el número del abogado y le habló con firmeza:

—Doctor, usted dice que quiere ser presidente de la República. Pero si no puede gobernar su propia oficina, ¿cómo va a gobernar un país?

Se produjo un silencio tenso.

—¿Por qué me dice eso, doctor?

—Porque usted me aseguró que le dio una orden a la señora Míguela para que me entregara mis documentos. Y ella no lo ha hecho. Entonces, ¿quién está al mando?

Lo que no sabía era que la esposa del abogado estaba escuchando la llamada.

La conversación provocó un revuelo en la oficina. Según le contaron después, la esposa del abogado intervino con fuerza. Exigió que se respetaran los acuerdos y que se liberaran los documentos de inmediato.

Fue entonces cuando salió a la luz un caso aún más grave: otro pastor, con más de 90 personas patrocinadas, también había sido bloqueado por Míguela. No eran los bancos. No era el sistema. Era alguien de adentro.

Así fue como, sin buscarlo, el Dr. Murray comenzó a involucrarse más directamente en el proceso Rosaliót. No por política. No por ambición. Por justicia.

Tiempo después, a través del pastor Andrés Martínez, se conectó con un joven que entonces se hacía llamar El Primo Rosaliót: Joseph. Lo invitó a participar en su programa. También fue Andrés quien le habló del señor Julio Ángel.

Aún no conocía personalmente a Julio Rosaliót. Lo llamó en varias ocasiones, pero nunca logró comunicarse con él. Julio nunca devolvió su llamada.

Sin embargo, al anunciarse su participación en el programa de Joseph, Julio Ángel sí estuvo presente. Fue él quien introdujo públicamente el nombre del Dr. Murray ante la familia Rosaliót durante la transmisión:

—¡Doctor Murray! —dijo en vivo—. ¡Usted tenía un grupo de teología! Yo estuve ahí hace años… ¡usted compartía unas enseñanzas poderosas!

El Dr. Murray no lo recordaba. Pero él sí.

Y así, entre llamadas cruzadas, silencios incómodos y verdades entrecortadas, comenzó su historia con la herencia Rosalió̇t.

El programa de Joseph Mengía

Todo cambió con el programa de Joseph. A partir de entonces, comenzaron a tratarse temas claves en sus transmisiones. El programa nació en 2020, en plena pandemia, cuando las iglesias estaban cerradas, las reuniones prohibidas, y la familia Rosalió̇t buscaba nuevas formas de mantenerse unida. Joseph Mengía —mejor conocido como El Primo Rosalió̇t— y Juan Rosalió̇t lanzaron un espacio digital que se convirtió, sin proponérselo, en el corazón mediático del proceso.

Ese programa llegó para quedarse.

Fue allí donde el Dr. Murray dio sus primeros pasos públicos dentro del movimiento. Comenzó a hablar en las transmisiones, y su nombre empezó a sonar con más fuerza. Luego vinieron los audios. Sus reflexiones circularon por los grupos de WhatsApp, cruzaron fronteras, se escuchaban en iglesias, salones de belleza y colmados. Así, sin darse cuenta, comenzó a tener voz en medio de aquel océano de herederos.

No pasó mucho tiempo antes de que otros coordinadores comenzaran a llamarlo. Le pedían ayuda. Que patrocinara personas que no podían costear su entrada. Y lo hizo. En total, llegó a financiar exactamente 70 personas. Setenta vidas que hoy parecen extraviadas entre papeles, mentiras y promesas rotas.

Pasó todo el 2019 y parte del 2020 vinculado a Puerto Real. Él tenía una forma particular de alimentar la esperanza.

—Doctor Murray, lo único que falta es una carta. Un email. Un movimiento. Y el banco pagará.

Así decía. Una y otra vez. En 2019, comenzó diciendo que primero pagarían a su equipo, a los de Central Derecho. Luego a los herederos. Más adelante cambió el discurso:

—No, no. Vamos a cobrar todos juntos. Nadie va primero.

Aquel cambio fue producto de la presión. La gente comenzaba a sospechar. Para mantener el espejismo, surgieron los boleros: voceros no oficiales que hablaban en nombre de Puerto Real. Grababan audios, escribían mensajes. Algunos se presentaban como intermediarios de bancos internacionales.

—Las cuentas ya se están reflejando —decían unos.

—Ya vi mi cuenta activa en el sistema —afirmaban otros.

—A mí me pagaron un millón de pesos de deudas. Todo se saldó —aseguraban varios.

Desde ahí, comenzaron a crearse conflictos dentro de Central Derecho. Gente que antes era aliada pasó a ser enemiga. Se formaron bandos, se dividieron chats. El veneno de la desinformación comenzó a envenenar el cuerpo entero del proceso.

El Dr. Murray hablaba directamente con Puerto Real por teléfono.

—Páguele a esta gente si usted tiene el dinero —le decía—. O diga dónde está. No se tire ese muerto encima, porque la sangre le va a llegar al río.

Pero él se burlaba. No con cinismo. Con crueldad.

—Prefiero quemar las pruebas antes de dárselas a nadie.

El Dr. Murray le suplicó. Le pidió que delegara el proceso. Que se lo entregara a un equipo de la familia. Que lo hiciera por su hijo, que todavía estaba con vida en aquel entonces.

No le importó nada.

Desafió a esta familia hasta el cansancio y el desespero.

Mientras miles esperaban con angustia, él comía caviar. Bailaba armado. Coqueteaba con mujeres jóvenes y maduras.

Organizaba banquetes en campos empobrecidos: mataba vacas, chivos, patos, gallinas. Traía hasta las vísceras en su yipeta, y celebraba como si estuviera en campaña.

Todo fue una sacadera de dinero.

Y Puerto Real hizo una fortuna mayor que la herencia.

Los grandes boleros y no de música

Mientras tanto, como nadie sabía nada de lo que realmente estaba pasando, el proceso se volvió un enjambre de *bolas* —falsas profecías, rumores disfrazados de revelaciones, cuentos de camino con sabor a esperanza. Algunos incluso comenzaron a vender información, y muchos la compraban, porque todos queríamos saber: ¿cuándo llega el pago?

Los *boleros* no eran simples mentiras. Eran liturgias populares. Eran la música de la esperanza… repetida hasta el cansancio, hasta que cada heredero confundía la fe con la ficción.

Julio Ángel Rosaliót se convirtió en el mayor predicador de las bolas. Lo hacía con elegancia, con solemnidad. En una reunión en Nueva York, aseguró que todo venía de una fuente confiable: Dany Muñez. Con un teléfono en la mano, tan estoico como un emperador romano, Julio anunciaba:

—Ya se dieron las pautas para el pago. Serán 200 millones a cada heredero, y luego 20 millones mensuales hasta completar los más de 2,000 millones de euros que le tocan a cada uno.

Y, como si no fuera suficiente, agregó con voz profética:

—¡Cojan prestado! ¡Cojan fiado! Si no se les paga, yo lo pago. Y si no tengo con qué, ¡lo pago con cárcel!

Algunos lo escucharon entre lágrimas. Otros levantaron las manos al cielo creyendo que por fin había llegado la hora prometida. Nadie imaginó que esas palabras —dichas con fe ardiente— desencadenarían una tragedia.

Un padre, oyendo el audio desde su casa, cruzó la calle para avisarle a su esposa que debían viajar a República Dominicana. No miró al cruzar. Un carro lo atropelló. Murió al instante. Era el padre de Andrés Rosaliót, el militar.

El silencio que siguió fue brutal. Un audio, una promesa, un cruce de calle, una vida perdida. Así de frágil era la línea entre una bola y una tumba.

A pesar del luto, miles siguieron creyendo. Viajaron desde España, Puerto Rico, Nueva York, Miami. La voz de Julio era palabra de Dios en los chats. Pero nunca llegó el pago. Tuvieron que regresar con la cabeza agachada, sin un centavo y con las maletas llenas de promesas rotas.

Julio jamás se entregó a la justicia como prometió. Pero pidió perdón, se apartó de las bolas… y ahora, ni las tolera.

En otra ocasión, Puerto Real mandó a llamar a su gente porque iba a hacer un pago y acuarteló a todo el mundo. Mandó a buscar a Memo Cruz de Nueva York porque ya se les iba a pagar. Memo Cruz fue y se instaló en un hotel de lujo, pagando un montón de dinero diario, porque en esa semana se iba a pagar. Puerto Real nunca pagó, y la gente tuvo que volver derrotada a casa, sin un centavo; todo eso lo hizo por Puerto Real.

Otra gran bolera fue una llamada Scaden Rosaliót, que comenzó a decir que se iba a pagar un trillón de euros y que eso lo tenía Veterano, y que se iban a pagar tantos millones. Eso también se fue a las quimbambas; nunca apareció ni un centavo. También estaba Frank Bolas —sí, ese era su apodo— que después de hartarse de lanzar desinformación, se fue en silencio y nunca volvió. No confundir con *el de las tres bolas*, otro personaje.

Pero si creían haberlo escuchado todo, llegaba otro.

Entró en escena Guillén Rosaliót, con una historia tan delirante como trágica: dijo que el dinero había llegado en un submarino. Que ya estaban descargando 13 trillones de euros en papel.

—Imagínese —decía—, más de 200 camiones en fila india, sacando los billetes desde el fondo del mar.

Gente en motores, en guaguas, incluso a pie, los siguió por la autopista como si fuera un éxodo bíblico. Todo el mundo les cayó atrás.

—¡Ahí va el dinero! —gritaban algunos—. ¡Síganlos!

Pero no había oro. Solo humo, gasolina y promesas. Jamás se vio un euro. Nunca hubo dinero en esos camiones. Puerto Real no desmintió nada. Ni lo confirmó.

Y sobre las bolas de Guillén… mejor no seguir.

Después llegó Many Hawái, el más grande bolero de todos los tiempos. Decía que ya había hablado con el Banco Central, con el Banco Nacional de Herencias, hasta con el Banco Mundial. Que Dios le había dicho que el pago estaba listo, cocinado, servido.

Llamó a todos a ayunar. Y muchos, con el estómago vacío y la fe encendida, obedecieron.

Algunos decían que ayunaban más por no tener qué comer que por devoción. Pero igual oraban. Igual creían… hasta que sus rodillas ya no aguantaban más.

Darkiry Rosaliót, indignada, grabó un audio:

—Si fuera por ayuno y oración, ya se habría pagado. ¡Con las oraciones de Petronila, de Miledys, de tantos pastores! Pero Dios no escucha cuando todo está basado en engaños. ¡No cuando un abogado farsante usa su nombre en vano!

Many siguió dando bolas, pero terminó solo, sin arrepentirse. Aunque, eso sí, ayudaba con guaguas y logística. Especialmente la de Jima con Ernesto Rosaliót: él pagaba todo.

Y si creían que el desfile de *boleros* había terminado… apareció otro.

Satélite.

Satélite decía ser heredero. Vivía bajo láminas de zinc, rodeado de gallinas flacas, un pavo sin plumas y un puerquito triste amarrado a una mata de aguacate. Pero desde ahí operaba como un general sin ejército.

Cuando se organizaban marchas, él quería manejar el dinero. No podía ver un proyecto donde no dirigiera el flujo. Si no dirigía, no se presentaba. Si había dinero, estaba. Y si no había dinero, no apoyaba nada. Tú eras un perro, un ratón o un cangrejo amarrado.

Eso sí, cuando Yonaby Rosaliót, desde Nueva York, enviaba dinero, Satélite era el primero en ponerse al frente. Yonaby fue —sin duda alguna— el mayor donador de toda la lucha. Mandó muchísimo dinero. Su generosidad hizo posible casi cada marcha, cada operativo, cada cartel.

El satélite también falló, aunque aprovechó bien. Gracias a esas coyunturas, Satélite se levantó una mansión con verja eléctrica, aire central y portón dorado que decía *El Satélite*. Todo gracias a la lucha… que nunca fue suya. Era guapo —según él—. Una vez, durante una marcha en la capital, sonaron los tiros. Satélite no miró atrás. Pisó los talones del miedo y corrió como si el diablo lo persiguiera. A los suyos los dejó tirados como fichas de dominó. Solo gritó entre el caos:

—¡Sálvese quien pueda, que esto no es bola, es plomo! —¡Váyanse pa' su casa, que aquí hay más tiros que en Santiago!

Años después, organizó una actividad para *encontrar* a Puerto Real, que supuestamente estaba escondido. Pero se confabuló con Central Derecho, y entre todos tumbaron más de 350,000 pesos dominicanos. ¿Dónde terminaron? Ya se imaginan.

Y seguían cayendo bolas como tormentas tropicales.

Los puertorealistas —ese grupo que se escindió de la familia— también tenían su lote. Su vocero, Óscar Aza, encabezaba el desfile. Un tal Josué se dedicaba a pedir dinero prestado que nunca pagaba. Mary la Alemana, fabulista de tiempo completo, llenaba chats de cuentos. José Noche, desde Canadá, hacía lo mismo. El encantador de serpientes... ese siempre mandaba a la gente a hacer fila frente a los bancos.

Y en los grupos, Ángela Rosalió t celebraba cada chiste de Puerto Real con carcajadas interminables, como si fuera la mejor comedia del siglo.

Las bolas no solo vaciaban bolsillos. También vaciaban el alma.

Cada promesa falsa era una grieta en la esperanza.

Y sin esperanza... ¿qué le queda a un pueblo?

Dan Muñez

Una vez, Dan Muñez dijo que la tierra iba a temblar. Que todo estaba listo. Que Make Pompeo ya estaba en el país. Que República Dominicana estaba *llena de personalidades internacionales* venidas especialmente para pagarle a la familia Rosalió t.

Make Pompeo nunca estuvo en República Dominicana durante esa época. Su visita oficial ocurrió mucho después, sin conexión alguna con herencias ni bancos suizos. Pero en aquellos días, las mentiras viajaban más rápido que las visas diplomáticas.

En un audio viral, una prima suya desde Europa lo llama. Dan le responde, con la serenidad de un gerente bancario:

—Ya no hay que venir a República Dominicana. Usted puede cobrar en el Banque Helvétique de Europa. Los de Europa cobran en Europa. Los de EE. UU., en EE. UU. Y los de aquí, aquí.

La prima pregunta:

—¿Y qué tengo que llevar?

—Bueno, sería mejor que llame a Central Derecho. Pero si entrega sus documentos, dice que es heredera Rosaliót, y que su abogado es Puerto Real, ya con eso cobra —le responde Dan, como si todo estuviera resuelto.

Según él, ya había quitado el bloqueo en el Banque Helvétique.

Nunca se quitó. Nunca se cobró. Nunca apareció ni boletín ni banquero.

Aquel famoso *boletín #8* se convirtió en el unicornio de la herencia: todos hablaban de él, nadie lo vio jamás.

Dan Muñez era un hombre influyente —comerciante próspero en Nueva York, figura clave en la cadena financiera de Puerto Real. En una ocasión, cuando se enfermó su hijo Alex —el mismo que luego murió de cáncer— Dan le entregó un cheque de $30,000 para ayudar con los gastos médicos. En otra, alquiló un avión privado con piloto incluido, para llevar consigo a los herederos que pagaran su asiento, directo a República Dominicana… supuestamente a cobrar.

El jet despegó. Pero nunca aterrizó sobre el oro prometido.

También decía que Aurelia Motín —la ejecutiva más poderosa del Banco SATAN DER— estaba en el país. Pero ni la Motín ni su sombra aparecieron.

Todo eran rumores.

Incluso pastores entraron al juego. Desde Santiago, el pastor Luciano —o su hija, según decían— pasaba informaciones del banco directamente a Elím Rosaliót. Elím, intentando organizar la verdad, formó un grupo en WhatsApp llamado *El Grupo de Informantes*.

Julio se enojó. Ya estaba irritado por sus fallidas predicciones. Al ver ese grupo, explotó: la insultó y le dijo de todo por ese grupo.

Y no eran los únicos.

Por esos días, muchos se volvieron expertos en bolas. Uno, un tal Juan, lanzaba sus embustes como quien hace arte. Eran tan kilométricos que siempre terminaba implorando a su madre:

—¡Ay, ay, mamá!

Eso fue impresionante. Las cosas que se escucharon en esa época parecen hoy producto de una fiebre colectiva.

También estaba Fernando Nananina, que lanzaba rumores desde una azotea como si fueran profecías. Modesta, instruida por Aza, se emocionaba con cada palabra. Pedro, del otro lado del río, fue nombrado *coordinador de Argentina*, aunque no había cruzado más allá del Ozama.

Un día, en su canal de YouTube, Pedro le preguntó al abogado:

—Doctor, ¿y si usted se muere? ¿cómo vamos a cobrar la herencia si usted no se lo dice a nadie?

Y el abogado, sin inmutarse, con una media sonrisa de estatua antigua, respondió:

—Cuando los faraones mueren, se llevan todos sus secretos… y todas sus mujeres… a la tumba.

El estudio estalló en risas. Ángela Rosaliót aplaudía y se doblaba de la risa, como si fuera el mejor chiste del siglo. Otros lo tomaron como una metáfora poética. Pero Aenry Trinidad se levantó de su asiento, con el rostro descompuesto.

—¡Póngase serio, doctor! ¡Esto no es juego! ¡Esto no es comedia, es el futuro de miles de familias!

Pero sí era comedia. Una comedia cruel. Y todos lo sabían, pero nadie podía admitirlo en voz alta.

Unas semanas después, la Comisión Internacional, Óscar Aza y el mismísimo doctor Puerto Real fueron invitados al programa más visto de las tardes: *La Chispa de la Tarde*. Ese día, el estudio estaba lleno. Hasta los camarógrafos miraban con más atención de la habitual. Era el episodio que —decían— cambiaría la historia. El público estaba expectante. Se hablaba del anuncio definitivo.

El presentador, un hombre afable y de voz grave, fue directo:
—Señor Julio Ángel, ¿cuándo llega el pago? ¿Qué puede decirle hoy a esta familia que lo ha dado todo?

Julio respiró hondo. Enderezó el cuello de su camisa como si fuera a leer la Biblia.

—Hoy es lunes. El viernes me voy… y me llevo mi dinero.

Un aplauso tibio recorrió el estudio. Algunas cabezas se giraron en silencio.

Puerto Real, sentado a su lado, no pudo ocultar el gesto. Tenía cara de bulldog sorprendido. Como quien piensa:

—¿Y este quién lo mandó a decir eso?

No dijo nada. Pero lo dijo todo con su mirada. Aplaudió. Tardío. Lento. A la salida del programa, Julio Ángel no repitió su declaración. Y Puerto Real no volvió a mencionarlo.

Todo eso —el dinero, el boletín, el jet, los contactos— nunca se dio.

En la misma época, comenzaron a circular rumores inquietantes: que el gobierno dominicano tenía un trillón de dólares en custodia.

No millones. No miles de millones.

Un trillón de dólares.

En un país donde el presupuesto nacional aprobado para 2020 era de apenas RD$997 mil millones —es decir, menos de un billón en escala larga, ni siquiera un trillón en escala corta.

Desde los tiempos de Francisco del Rosaliót Sánchez, jamás se había manejado una cifra semejante en las cuentas públicas. Y, sin embargo, ahí estaba: un anuncio que no cuadraba con nada. Un número tan descomunal que parecía salido de una película… o de una negociación secreta.

¿De dónde salió ese trillón?

¿Quién lo puso ahí?

¿Y quién lo estaba custodiando?

Ese mismo año, el ministro de Hacienda apareció en televisión, sonriente, diciendo que el mercado de valores dominicano había alcanzado un trillón de pesos en custodia.

Para la familia Rosalіót, fue como escuchar una profecía confirmada.

Por fin, alguien en el gobierno hablaba su idioma.

Pero lo que nadie explicó —y que muy pocos entendieron— fue que ese trillón no era dinero disponible.

Era el valor acumulado de instrumentos financieros: bonos, papeles de deuda, certificados de inversión.

No podía tocarse. No podía heredarse. No podía cobrarse.

Pero sí podía usarse como distracción.

Como señuelo.

Como coartada perfecta.

Y así, cada tecnicismo financiero se transformó en gasolina para una nueva bola.

Cada cifra confusa servía para encubrir una verdad más incómoda:

—¿Y si ese era nuestro dinero?

—¿Y si lo escondieron a plena vista?

—¿Y si Dañino Meden y Puerto Real ya lo habían negociado… y repartido en silencio?

Porque si algo quedaba claro, era esto:

Nada —absolutamente nada— dentro del proceso Rosalіót se movía sin la aprobación de Puerto Real.

Él era parte del plan.

Parte del problema.

Pero jamás… parte de la solución.

Y ese trillón… era demasiado grande para ser coincidencia.

IX | El Precio del Concón: Trillones, Traición y la Última Marcha

La República Dominicana nunca manejó trillones — Un análisis de las entradas en los 20 años de gobierno del PDL — Entradas en los 8 años de Dañino Meden PDL — Lo robado por el PDL — Los luchadores de la familia Rosaliót — Dañino y Puerto Real — La reunión de FreNaR con Puerto Real — Puerto Real se burla de la Familia Rosaliót — Mañana Hay Pago

Un análisis de las entradas en los 20 años de gobierno del PDL

Hecho con la escala corta (de uso estadounidense).

Si usted tiene una cisterna que solo coge 100 galones, usted no puede sacarle mil galones. A una tinaja no le puede sacar 1,000 galones si solo coge 100 galones de agua.

Este análisis usa la escala corta, como se emplea en Estados Unidos, para evitar confusiones con números grandes en la escala larga. También en los números del presupuesto nacional y el producto interno bruto habrá un porcentaje más alto por años recientes que en los más antiguos del pasado. 20 mil millones de pesos (20 billones) es mucho menos porque antes era menos dinero; hasta el último año de Dañino Meden, el presupuesto fue de 900 millones de pesos.

- Presupuesto del Sector Público Anual (PSPA): 1,000 millones x 20 años = 20 mil millones (20 billones, 2×10^{10} de pesos)
- Producto Interno Bruto (PIB): 90 mil millones x 20 años = 1,800,000,000,000 (1.8 trillón, 1.8×10^{12} de pesos)

Deuda externa/interna:

- \$53,000,000,000 de dólares (53 billones de dólares, 5.3×10^{10}) = 2,646,000,000,000 pesos = 2.6 trillón de pesos (2.646×10^{12})

Un análisis de los 8 años del gobierno Dañino Meden PDL

- PSPA: 1,000 millones x 8 años = 8 mil millones de pesos (8 billones, 8×10^{9} de pesos)
- PIB: 90 mil millones x 8 años = 720 mil millones de pesos (720 billones de pesos)

Total, gobiernos del PDL

- PSPA: 1,000 millones x 20 años = 20 mil millones (20 billones, 2×10^{10})

Un análisis de lo robado por funcionarios del PDL (Partido De los Ladrones)

Alex Meden, el hermano del mismísimo presidente Dañino Meden, fue acusado de encabezar una red criminal que drenó las arcas públicas como si fueran cuentas personales. Lo dijeron los fiscales, los auditores, la prensa internacional. Su nombre salió en todos los periódicos, en todos los expedientes del escándalo que luego llamarían el Caso Pulpo.

Y cuando se destapó el escándalo, no fue una sorpresa para los que veníamos viendo los hilos de lejos.

Alex Meden movía contratos millonarios desde la sombra. Según la Procuraduría, su entramado abarcaba más de 20 instituciones del Estado. Como si fuera el gerente oculto del país. En diciembre de 2020, la Procuraduría Especializada de Persecución a la Corrupción Administrativa (PEPCA) lo arrestó junto a otros implicados. El expediente hablaba de testaferros, flujos financieros, triangulaciones con empresas militares y estructuras fantasmas que luego se conectarían con otra red aún más peligrosa: la Operación Coral.

En medio de toda esa tormenta, llegó a declarar algo que me quedó sonando: que parte de los fondos involucrados —más de 1.2 trillones de pesos dominicanos— pertenecían a *una familia*.

Nunca dijo cuál.

¿Una familia?

En ese momento, muchos nos miramos en silencio. ¿Y si hablaba de nosotros? ¿Y si esa fortuna era parte del legado Rosaliót, filtrado, redirigido y saqueado desde adentro?

La cifra era de otro mundo: 1.2 trillones de pesos (RD$), es decir, unos 23 mil millones de dólares. Y ese era solo el comfienzo.

Porque no estaba solo. Las investigaciones apuntaban a más de 400 funcionarios del régimen de Dañino entre diputados, senadores y allegados. Robos que iban desde 600 millones hasta 50 mil millones de pesos por cabeza. Si uno hiciera un cálculo frío, promedio: 10 mil millones por cada funcionario, eso nos deja un total de 4,000,000,000,000 pesos dominicanos. Cuatro trillones de pesos en escala corta. Una cifra que supera el presupuesto nacional entero de cualquier año. Y todo eso… sin que quebrara una sola secretaría.

Pero el cálculo es escalofriante:

10 mil millones × 400 funcionarios = 4,000,000,000,000 pesos.

Cuatro trillones.

4×10^{12} en escala corta.

Cuatro trillones de pesos… era suficiente para darle más de 350 mil pesos en efectivo a cada dominicano —desde Dajabón hasta Higüey— y todavía sobraría dinero.

¿Y qué pasó en el mercado?

El dólar cayó misteriosamente de RD$57.60 a RD$53.30, no en días, sino entre enero y septiembre. Una caída abrupta, pero casi silenciosa. Y en un país como este, eso no ocurre por arte de magia.

El Dr. Murray lo vivió en carne propia. Su esposa había convertido una inversión en pesos a dólares justo antes de la baja, y lo notaron enseguida: eso no fue casualidad. En Latinoamérica, el dólar solo baja cuando entra una inyección masiva de divisas extranjeras. Es una ley no escrita del sur global. No hay milagros monetarios sin causas políticas.

Algún torrente silencioso de dólares había entrado al país. Y el gobierno lo sabía.

Y aquí vale una pausa técnica, que todo lector debe entender:

En Estados Unidos, un trillón equivale a un millón de millones (10^{12}) —escala corta.

En Latinoamérica, tradicionalmente, un trillón equivale a un millón de billones (10^{18}) —escala larga.

Ninguna de esas cifras tiene sentido en un país como el nuestro, cuyo Producto Interno Bruto (PIB) anual ronda apenas los USD$100 mil millones.

Y el presupuesto nacional aprobado para 2020 fue de RD$997 mil millones —es decir, menos de un billón en escala larga, ni siquiera un trillón en escala corta.

Entonces, ¿cómo es posible que en medio de una pandemia se hablara de un trillón de dólares en custodia? La palabra exacta usada por los medios y por el ministro de Hacienda, Dona Guerriero, fue esa: *custodia*. Y para quienes creíamos en la herencia Rosaliót, sonó como confirmación divina. Como si por fin alguien —desde dentro— estuviera admitiendo lo que tanto nos habían negado.

Pero la realidad era otra.

Lo que el ministro anunció con orgullo fue que el mercado de valores dominicano había alcanzado un *trillón de pesos en custodia*. No dólares. No fondos públicos.

¿Qué significa eso?

Era dinero en movimiento, no en posesión. Una abstracción contable. Como tener billetes virtuales sin cartera. Lo custodiaban, sí… pero no para ti.

Era el valor acumulado de bonos, papeles de deuda, certificados y acciones intercambiadas entre bancos, aseguradoras, corredores. No podía cobrarse. No podía heredarse. Solo podía usarse como excusa.

Y así, cada anuncio técnico se convertía en combustible para una nueva bola. Porque los herederos escuchaban *trillón*… y se preguntaban:

—¿Ese no es nuestro dinero?

Y nadie lo desmentía. Nadie aclaraba. Nadie explicaba cómo podían circular trillones de pesos y que el pueblo siguiera sin recibir un centavo.

Y entonces surgió una explicación que muchos murmuraban, pero pocos se atrevían a decir en voz alta:

La herencia Rosaliót.

Según análisis no oficiales, esa fortuna habría comenzado a entrar al país desde 2017. Y fue filtrada, redirigida y absorbida por las redes de corrupción del PDL.

Funcionarios de alto nivel utilizaron ese dinero para blindar sus fortunas personales, comprar propiedades en el extranjero, manipular mercados y abrir *cinco mil cuatrocientas veintitrés cuentas* bancarias a nombre de herederos de la familia Rosalióт.

El Banco Nacional de Herencias —el mismo que aparecía en cada bola— llegó a contactar a esos herederos por todo el territorio nacional. ¿Casualidad?

No.

Y mientras tanto, el abogado de la familia Rosalióт —el hombre que debía defendernos— se volvió ciego, sordo y mudo.

Incluso preso, prefiere guardar silencio, como si lo hubieran comprado o amenazado... o ambas cosas.

Se hablaba de fideicomisos ocultos. De cuentas en paraísos fiscales abiertas a nombre de fundaciones inexistentes. De abogados suizos que se aparecían y desaparecían como humo.

Todo perfectamente legal... y perfectamente ilegítimo.

Algunos periodistas hablaban de reportes que habían llegado al FinCEN en EE. UU., o de alertas de lavado de dinero vistas por la OCDE... pero nada de eso salió en la prensa nacional.

Irónicamente, mientras se hablaba de trillones invisibles, el gobierno gestionaba préstamos de emergencia con el FMI y el Banco Interamericano de Desarrollo. Pedían prestado... mientras el país se inundaba de dinero que nadie decía de dónde salía.

Y así, entre excusas técnicas, jets privados y aplausos en programas de farándula, se enterró la verdad... como se entierra un faraón.

"*Si usted tiene una cisterna que solo recoge 100 galones, no puede sacar mil galones. A una tinaja no se le pueden sacar 1000 galones si solo recoge 100 galones de agua.*

Entre los líderes que siempre respaldaron las manifestaciones de la familia Rosalióт en República Dominicana, destacaban figuras como Yonaby, quien gastó una fortuna personal apoyando la causa; Memo Cruz; el primo El Moyeto; Miguel Trinity; Tony el Español; y Julio Hernández, desde Atlanta. A ellos se unían muchos más, cuyos nombres no figuran aquí no por olvido, sino por la imposibilidad de nombrarlos a todos. Pero eran ellos —venidos de todos los rincones del país— quienes mantenían viva la lucha.

Todo lo relacionado con el exilio dominicano, o, mejor dicho, la diáspora de los dominicanos de la familia Rosalióт, apoya todo lo que se hace en República Dominicana: todas las marchas, todas las actividades, todas las vigilias, todas las esperas. La herencia cruzó el mar, pero la resistencia también.

Incluso en los gestos más sencillos se notaba el fervor. En una marcha frente al banco, ocurrió algo que todavía se comenta en los chats como una humillación colectiva.

Los manifestantes habían llegado desde temprano. Algunos venían desde Cotuí, otros desde Constanza, muchos desde el sur, con los pies hinchados de tanto esperar. Llevaban pancartas, copias de sus certificados, hasta rosarios. Pero, sobre todo, llevaban esperanza.

Y pan. Pan sobao, pan de agua, lonjas de queso amarillo. Había mujeres que habían preparado emparedados en casa, envueltos con esmero en papel de aluminio, marcados con los nombres de sus hijos. El queso sudaba en el sol. El pan se aplastaba en los bultos como la dignidad de quienes solo pedían justicia. Pero era su única comida del día.

De repente, llegó la policía.

—¡Revisen los bolsos! —gritó uno, con tono más militar que policial.

—¿Qué traen ahí? ¿Comida? ¡Eso no se puede! ¡Eso es aglomeración alimentaria! —dijo otro, inventando la excusa del siglo.

—¡Pero son solo unos sándwiches, oficial! ¡Es pan con queso! —suplicó una señora de San Juan, con voz entrecortada.

No importó. Los confiscaron todos. Hasta los juguitos congelados de fundita. Un agente metió el pan en una funda negra como si fuera contrabando. Otro aplastó un sándwich con el codo mientras le decía a un viejo:

—Si tienen hambre, vayan al Palacio.

La gente no lloró por el hambre. Lloraron por la humillación.

Ellos no llevaban armas ni pancartas sofisticadas. Llevaban papel aluminio, queso amarillo y la dignidad de una familia que se negaba a morir en silencio.

Habían viajado desde todas partes del país: Manolo venía de Sánchez Ramírez; otros de La Vega, Cotuí, Constanza; Aquiles desde Samaná. Y desde la capital: Arleni Ampago, Delsa, Roque, Agustín, Martín, Orquídea, José Miguel, Wilian Vargas, Fermín, Pablo Miguel, Álbaro, Bienvenido, Ernesto, Pastor Cepeda, Darkiry, Los Internacionales, Elím, Fernando, Tony Rosaliót, Modesta, José Francisco, Francisco Pancholo, Mártires, Joseph, Isabel, Veterano, Verónica, Daisy, Wascar, Lebrón, Eladio… todos, hombres y mujeres que no buscaban un milagro, sino simplemente lo que les pertenecía.

Puerto Real, sin embargo, parecía iluminado por un demonio. Su palabra tenía un efecto hipnótico. La gente le creía todo. Y así como podía rezar un Padre Nuestro, también invocaba a Changó o se reunía con masones. No tenía pinta definida. Se movía con cualquier música. Era un tigüerazo.

Hizo cosas increíbles como las que vamos a contar ahora, sin orden de fecha, tal como salgan.

Como aquella vez, cerca de Plaza Criolla, cuando se fue a un restaurante con su círculo cercano. Estaban en reunión desde la mañana. A mediodía, Puerto Real miró alrededor.

—¿Y quién va a pagar? —preguntó, estirándose como un rey cansado.

Silencio. Nadie tenía efectivo.

—Bueno, pues vamos a pedir. Y ya veremos. Total… para eso viene el pago —dijo, guiñando el ojo.

Pidieron. Comieron. Y a las 2:15, Puerto Real sacó su celular.

—Llámate a Chancher —le dijo a uno de sus ayudantes—. Dile que venga urgente. Que estamos afinando lo del pago. Y… que, si puede, que traiga algo. Ya tú sabes, pa' mover la cosa.

Chancher, que estaba en su finca en La Vega, salió volando. Se montó en su jeepeta sin pensarlo. Cuando llegó a las 3:45 p.m., lo esperaban con un plato tapado y una sonrisa hipócrita.

—¡Llegaste justo a tiempo, hermano! —le dijo Puerto Real—. Ven, siéntate. Esto está casi, casi.

Comió con ansiedad. Escuchó una hora entera de historias abstractas. A las 5:10, llegó la cuenta.

—Bueno, mi hermano… —dijo Puerto Real, limpiándose la boca con la servilleta— no trajimos efectivo. Tú sabes cómo es esto. Pero si puedes resolver esta, yo te lo devuelvo mañana mismo. Palabra de abogado.

Y al final del día, le dijeron que el pago estaba por llegar… pero en realidad, lo habían citado solo para que pagara la cuenta.

No era la primera vez. Durante meses, él mismo había comprado la comida del abogado. También alquiló cinco yipetas para transportar a su equipo, incluyendo una para el mismísimo doctor.

Chancher era un empresario. Tenía una compañía de fertilizantes, varias tareas de arroz y comerciaba con cosecheros de Jima y La Vega.

Lo perdió todo… por una promesa. Una promesa envuelta en membrete notarial, sellada por la lengua de un farsante.

Y cuando se quedó sin dinero, Puerto Real lo desechó.

Como un cartucho de dinamita que ya había explotado.

Semanas después, otro episodio lo marcó para siempre.

Un contacto en el Banco Nacional de Herencias —una joven empleada de contabilidad— le había dicho que tenía algo que mostrarle. Lo citó en una oficina cerrada, con la puerta entreabierta. Miraba nerviosa a los lados.

—Solo cinco minutos —le dijo—. Pero mire esto.

Abrió la pantalla de la computadora. Un número apareció. Llenaba la línea de izquierda a derecha.

—¿Eso es… el balance?

—Sí. Supuestamente, de una cuenta a nombre de la familia Rosalióт.

Chancher se quedó sin aliento. Veintitrés ceros. Tal vez más.

No era un número. Era una sentencia. Un espejismo en números arábigos que prometía justicia… y entregaba ruina.

—¿Esto es real?

La muchacha asintió. Pero su rostro se descompuso al instante. Un hombre con gafas oscuras acababa de entrar al pasillo.

—¡Salga ahora! ¡Y no diga que estuvo aquí! —le susurró ella con pánico.

Horas después, supo que la empleada fue despedida. No reubicada. Expulsada.

A partir de entonces, empezaron a seguirlo. Una vez, prestó su carro a un compañero de Central Derecho. Lo interceptaron dos hombres armados.

—¡Baja el cristal! —gritó uno.

Cuando vieron que no era Chancher, se fueron como ratas.

Ya no era solo una pelea por un apellido o un pagaré. Era una guerra de sombras, donde una cuenta bancaria podía costarte la vida.

Y todo por una cuenta. Por un número. Por una mentira tan grande que parecía verdad.

La lucha por la herencia ya no era solo legal o económica. Era política. Era peligrosa. Los halcones del poder, los políticos del PDL, habían comprado la prensa, el silencio, incluso el miedo.

Decían que los Rosaliót eran locos.

¿Locos? No. Eran peligrosos… para las cuentas bancarias del régimen.

Puerto Real nunca quiso resolver la crisis.

Ante todas las mentiras que había dicho Puerto Real, el Dr. Murray desistió. Había sido paciente, conciliador, incluso creyente. Pero ya no quedaban dudas. Se fue hacia el otro lado de la balanza, uniéndose a la Comisión Internacional, que más tarde adoptaría el nombre de Frenar.

No fue una decisión ligera. Aún mantenía conversaciones con el abogado. Le insistía en privado:

—Resuelve esto, Puerto Real… la colmena ya no está quieta. Las abejas se están liberando.

Ya no eran zumbidos de descontento. Eran avisperos de furia.

Intentó ser mediador entre Central Derecho y la Comisión Internacional. Pidió reuniones, propuso puentes. Pero Puerto Real seguía jugando al oráculo, repitiendo que tenía todos los certificados, todos los papeles, todas las pruebas, sin mostrar jamás uno solo.

Frente a esa cerrazón, el Dr. Murray organizó un encuentro clave en las oficinas del abogado. Convocó a miembros estratégicos de Los Internacionales. Aquel día asistieron: el Dr. Rafael Rosaliót Vorgas, Víctor Chuleto, Joseph Mengía, una dama cuyo nombre se perdió entre tantos archivos, Juan Rosalió t, Elím Rosalió t… y al final, también Aquiles.

Carta enviada al abogado

A continuación, la carta enviada por el Dr. Ramón Murray al abogado de la familia Rosalió t, solicitando una reunión directa entre las partes enfrentadas.

Dr. Puerto Real. A su atención.
Mis saludos afectuosos para usted y su equipo de la
Central Derecho.
Salud, gracia y paz.
Dr. Puerto Real: Por este medio, asumo el rol de
mediador entre usted y la Comisión Internacional, con
el fin de solicitar que una representación de la Comisión
Internacional pueda tener una reunión amigable con usted.
Esta reunión sería el lunes 7 de septiembre de 2020,
en horas de la mañana o en la tarde, de acuerdo con su
disponibilidad. Los participantes de la reunión amigable de
la Comisión Internacional con el Dr. Puerto Real serían:
- Dr. Rafael Rosalió t Vorgas
- Aquiles Pared Rosalió t
- Juan Rosalió t
- Vic. Rosalió t (Chulito)
- Elím Rosalió t
- Flior Rosalió t D. (Rep. de España)
Esperando, Dr. Puerto Real, su cordialidad y benevolencia
en una respuesta inmediata a nuestra solicitud para esta
reunión amigable.
Bendiciones, gracia y paz de nuestro Señor Jesucristo.
Dr. Ramón Murray, Ph.D.
Mediador entre ambas partes.

La carta estaba enviada. La reunión estaba pactada. Pero lo que ocurrió aquel lunes marcó un antes y un después en la historia interna de la herencia Rosaliót.

La reunión con el abogado Puerto Real fue convocada porque, a pesar de todas las promesas, él se negaba a mostrar una sola prueba del dinero que —según rumores— ya había llegado. Ni a la Comisión Internacional ni a la familia Rosaliót les ofrecía explicación alguna. Solo evasivas. Nada más que su silencio calculado.

Esa mañana, en su oficina, en una sala pequeña de conferencias, se reunieron. Al principio, todo parecía civilizado. A pesar del saludo cordial, las sonrisas eran mecánicas. Puerto Real habló como siempre: largo, denso, con sus historias recicladas de supuestos viajes, certificados invisibles, documentos en idiomas europeos y promesas que ya nadie creía.

Fue entonces que Elím, tajante, lo interrumpió:

—Doctor, con respeto, no venimos a escuchar cuentos. Queremos pruebas. ¿Dónde está el dinero de la familia? ¿Dónde están las pruebas del dinero? Si el depósito se hizo, queremos ver el comprobante. Usted no es el dueño de la herencia. Los dueños son los herederos.

Juan Rosaliót la apoyó enseguida:

—Llevamos años oyendo lo mismo. La familia merece respuestas.

Y fue entonces que Rafael Rosaliót Vorgas se incorporó. Su voz, firme:

—Usted sabe que los herederos somos los legítimos dueños de esa fortuna. ¿Por qué se niega a entregar las pruebas? ¿Qué está escondiendo?

Puerto Real soltó una carcajada seca. Luego, con un brillo cínico en los ojos, lanzó el zarpazo:

—Ustedes pueden hacer aquí lo que les dé su maldita gana. ¡Yo no les voy a dar nada! Y antes de entregar una sola prueba, ¡prefiero quemarlas!

El silencio fue inmediato. Pero duró poco.

—Usted puede ir preso por eso —espetó Elím.

Puerto Real se encogió de hombros, como si la cárcel fuera un balneario.

—Y si voy, mejor. Salgo al otro día con quince mil pesos. Y ustedes... ustedes se van a quedar sin nada. Absolutamente nada. ¡En el zafacón de la basura!

El comentario encendió una mecha. Fue la gota que rebosó el vaso.

Aquiles, sentado al fondo, se levantó de golpe. Lento. Certero. Puso la mano en su cintura. Todos lo vieron sacar la pistola. La levantó, apuntando directamente a la frente del abogado.

—¡Esto no es un juego, doctor! ¡Esta familia no es su burla!

Óscar Aza, en pánico, intentó intervenir. Se abalanzó sobre Aquiles, pero Víctor lo interceptó. Lo tiró al suelo y le encajó el cañón en el cuello.

—¡Víctor, cuidado con esa arma! ¡No quiero morir! —gimió Óscar.

Puerto Real no se inmutó. Miró a Aquiles directo a los ojos.

—Si me matan, se quedan todos sin cobrar. Y eso, te lo juro, me daría gusto.

El momento quedó congelado. Finalmente, alguien alzó la voz. Su tono era un puño envuelto en terciopelo.

—¡Basta! ¡Esto no es justicia, es desesperación! Salgamos de aquí con algo más que amenazas.

Pero no hubo salida. La reunión terminó sin acuerdos. Y lo peor vino después.

Esa reunión había sido privada. Se había acordado discreción. Pero al salir, Aquiles, todavía agitado, grabó un audio. Lo envió a todos los grupos de herederos en WhatsApp. Contó cada detalle. Rompió el pacto de confidencialidad. El audio se regó como pólvora mojada en gasolina.

El abogado, por su parte, se atrincheró. Se negaba a entregar cualquier documento, repitiendo que todo lo había hecho él solo y que nadie tenía derecho a reclamarle nada. Pero la verdad era otra: todo lo que había hecho fue gracias al dinero que la familia Rosaliót le había dado. Desde la comida hasta el concón. Desde los boletos hasta los bufetes internacionales. Puerto Real, antes carismático, se volvió más áspero. Más agresivo. Insultaba a cualquiera que lo cuestionara. Negaba la herencia. Y desde Central Derecho, su vocero personal —el temido Óscar Aza— comenzó a excluir gente.

—Tú no eres heredero —decía—. No tienes derecho a nada. Incluso a quienes sí lo eran, les advertía:

—Si no cambias tu actitud con el doctor, te sacamos de la lista.

Óscar Aza había creado una especie de mafia dentro del proceso. Mantenía una lista negra. Una nómina de enemigos. Los que cuestionaban, quedaban fuera.

Y entonces, se intentó una segunda reunión.

Esta vez, ya no era la Comisión Internacional. Era FreNaR. Y otra vez, el Dr. Murray propició el acercamiento. Pero el resultado fue igual. Nada. Sin acuerdo. Sin respuesta. Sin pruebas.

Días después, Óscar Aza, furioso por lo ocurrido con Aquiles, comenzó a filtrar partes de las conversaciones internas. Lo hizo como venganza. Las lanzó en los grupos de herederos como si fueran panfletos. Pura dinamita.

Ya era evidente que no se podía negociar con Puerto Real.

El abogado creía tener el sartén por el mango. Estaba esperando algo más grande: su nominación política.

En vísperas de elecciones, a Puerto Real le habían ofrecido una candidatura presidencial por el PDL. Dañino Meden, según contaron fuentes cercanas, se reunió con él en privado. Le hizo una propuesta tentadora: si entregaba toda la fortuna Rosalió al gobierno, él —el mismo Meden— se comprometería a repartir una parte a los herederos y a lanzarlo como candidato oficial en 2020.

—Invierte el dinero —le dijo Meden—. Usa la ganancia para financiar la campaña presidencial de 2020.

Puerto Real, cegado por la ambición, aceptó. Se sintió ungido. Y entonces, como prueba de poder, organizó una convocatoria de madrugada.

Llamó a su círculo íntimo: puertorealistas de La Vega, Bonao, Santiago.

—A las siete de la mañana… todos en la casa de Narciso, en Santo Domingo. Traigan traje. A las ocho vamos al banco. Hoy hay pago.

La orden llegó pasada la medianoche. Para muchos, eso significaba un sacrificio real. Algunos estaban en La Vega, otros en Santiago, otros en Bonao. Sitios a dos, tres, incluso cuatro horas de la capital si todo salía bien. Pero esa noche, nada salió bien.

Era la madrugada de un país cansado. Las carreteras estaban oscuras, mal señalizadas, muchas sin alumbrado público. Tramos enteros cubiertos de neblina, otros con baches profundos que obligaban a frenar cada veinte metros. Los choferes, agotados, manejaban con los ojos vidriosos. Otros iban en guaguas prestadas, o pegados a un termo de café que pasaban de mano en mano como si fuera un cáliz.

Desde Santiago, salieron cerca de la 1:30 a.m. para poder llegar a tiempo.

Desde La Vega, salieron aún más temprano —a eso de las 12:45— por miedo a un desvío que pudiera arruinarlos.

Desde Bonao, salieron a las 2:00 a.m., esperando no quedarse sin gasolina en el trayecto.

Muchos ni siquiera tuvieron tiempo de dormir. Ni una siesta. Ni un baño. Se pusieron el traje arrugado que tenían colgado en la puerta, metieron los papeles en una carpeta plástica, y salieron.

En los grupos de WhatsApp, el ambiente era eléctrico:

—Ya salimos.

—Vamos por Piedra Blanca.

—Nos vemos en la gasolinera de la Kennedy.

—Esto es real… ¡yo lo siento!

La ansiedad los sostenía más que la fe. La expectativa, más que la gasolina.

Rosa, la hermana del Dr. RRR, le dejó un mensaje de voz al abogado:

—Doctor, no se le olvide que una vez nos mandó a un banco en Ciudad Nueva a cobrar… y cuando llegamos, no había ni pago ni lista. No queremos otro papelón.

A las siete en punto, todos estaban listos. La casa de Narciso estaba llena. Gente sin dormir. Ojeras. Termos de café. Rostros esperanzados.

A las 8:00 a.m., nada.

A las 9:30, tampoco.

El sol ya estaba en lo alto, picando con furia caribeña, cuando apareció el doctor. Llegó al mediodía, fresco, perfumado, con un aire de quien no debía explicaciones a nadie.

Y entonces comenzó a hablar.

No del pago. No del banco.

De la Revolución del 65. De Caamaño. De su lucha por la patria.

—Buenos días —dijo con una sonrisa de héroe revolucionario—. Hoy quiero hablarles de la guerra de 1965, de Caamaño…

RRR no pudo más.

—Un momentito, doctor —lo interrumpió el Dr. RRR, seco y directo—. Nosotros estamos aquí porque usted dijo que había un pago. No vinimos a hablar de historia. Estamos en modo pago.

Pero un hombre llamado Jesús Diez, rápido como un relámpago, lo desarmó, lo empujó al suelo y gritó:

—¡Aquí nadie le va a hacer daño a RRR! ¡Estamos hartos de sus embustes!

El ambiente se tensó aún más. Otros gritaban:

—¡Jesús, calma! ¡Baja el arma!

Y él, con la respiración agitada, respondió:

—¡Llevamos despiertos desde la medianoche por un pago! ¡Y usted nos viene a hablar de Caamaño! ¡Yo soy más político que todos aquí! ¡Hablemos de lo que vinimos a hablar!

RRR se había replegado hacia una esquina, rodeado por varios de los presentes. Algunos trataban de calmar a Jesús, otros apenas podían reaccionar ante el caos inesperado. Una mujer empezó a llorar en silencio. Otro hombre pidió agua. Un silencio espeso cubría la sala, apenas roto por las respiraciones agitadas.

Y mientras todos estaban ocupados mirando a Jesús, atendiendo a RRR, o tratando de entender qué acababa de pasar, dos guardaespaldas de confianza rodearon discretamente al abogado.

—Venga, doctor —le susurró uno, mientras el otro le abría la puerta lateral del comedor.

Puerto Real no dijo una palabra. Apenas asintió con la cabeza. Su rostro, antes desafiante, ahora estaba grisáceo, con las cejas fruncidas y los labios apretados como quien guarda un secreto en el fondo de la garganta. Ni miró hacia atrás.

Avanzó con pasos cortos, casi flotando sobre las baldosas pulidas, mientras el escándalo seguía detrás de él como un eco.

Pasó por el pasillo, bajó las escaleras traseras, y salió por la puerta de servicio, escoltado como un líder político que ha perdido el control de su propio teatro.

Un carro sin placas lo esperaba con el motor encendido.

Abrió la puerta trasera. Subió. Cerró. Y se fue.

Cuando los presentes salieron a buscarlo, ya no estaba.

—¿Y el doctor? —preguntó uno.

—Se fue… lo sacaron. —dijo otro, todavía con la voz entrecortada.

Y así fue como terminó aquella reunión en casa de Narciso:

Con gritos, con armas, con traición.

Y con el abogado más buscado del país escapando por la puerta trasera como un ladrón de cuello blanco.

Y así, mientras el abogado escapaba por la puerta trasera, la esperanza seguía esperando en la sala. Aplastada, como los sándwiches del banco. Sudada, como los trajes sin planchar. Y viva, como un concón que se resiste a ser desechado. Aquel día se rompió algo que ya estaba fracturado. Los seguidores que viajaron sin dormir, los que sudaron en la espera, los que creyeron una vez más… esa noche regresaron a casa sin voz, sin rumbo. Algunos no volvieron a una marcha jamás. Otros empezaron a dudar de todo. Pero el vacío que dejó Puerto Real al huir —como un fantasma sin herencia— se sintió en cada grupo, en cada chat, en cada silencio.

Parte III
La Promesa Quebrada

Una promesa vacía es una hoguera sin leña: primero calienta, luego asfixia. Cuando la verdad se oculta, el fuego que une se transforma en humo que ciega y divide

X | Arepas, Audios y Aperitivos de Poder

Llegada de José Noche — La traición a Puerto Real —
Operación Arepa — El Penco — La reunión de Puerto
Real en el hotel para comprar armas — La reunión de
veteranos en el hotel — Los dos millones de Chancher —
Los 100 abogados de Puerto Real — La carta del vocero
Aza para el presidente

Recibimiento a José Noche

Al igual que a Julio Ángel se le había recibido como a un emperador iluminado por la esperanza, ahora llegaba desde Canadá otro personaje envuelto en misterio: José Noche, el supuesto cerebro jurídico y político detrás del doctor Puerto Real.

Pero esta vez no hubo multitudes ni alfombras rojas. Nada de caravanas ni marchas multitudinarias. Apenas veinticinco personas se reunieron en el aeropuerto de La Romana, algunos por curiosidad, otros por fe, y otros simplemente porque no tenían más nada que perder. Allí, en una pequeña sala VIP, con vasos plásticos de champán barato y sonrisas ensayadas, lo esperaban como si fuera el enviado especial del destino. La esperanza —como siempre— se sostenía con alfileres.

José Noche no era cualquiera. Decían que era primo hermano de Limón Lizardo, entonces director del Banco Nacional de Herencias. Y Puerto Real, que sabía cómo construir leyendas, había asegurado que Noche tenía vínculos fuertes con el alto mando del PDL. El rumor se regó:

—¡Ahora sí viene el pago!

Cuando le pasaron el micrófono, Noche se levantó con paso ceremonioso. Su voz, lenta y ensayada, atravesó la sala:

—Señores, he venido aquí a cobrar.

Y luego, por si alguien no lo había entendido bien:

—Señores, he venido aquí a cobrar; mi llegada aquí es porque voy a cobrar.

Nadie supo qué pensar. Lo curioso era que José Noche siempre había dicho que no era heredero. Pero aquella noche, en La Romana, se proclamó como tal. Desde entonces, se convirtió en uno de los personajes más contradictorios de toda la historia Rosaliót.

Y su frase —casi un eslogan de culto— quedó flotando en el aire como una promesa imposible:

—Ustedes pronto estarán en la fila del banco.

Después de ese día, José Noche se convirtió en una especie de ideólogo delirante de Puerto Real. Fue él quien lo convenció de que no bastaba con ser abogado de herencias: tenía que ser presidente de la República. Le habló de grandeza, de faraones, de tronos vacíos y de oro recuperado. Le alimentó el ego hasta hacerlo flotar. Pero como todo en esta historia, la lealtad duró poco.

La vida da muchas vueltas.

Y un día, José Noche se peleó brutalmente con Puerto Real. No fue por política ni por principios. Fue porque Puerto

Real no pagaba. José ya llevaba un buen tiempo en República Dominicana. Había perdido dos empleos por seguirlo como discípulo fiel. Se sentía usado, agotado, traicionado.

En medio de una reunión tensa, Puerto Real le gritó:

—¡Tú no tienes amigos! ¡Tú solo sirves para causar problemas!

Y lo sacó como a un perro de oficina:

—Te largas de aquí. Vete a tu Canadá. ¡Yo no te necesito!

José Noche se fue de vuelta a Canadá, triste, con el orgullo en harapos. Desde allá, mandaba audios llorando, con voz temblorosa:

Ay, amigo... ¿por qué me has tratado así? Con tanto cariño que yo te he tratado... no puedo comer ni dormir sin tu amistad...

Pero Puerto Real ni se inmutó. Silencio absoluto.

Fue entonces cuando José Noche se alió con un personaje aún más turbio: Josué.

Josué era un tipo regordete, maquiavélico, chismoso y mal pagador. Tenía la risa fácil, el bolsillo roto y una lengua venenosa. Apenas se unió a Noche, comenzó una campaña para sembrar discordia dentro de la familia Rosaliót.

Lo primero que hizo fue enviar un audio que se volvió viral en los grupos de WhatsApp:

—Tú querías que la gente se disgustala con el doctor, pues mílalo ahí. Ya lo loglé. Tú querías que se pelealan, pues vamos a peleal.

Así hablaba Josué: con la "L" metida donde no iba. Su voz nasal, su tonito de burla, y su manera de pronunciar *"peleal"* se convirtió en una caricatura que muchos repetían por lo bajo. Pero el daño ya estaba hecho.

Durante semanas, José Noche y Josué intentaron voltear a la familia contra el doctor Puerto Real. Inventaban rumores, grababan audios, sembraban dudas. Querían venganza, protagonismo... o un pago.

Y, sin embargo, el giro más insólito fue que Puerto Real los perdonó a ambos. Porque si algo tenía el doctor, era eso: no guardaba rencor… al menos no de inmediato.

Volvieron como perritos falderos. José Noche fue reintegrado como vocero. Regresó con sus frases repetidas y sus falsas promesas. Volvió a hablar de que el pago estaba cerca, de que ya todo estaba listo, de que las familias *pronto estarían en la fila del banco.*

Y mientras hablaba, hablaba de todo el mundo. Traicionaba a uno, halagaba a otro, inventaba cifras, y siempre estaba al borde de una nueva mentira.

Porque lo que muchos sospechaban… se volvió verdad.

José Noche traicionaría de nuevo.

Y esta vez, lo haría con estilo.

Operación arepa

El teléfono sonó en casa de RRR, en Bonao. Al otro lado de la línea estaba el doctor Puerto Real, que ya había comenzado a urdir otra jugada.

—¿Me puedes pasar con Panyagua? Necesito hablar con él —dijo con tono urgente.

Era bien sabido que Panyagua nunca contestaba llamadas. Solo hablaba cuando quería, y cuando hablaba, confundía más de lo que aclaraba. Así que Puerto Real se valió de RRR como mediador obligado.

Cuando al fin Panyagua tomó el teléfono, lo dijo sin rodeos:

—Tenemos que irnos a la capital. Se va a poner en marcha el Plan Arepa.

RRR, confundido, preguntó:

—¿Qué es el Plan Arepa? Yo nunca he oído eso.

Panyagua, con tono de conspirador revelando un código nuclear, contestó:

—Oye... el Plan Arepa es la clave. Es el código para que todo el mundo sepa que viene el pago. Y de eso se va a hablar. Porque hay un pago.

En cuestión de horas, se esparció la noticia como plaga en WhatsApp. Más de mil grupos de la familia Rosaliót reventaban con audios, mensajes, cadenas de texto, emojis de arepas y frases como:

—¡Esto está bueno! ¡El plan arepa viene caliente, señores!

Uno de los primeros en reventar la alarma fue, por supuesto, Manuel Hawái, siempre el primero en anunciar cualquier bola:

—¡El plan arepa arrancó, señores! ¡Esto está bueno!

Y le siguió, como eco caribeño, Juan Rosaliót con su célebre lamento:

—¡Ay, ay, mamá!

La reunión fue convocada en la iglesia del pastor Luis Rosaliót. El día de la reunión, unas cuatrocientas personas se aglomeraron dentro del templo. La iglesia no solo se llenó de gente, sino de sueños comprimidos en sobres manila, copias de cédulas, y la certeza de que —ahora sí— se hablaría de dinero. Era una iglesia de barrio, con pintura desgastada en las paredes, abanicos de techo girando lento, y filas de sillas plásticas alineadas con más esperanza que simetría. Afuera, el calor quemaba. Adentro, el sudor era colectivo y los murmullos crecían como coros en misa de tensión.

Puerto Real llegó rodeado de guardaespaldas. Más que nunca. Había aprendido la lección de la tragedia en casa de Narciso, donde casi pierde el control —y la compostura— frente a su propia gente. Esta vez no quería sorpresas. Esta vez venía blindado. Ya no era el abogado del pueblo. Era el candidato mesiánico del PDL, envalentonado por las palabras de José Noche, su ideólogo canadiense con sueños de imperio.

Subió al altar improvisado. Tomó el micrófono. Silencio expectante. Carraspeó. Y con su habitual tono de revelación mesiánica, soltó:

—Señores, he tenido una reunión con Dañino Meden, y me ha dicho que necesitamos hacer un partido. Un partido que saque diputados, senadores, que tenga presencia en las provincias, en las calles… que construya poder.

Pausa dramática.

—Y yo seré el candidato presidencial para las elecciones del 2020.

Otra pausa.

—Esto significa que todos ustedes van a recibir su pago, pero solo si apoyamos el proyecto político del PDL. Para eso, necesitamos unidad. Disciplina. Y un propósito común. Todos ustedes tienen que apoyar la formación del partido.

Dijo que era idea de Dañino Meden, pero todos sabían que detrás estaba José Noche, el canadiense silencioso, el que se movía entre pasillos oscuros y tenía acceso a palacio gracias a su primo, Limón Lizardo.

La iglesia quedó muda.

No se escuchaba ni el zumbido de los abanicos. El ambiente se volvió espeso, amargo. No era eso lo que la gente había venido a escuchar.

La palabra arepa no había salido de su boca.

Y entonces, como en una obra ya ensayada, cayó el balde de agua fría. Las caras cambiaron. El público, que había llegado vestido para cobrar, ahora solo escuchaba sobre política, elecciones, y candidaturas.

Se sintieron engañados. Otra vez.

—¡Pero es que estamos aquí para el Plan Arepa! —gritó de pronto Rafael Rosaliót, el boricua, que ya era famoso por desafiar en público al doctor—. ¡Se supone que el Plan Arepa es el pago! ¡Porque yo no sabía lo que era el Plan Arepa! ¡Fue en el camino que Panyagua me lo explicó! Me dijo que era un código. Que significaba que venía el pago. ¡Y ahora estamos aquí escuchando hablar de partidos! ¡No de pagos!

Todos lo miraron. Y el centro del templo se volvió tribunal.

Panyagua, enfurecido, le ladró:

—Tú lo que eres es un mequetrefe boricua. ¿Cuándo yo he hablado contigo de eso? ¡Yo a ti no te dije nada!

—¡Sí, usted me lo dijo! —intervino RRR.

Y fue entonces cuando el desastre comenzó.

Panyagua se abalanzó sobre RRR, lo agarró por el cuello y lo apretó con tanta furia que la cara se le puso morada. Algunos se levantaron para intervenir. Otros sacaron los celulares para grabar.

Julio Ángeles, el fortachón del gimnasio, se levantó como un rayo. Caminó decidido entre los bancos y le gritó:

—¡Suéltalo!

Panyagua no soltó. Le lanzó una mirada desafiante. Julio no lo pensó dos veces: agarró una silla blanca de la iglesia y se la estrelló en la cabeza.

Y ahí explotó el caos.

Víctor, Jesús y otros miembros de la autodenominada Comisión Internacional se armaron con más sillas. Comenzaron a volar por el aire como en una pelea de lucha libre en pleno culto. Se rompieron micrófonos, los bancos se partían como si fueran de cartón mojado, la pintura de las paredes se descascaraba con cada empujón, y los gritos opacaban hasta los altoparlantes.

Una mujer se desmayó. Un niño lloraba. Los ujieres no sabían si rezar o correr.

Y en medio del caos, Puerto Real desapareció.

Salió corriendo por una puerta lateral, rodeado de sus guardaespaldas, mientras los gritos, los golpes y los insultos llenaban la iglesia de polvo y decepción.

No era la primera vez que huía de su propio desastre. Y no sería la última.

Porque al final, Puerto Real no era un salvador. Era un demagogo. Un desgraciado. Un hijo de puta.

Y mientras él escapaba por una puerta trasera, la gente que vino por su arepa... solo se fue con las migajas del engaño.

Dañino Meden traiciona a Puerto Real

Era una época extraña. En Washington gobernaba un millonario con tuits. En Europa, los nacionalistas cerraban fronteras. En Haití, ardían las calles. En Colombia, marchaban estudiantes. Y en Quisqueya, los políticos transmitían promesas en Facebook Live mientras firmaban contratos en Ginebra.

En el PDL ya no se militaba. Se cobraba.

Las marchas no salían solas. Había que pagar bocinas, guaguas, pancartas… y hasta los aplausos.

Y el dinero…

El dinero salía del mismo pote invisible:
el fondo de los Rosalió́t.

Lo que comenzó como causa familiar, se volvió combustible político.

La familia Rosalió́t fue la plataforma de un fraude estructural.

Les vendieron justicia, y compraron silencio.

El PDL no tenía ideología: tenía caja chica. Y mientras más clientela, más votos. Era el mercado electoral más descarado del Caribe.

La convención fue una mascarada de billetes.

Dañino Meden, aún presidente de la república, no necesitó discursos para imponer su voluntad: le bastaron sobres, helicópteros y licitaciones dirigidas. Repartió dinero a raudales, compró alcaldes, diputados, pastores y hasta asesores de León Hernández, su exaliado convertido en adversario íntimo. En cuestión de semanas, el Penco —un exministro obediente, sin verbo, pero con toda la chequera del Estado— fue proclamado candidato presidencial del partido oficial.

León Hernández, tres veces presidente, seguía siendo el patriarca moral del PDL. No era solo un expresidente: era el ideólogo silencioso, el que movía los comités desde la sombra, el que hablaba como si escribiera constituciones. Pero en 2019, Dañino le dio el golpe final.

Porque Dañino ya había cambiado la Constitución una vez.

La dobló como quien dobla un contrato notarial y la reescribió con cheques, amenazas y puestecitos. Lo hizo en 2015, cuando quiso reelegirse. Rompió pactos, traicionó juramentos, y compró congresistas como quien compra reses.

Y ahora lo hacía de nuevo, con otro rostro, con otro títere.

León Hernández se fue. Puerto Real se arrastró. El Penco subió.

Mientras el país se partía en dos, Puerto Real seguía esperando su turno.

Él, que había anunciado el Plan Arepa como el código final del pago.

Él, que había prometido oro, justicia y herencia.

Él, que había entregado el dinero de la familia Rosaliót al corazón podrido del PDL.

Y no entendía que ya lo habían usado. Como siempre.

Una mañana sin prensa ni cámaras, Dañino Meden lo mandó a buscar. Lo recibió en su despacho privado. Sin protocolo. Solo él, su silla de cuero, y una taza de café frío sobre un decreto sin firmar.

—Tú eres un patán. Un abogadito de patio. Jamás te consideré para la presidencia —le dijo sin rodeos, sin siquiera mirarlo—. Y desde ahora te retiro mi apoyo. No tendrás más escolta. Ni oficinas. Ni prensa. Ni voz.

Puerto Real se quedó de piedra. Pero Dañino no había terminado.

—¿Quieres tu dinero? Olvídalo.

El dinero de la familia Rosaliót lo tengo prestado en diferentes países, con plazos de seis años. Está enterrado en convenios internacionales.

Si quieres ver un centavo, haz campaña por el Penco, forma tu partidito de papel, vende promesas… y calla.

Dio media vuelta y caminó hacia la ventana. El sol entraba tibio.

—Esa familia tuya me tiene azarado. No dejan de escribir, de llamar, de enviar papeles que nadie lee. Si tú quieres que te resuelva, ponlos a marchar por mí.

Puerto Real cayó de rodillas. Literal. En el suelo. Como un perro cansado. Suplicó:

—Presidente, por favor. Ese dinero es de una familia. Yo respondí por él. Yo creí en usted.

Dañino sonrió. Una sonrisa de dientes afilados.

—Tú eres abogado, ¿verdad? Entonces sabes que puedes pagar con cárcel.

Serían solo dos años.

Y si te portas bien… lo tuyo estará asegurado.

Y sin decir adiós, cerró la puerta en su cara.

No fue una puñalada.

Fue una liquidación.

Con firma, sellos… y un decreto invisible.

No fue una renuncia. Fue un destierro.

Lo que comenzó como alianza...

Terminó como traición de Estado.

Porque en aquel 2020, la historia del país se escribía con cheques y traiciones. Y la familia Rosaliót —que había entregado fe, documentos y cédulas—solo aparecía en las hojas como un fondo fantasma... invertido en la campaña de un candidato sin palabra.

Reunión con Luis Maten Hidarguo en un hotel de RD

Sabía lo que había hecho. Había vendido fe por promesas. Había entregado la herencia como quien firma un pagaré sin leer las cláusulas. Y ahora, el reloj de su error sonaba en dos frentes.

El primero era visible, calculable: el poder. Presidentes, exmandatarios, escoltas, contratos. Un expresidente traicionado. Un presidente actual con su dinero en la mano... recibido sin permiso, con el apellido Rosaliót en la transferencia.

El segundo frente era invisible, desbordado: el pueblo.

50,000 herederos directos. Más de 2.5 millones de personas en la diáspora Rosaliót. Un enjambre sin rostro, pero con memoria.

Cualquier mirada en un aeropuerto, cualquier mano en una fila, podía ser la de un vengador.

Fue con esa paranoia en la maleta que se dirigió a una reunión secreta en un hotel de lujo en Santo Domingo. En el lobby brillaban los pisos de mármol, pero Puerto Real no veía el lujo. Solo veía salidas de emergencia. Allí lo esperaba Hidarguo, el abogado europeo que él mismo había contratado. También estaban presentes Mike Olivo y el Licenciado Ampaguo, dos hombres de su círculo íntimo.

Fueron a hablar de dinero. Del dinero que se había transferido.

Del dinero que nadie había visto.

Puerto Real fue directo, sin rodeos:

—Con base en lo que tú ya cobraste —le dijo a Hidarguo—, y sabiendo que yo no tengo mi dinero porque está en manos del gobierno, quisiera que me prestaras cuatrocientos mil euros.

Hidarguo arqueó una ceja.

—¿Para qué necesitas esa cantidad?

Puerto Real no titubeó.

—Voy a formar un partido político. Necesito comprar armas, drones, cámaras de seguridad. Debo pagar guardaespaldas. Debo proteger mi casa, mi oficina. Necesito vigilancia. Necesito estar resguardado y fortalecido.

Hidarguo lo miró largo, como si intentara entender si hablaba con un abogado… o con un mercenario.

—Pero tú eres abogado, no eres político ni mafioso. ¿Para qué necesitas tener todas esas cosas?

Puerto Real sostuvo la mirada. Tenía la voz firme.

—Tengo muchos enemigos. Y por lo que veo… voy a tener más.

Tenía razón.

Iba a tener más.

Porque su plan ya no incluía pagos.

Ni justicia.

Ni verdad.

Quería blindarse. Fortificarse. Sobrevivir.

Hidarguo dio un sorbo a su copa de vino y le respondió con frialdad diplomática:

—Yo no estoy para eso. Cuando te entreguen el dinero que ya mandé al país —cuando el gobierno te lo libere— compras lo que quieras.

Por ahora, envíame los documentos firmados que me quedaste debiendo. Los espero aquí en el hotel antes de regresar.

Puerto Real no dijo mucho. Se levantó. Contuvo la rabia.

Había llegado buscando armas… y se iba con papeles.

—Te voy a mandar a Veterano con esos documentos que necesitas —dijo seco, antes de salir.

No hubo apretón de manos.

Ni buena fe.

Solo silencio.

Y el sonido de una puerta que se cerraba… como un eco de lo que venía.

Veterano visita al hotel

Tres horas después, ya pasadas las tres de la tarde, alguien tocó la puerta de la habitación de Luis Marí Martí Hidarguo en el hotel.

Al abrir, se encontró con Veterano, trajeado, sudado y con un fólder en la mano.

—Pase. Siéntese un momento, que ya vengo —le dijo Hidarguo, medio distraído.

—Estoy en llamada importante —añadió, mientras desaparecía en el dormitorio contiguo.

La suite olía a mármol pulido, aire reciclado y perfume caro. En medio de la sala, sobre una mesa de cristal, reposaban unas picaderas finas que habían subido para Hidarguo:

mini empanadas calientes, jamoncitos enrollados con palillos dorados, pastelillos de queso suizo, uvas, dátiles rellenos.

Veterano se sentó derecho, con el fólder sobre las piernas.

Miraba al frente, inmóvil. Pero el olor… el olor lo traicionaba.

Las empanadas aún humeaban. El queso derretido escapaba por las esquinas de la masa. El jamón brillaba bajo la luz de la lámpara como si tuviera barniz.

Tenía dos días sin comer.

No desayunó.

No almuerzó.

No cenó.

Solo agua de la llave y un sobre de café instantáneo que se tomó en la guagua. Y ahora lo rodeaban los canapés de un banquete sin testigos.

Tragó saliva. Apretó el fólder.

Miró hacia la puerta del dormitorio. Silencio.

Hidarguo seguía hablando por teléfono.

La batalla comenzó en el estómago.

Un rugido. Luego otro.

Su boca se llenó de saliva.

Podía sentir el sabor sin haber probado nada.

Primero pensó:

—Solo una. Nadie lo notará. Estiró la mano con culpa.

Agarró una empanada.

Mordió despacio.

Cerró los ojos.

La carne caliente, la masa crujiente, el aceite que brillaba en sus labios.

Una no fue suficiente.

Tomó otra.

Luego otra.

Soltó el fólder.

Usó ambas manos.

Comía sin parar, sin cubiertos, sin disimulo.

Como si el cuerpo hubiese recordado de golpe que estaba vivo.

Masticaba rápido. No por ansiedad, sino por miedo a que lo interrumpieran.

El palillo del jamón ni lo quitó; lo masticó también.

Cuando Hidarguo salió del cuarto, lo encontró con los dedos brillantes de grasa, lamiéndose el pulgar como un niño con hambre acumulada.

—¿Tienes más hambre? —preguntó, entre serio y sorprendido.

Veterano lo miró con vergüenza apenas disimulada, tragando el último bocado antes de responder:

—En verdad... tengo dos días que no pruebo bocado.

Hidarguo lo observó en silencio. Como si lo viera por primera vez.

—¿Quieres que bajemos a comer? —le dijo, como quien ofrece una limosna en un restaurante de cinco estrellas.

—Sí... me gustaría —respondió, apenas con voz.

Bajaron juntos al restaurante del hotel. Un lugar elegante, con alfombras beige, lámparas de cristal y camareros que parecían esculturas. Veterano pidió un bistec con arroz y soda. Cuando se lo sirvieron, se lo comió con las manos. No pidió cuchillo. Ni tenedor. Mordía directo la carne, como si masticara rabia acumulada. Se chupó los huesos. Se bebió la soda de un solo trago. Y luego, en medio del silencio del salón, tiró un gas sin intención. Audiblemente.

Algunos comensales se voltearon. Un camarero frunció el ceño.

Luis Maten Hidarguo se quedó mirándolo, atónito.

—Nunca había visto a alguien comer así —dijo, todavía procesando lo que veía.

—Es que... ¿en RD no hay comida? —preguntó, como quien no puede entender lo que ve.

Veterano no respondió. Pero su plato vacío, sus manos grasientas, su aliento contenido... respondieron por él.

Hidarguo se quedó en silencio. Luego dejó caer la servilleta sobre la mesa y dijo, casi hablándose a sí mismo:

—Caramba… tanto dinero que yo envié para esta familia…Y miren cómo están: pasando hambre, como perros…Y todo por culpa de un abogado corrupto como Puerto Real.

Los dos millones de Chancher

Ya para esa época, lo que no salía en televisión, salía en WhatsApp. Y lo que no era cierto… se convertía en verdad por repetición. Más de mil doscientos grupos de la familia Rosaliót repartidos por barrios, provincias, consulados y congregaciones, servían como una red paralela de noticias, milagros y teorías financieras. Fue por ahí que se regó el último rumor de oro: Chancher, coordinador en La Vega, ya no debía al banco. Según contó en un audio de madrugada, el Banco Nacional de Herencias lo había llamado para informarle que su deuda había sido saldada.

—¿Cómo es posible eso? —preguntó Chancher—. ¡Si estoy atrasado y no he podido pagar nada!

La gerente fue clara:

—Su deuda fue descontada automáticamente por un monto reflejado en su cuenta. Todavía no está activa, pero usted tiene una herencia registrada aquí. Y era tanta plata… que usted ni se imagina.

En La Romana, el pastor Manuel Rosaliót dijo que su contacto en el banco le había enseñado cuentas donde figuraba la supuesta fortuna de la familia. Y agregó que también le habían pagado una deuda de un millón de pesos.

—La gerente no me pudo dar detalles —contó—. Solo me dijo que ese pago se había hecho por lo que reflejaba en mi cuenta.

La noticia se regó con pólvora.

Chancher estaba pago.

Manuel estaba limpio.

La herencia se estaba activando.

La gente empezó a revisar sus cuentas como si fueran oráculos. Se abrían aplicaciones bancarias con más fe que lógica. Y Puerto Real, como siempre, escuchó el eco y se trepó al micrófono. Grabó un audio desde su despacho y lo envió a todos los grupos:

—La situación está muy buena, hermanos. Los bancos están reconociendo los saldos por herencia. Esto se va a hacer pronto. Y para eso… voy a poner cien abogados a trabajar el caso.

La frase fue recibida con aplausos virtuales. Pero también con risas en silencio. Porque en esa oficina no había más. El único abogado inscrito era él mismo. Y eso… era mucho decir. Puerto Real nunca había ganado un caso. Ni grande, ni chiquito. Jamás subió a un estrado. Vivía de trámites, sellos mojados, certificados sin legalizar. Su carrera jurídica era un simulacro envuelto en toga. Y ahora, prometía *cien abogados* para investigar algo que él mismo tenía en sus manos: los certificados, los números de cuenta, el dinero que había entrado… y lo que nunca salió. Parecía estar investigando lo que él mismo había desaparecido. Fue entonces cuando el pastor Manuel agregó que lo habían interceptado en plena avenida de La Romana.

—Me paró una yipeta —dijo—. Yo iba en mi motor, y me bloquearon.

—Si sigues hablando de esto… te matamos.

Pero el detalle no cuadraba. Mucho menos en un motor. Imagínese usted: una yipeta interceptando un motor, en una avenida, en pleno tráfico dominicano. Un motor se mete por cualquier hueco, entre carros, entre aceras, entre colmados y guaguas. Una yipeta, por muy lujosa que sea, no tiene chance. Esa historia no tenía pies ni ruedas.

Y más aún: Julio Ángel, Verónica, el Dr. Murray, Yonaby, Hawái, Moyeto… Todos hacían audios, todos eran conocidos en los grupos, todos viajaron a República Dominicana en distintos momentos. Y a ninguno lo interceptaron.

Ni en carro.

Ni en motor.

Ni en burro.

El único que salió públicamente a respaldar a Manuel fue el pastor Andrés, aunque dejó claro que no compartía la opinión del Dr. Murray, quien había dicho, sin adornos:

—Eso nunca pasó.

Andrés no atacó al Dr. Murray, pero quiso justificar lo que muchos sabían que era insostenible. En el fondo, trataba de mantener unida la fe, aunque las grietas fueran visibles desde la luna. Pero Andrés se alineó con Central Derecho y con Óscar Aza, el mismo vocero que manejaba listas negras como quien maneja playlists. Querían silenciar el ruido, pero el zumbido ya era nacional. Porque si alguien creía que Chancher fue beneficiado, o que a Manuel lo salvó un banco, era solo porque no habían leído el expediente completo:

El banco no estaba pagando herencias.

El banco estaba cobrando lealtades.

Y Puerto Real…

Estaba perdiendo el control.

Óscar Aza, vocero

Óscar Aza no era un hombre malintencionado.

Era peor que eso: era un hombre convencido. Relaciones públicas de Central Derecho, vocero autoproclamado de Puerto Real, promotor de audios, cartas, rumores, cadenas y desmentidos… pero siempre con tono de autoridad, como si hablara en nombre de una nación invisible. El problema era que ese nombre —Puerto Real— lo negaba más de lo que lo respaldaba.

—Yo no mandé a decir eso —decía el abogado, cada vez que Aza abría la boca.

Y ya era rutina.

Aza hablaba y Puerto Real se hacía el loco.

Aza juraba fidelidad y Puerto Real lo dejaba en visto.

Pero Aza seguía. Porque cuando uno vive de reflejos, cualquier luz parece mandato divino.

No era solo hablador. Era el doble de mentiroso que Puerto Real.

Porque hablaba sus propios embustes…

y también los del abogado, que ya para entonces era un mitómano profesional.

Antes de que Dañino Meden seleccionara a El Penco, antes de que se rompiera el pacto y se fragmentara el partido, Aza intentó dar un salto propio. Quiso ser senador. Participó en las primarias internas del PDL en 2019. Y fue aplastado. Obtuvo 14,927 votos. Pero no fue lo peor. Lo peor fue que más de 67 mil personas votaron por la opción NINGUNO.

Es decir: El pueblo prefirió votar por la nada… antes que por Óscar Aza. Un voto masivo por el silencio. Por el vacío. Por cualquier cosa… menos por él. Aza nunca lo reconoció. Culpó al algoritmo, al sistema, al voto automatizado. Decía que su nombre no aparecía en la pantalla correctamente. Que la JCE tenía un *complot binario.*

Pero la verdad era más sencilla: A nadie le interesaba lo que Óscar Aza tenía que decir.

Después de eso, no se retiró.

Se recicló.

Volvió como vocero espiritual del doctor.

Y entonces llegó su obra maestra: una carta urgente al presidente.

Para ese entonces, Dañino Meden ya había traicionado a Puerto Real.

Había roto el cordón umbilical del pacto, y se preparaba para coronar a El Penco.

Pero Aza, aferrado al naufragio, se propuso enfrentarlo.

Lo persiguió en eventos públicos.

Se coló en recepciones.

Intentó darle la carta en mano, como quien entrega una sentencia sellada.

Pero Meden —que se había tomado fotos con él cuando Aza fue candidato— no lo reconoció.

No le recibió nada.

La carta terminó donde terminan los papeles sin remitente ni relevancia:

en un zafacón gris, detrás del Palacio.

Dos días después, el director de Hacienda salió en televisión diciendo que el país tenía en custodia un trillón de dólares.

Y entonces Aza lo dijo —públicamente, con voz de profeta cumplido—:

—Eso fue por mi carta.

Como si su sobre sin membrete, sin firma de Central Derecho, sin mención a la familia Rosaliót, hubiese movido las finanzas del Estado.

En realidad, la carta ni siquiera tenía un destinatario claro.

Decía que venían valores de muchos montos al país.

Eso, en República Dominicana, equivale a decir que va a llover:

puede pasar o no, pero nadie sabrá cuándo, ni de dónde, ni para qué.

XI | El Profeta del Diablo: Pastores, Brujas y el Arca Negra

Puerto Real usó la Religión — Los pastores de Puerto Real — Puerto Real consultó a Celedonio y Jacinto — Puerto Real escogido por el Diablo — La bruja haitiana de Puerto Real — El día que el coronel Justo se arrodilló ante Puerto Real — El maletín negro de los códigos de Puerto Real — Puerto Real, El albañil trillonario

CENTRAL DERECHO Y LA RELIGIÓN

La manipulación de Puerto Real —y de sus líderes en Central Derecho— fue tan grande que lograron aprovecharse de personas pobres y hambrientas. Cuando al pobre se le ofrece comida, se le aguada la boca. Cuando se le ofrece dinero, sueña despierto. Y eso fue lo que les vendieron: sueños. Puerto Real sabía muy bien que no pensaba entregar ese dinero a la familia Rosaliót. Lo había dicho en voz alta, en voz baja, en confidencias y en indirectas: no iba a hacer millonarios a tantos pobres.

Entre sus tácticas más efectivas estaba la religión. Se presentaba como un nuevo Moisés, como Josué, como un ungido con mandato divino. Decía que la herencia era sagrada, que se entregaría cuando Dios quisiera. Pero él ya la había entregado. No a la familia. A los políticos. A Dañino Meden. No fue Dios quien se la entregó al gobierno.

En América Latina, la religión ha sido durante siglos un pilar de consuelo, obediencia… y control. Desde la Colonia hasta las dictaduras, el púlpito ha sido cómplice de la política, y muchas veces, escudo de los poderosos. En República Dominicana, donde más del 90% de la población se identifica como cristiana —sea católica, evangélica o pentecostal—, la figura del *ungido* sigue teniendo peso real. Un político que se hace llamar *Moisés* no está haciendo teatro: está posicionándose como profeta ante un pueblo que ha aprendido a rezar cuando todo lo demás falla.

Puerto Real conocía esa psicología. La explotaba con precisión quirúrgica. Hablaba del arca, del pueblo elegido, de promesas celestiales. Se posicionaba como salvador, como el guía que iba a liberar al linaje Rosaliót. Y la gente, desesperada, creyó. Oraban. Ayunaban. Seguían cadenas. Vivían con la fe en la boca… y el estómago vacío.

Fue entonces cuando una voz se alzó. No desde el púlpito, sino desde la conciencia. Dr. Murray, con firmeza y claridad, lanzó un audio que retumbó en los grupos de WhatsApp:
—Dios no se mete en herencias —dijo.

Y añadió:
—Dios no puede ser manipulado. No se debe jugar con la fe de la gente. No se puede poner a ayunar a personas que ya viven en ayuno perpetuo. Hay quienes no pueden comer ni una, ni dos, ni tres veces al día. Y encima se les pide sacrificio.

Sus palabras no fueron solo un reproche; fueron una ruptura. Una denuncia contra la manipulación sistemática que ejercía Puerto Real. Porque el abogado que había sido contratado para defender a la familia Rosaliót se había confabulado con el poder.

Con el gobierno. Con la presidencia misma. No para darles justicia… sino para sacarles hasta la última gota de esperanza.

Manipularon la religión. Todos. Desde los cabecillas de Central Derecho hasta los voceros de pacotilla. Se volvieron predicadores de promesas falsas. Comenzaban sus audios invocando a Dios, atacaban con veneno, y cerraban otra vez con un Amén.

Una cruz de oro en el cuello.

Y una estafa en el corazón.

Así funcionan los mandamientos de los predicadores de Puerto Real

Primero: predican.

Con voz impostada y la Biblia en una mano, juran que todo está profetizado, que Puerto Real es Moisés, Josué y hasta el Mesías… si hace falta.

Segundo: insultan y maldicen.

A quien duda lo llaman Judas, anticristo o demonio infiltrado. Maldicen a todo aquel que no diga Amén al audio del día.

Tercero: levantan calumnias.

Si alguien hace una pregunta, le inventan tres pecados. Si alguien exige pruebas, lo acusan de ser espía del Dr. Murray.

Cuarto: manipulan lo dicho a su conveniencia.

Una amenaza se vuelve profecía. Una mentira se convierte en revelación. Un audio cortado es *voz de Dios editada por el Espíritu*.

Quinto: hacen un llamado a Dios para que destruya a los que no están de acuerdo con Puerto Real.

Entre gritos, truenos y cadenas de oración, piden fuego consumidor… para los otros herederos.

Sexto: se dan golpes en el pecho y aseguran que solo los de Puerto Real son puros y limpios.

Los demás son herejes, traidores, vendidos, contaminados por los enemigos del *doctor*.

Séptimo: hacen la señal de la cruz para que Dios aleje a todos los herederos que no piensan como ellos.

Dicen que quien no está con Puerto Real, está contra Dios. Y que el juicio les caerá… con recibo de WhatsApp.

Octavo: y entonces Dios pregunta, confundido:

—¿Puerto Real no piensa pagarle a nadie?

Noveno: responde María, pastora de fe ciega:

—Sí, Señor… pero solo a los puertorealistas.

Décimo: y entonces Dios sentencia:

—Ah… entonces se ve claro que se quedará con todo el dinero… exiliado en Najayo.

Undécimo: José, ministro sin filtros, declara:

—Aun en contra de tus designios, Dios, defenderemos a Puerto Real. Para eso nos contrató.

Y clamando a gran voz…

Duodécimo: invoca a todos los santos posibles:

—¡Santa María, Santa Angelita, San Josué, San Lucas, San Pedro, San Grayumbo, Santa Eloísa, San Varón, San Daniel, la Trinidad entera… y llamen también a Santa Angélica!

Y concluye con revelación de última hora:

—¡Corran, que viene el Dr. Murray a buscar su plata! ¡Y a Puerto Real se le perdió el dinero!

¡Y él viene con un enema de cadillos y un tallo de lechosa!

Puerto Real y los pastores

Puerto Real no solo se rodeó de abogados. También se blindó de pastores. Lo hizo con una astucia milenaria: mezclando hambre con esperanza, fe con manipulación. Sabía que el pobre, cuando oye a un pastor, escucha a Dios. Y cuando ese pastor le dice que el abogado es el elegido, el pobre no duda. Ora. Cree. Obedece.

Se rodeó de hombres de sotana improvisada, de voces ungidas y manos aceitosas. Pastores que ayunaban por él. Que lo bendecían. Que lo llamaban siervo. En su finca, montaron vigilias, oraciones en cadena y hasta cadenas de WhatsApp de oración. Gastaron todo el aceite de oliva de Villa Consuelo en un solo cuerpo: el de Puerto Real.

Pero lo único que se le cayó fue el cabello.

Ninguna de esas oraciones sirvió de nada. Al contrario: mientras más lo ungían, más se endurecía. Más prepotente. Más diabólico. Más mitómano.

Decían que tenía visiones.

Y sí, las tenía: pero no del cielo, sino del otro lado.

Porque al mismo tiempo que se rodeaba de pastores, Puerto Real consultaba brujos, santos, Liborio… y al mismísimo diablo.

Leía las tazas del café, las líneas de las manos, y hasta los sueños ajenos. Era un ilusionista, un sincretista religioso. Lo mismo era masón que se sentaba con una bruja haitiana.

Y, aun así, ninguno de sus pastores —ni uno solo— tuvo el valor de decirle la verdad:

que era un mentiroso.

Que no tenía nada.

Que lo suyo no venía de Dios.

Preferían adorarlo.

Literalmente.

Uno de ellos, el más pintoresco, era un tal Grisando. Tenía un cuerno —una joroba, decían— que terminó enderezando a fuerza de soplarlo como si fuera trompeta de los últimos días. Un día, incluso, logró enderezar un saxofón en plena oración.

Ese mismo pastor terminó preso en La Victoria por agredir a su esposa.

Así era el entorno espiritual de Puerto Real. Un teatro de fe alquilada. Un coro de profetas a sueldo. Una procesión de alabanzas al abogado del diablo.

Una vez, la autodenominada Comisión Internacional organizó un acto religioso en plena Plaza de la Bandera, en la Avenida 27 de Febrero. Era un día nublado, con la muchedumbre bajo el sol, esperando un milagro. Puerto Real dijo que no asistiría.

—Eso no es lo mío —dijo con desdén.

Pero a mitad del evento, Óscar Aza lo llamó por celular:

—Esto está lleno a reventar —dijo con tono excitado—. No caben más.

Puerto Real, al oírlo, cambió de opinión como quien cambia de canal.

—Entonces voy para allá.

Llegó rodeado de escoltas, con pasos lentos y mirada de estatua. Subió a la plataforma como si fuera altar. Julio Ángel estaba predicando, hablando en lenguas con los ojos cerrados y las manos al cielo.

Puerto Real no esperó.

Le quitó el micrófono.

Lo mandó a callar, seco, autoritario:

—Aquí no se viene a hablar eso.

Y entonces levantó las manos, abrió los brazos y declaró la bendición de los doce rayos cósmicos.

Se autoproclamó Moisés.

Se autoproclamó Josué.

Y con voz de trueno, dijo ser el salvador de los Rosaliót.

Y nadie se atrevió a contradecirlo.

Puerto Real fue llamado por Satanás

Fue en una choza de palma y lodo, en la frontera norte del país, rodeada de gallinas negras y velas encendidas a plena luz del día. Dentro, el aire olía a tabaco quemado, sangre seca y café recién hervido. Una bruja haitiana murmuraba con los ojos en blanco, rodeada de objetos viejos: huesos de animales, muñecos de trapo, una Biblia invertida y una taza de café aún humeante.

En medio del ritual, las llamas de un círculo de fuego se alzaron. De entre ellas surgió un ovejo negro con cuernos, una criatura híbrida entre carnero y unicornio, que caminó entre brasas sin quemarse. De su hocico brotó una voz cavernosa, como eco de ultratumba:

—Te he traído aquí para que destruyas a la familia Rosaliót —dijo el diablo—. Porque no quiero saber de ellos. Los odio a todos.

La voz resonó en las paredes de barro como un trueno contenido. Puerto Real tembló, pero no retrocedió. Estaba convencido de haber sido elegido, de que ese era su destino.

Del fuego surgieron entonces dos sombras más, envueltas en polvo y humo. La primera hablaba con un peso milenario, una voz áspera que arrastraba siglos:

—Yo soy Jacinto Rosaliót —declaró—. Tú eres un usurpador. Un mentiroso. Un engañador de mi pueblo.

La segunda figura se alzó más alta, con los ojos de fuego contenido que no ardía:

—Yo soy Celedonio —dijo—. Deja en paz a mi familia. No la molestes más. Tú eres un delincuente.

Ambos espectros hablaron al unísono:

—Un día pagarás. Y será un muerto quien elimine tu vida de la tierra. Un muerto saldrá de la tumba... y tumbará tu cabeza.

Puerto Real salió de esa consulta convencido de su grandeza. De que su destino estaba sellado. Comenzó a actuar como un dios. Maltrató a personas, se enemistó con aliados, sembró el miedo. Muchos comenzaron a irse, a desconfiar, a callar por miedo.

Una mujer de oración, de quien luego se dijo que él había abusado, se le acercó una noche y le profetizó con voz firme:

—Usted está destruyendo a la familia. Esta familia que usted ahuyenta y amenaza, un día lo va a juzgar. No debe tener amigos políticos, y esta herencia no es suya para regalarla según sus caprichos.

Puerto Real intentó justificarse. Alegó que en la plataforma de herederos había personas que no pertenecían a la familia. Pero cada inscrito había sido aprobado bajo su visto bueno, desde la Central Derecho, con su firma y validación.

Ahora afirmaba que más de 10,000 no eran herederos legítimos. Que había que limpiar la nómina de pagos. Puso a Óscar Aza a la cabeza de un equipo para depurar la lista. Pero la pregunta flotaba como veneno en el aire:

—¿Quién metió a esa gente? ¿Por qué estaban ahí?

La respuesta era clara. Eran del Comité Político del PDL. Y los había metido él.

Uno de esos casos era Josué, un hombre de San Cristóbal. Siempre había dicho que no era heredero, pero Puerto Real le hizo una genealogía ficticia, lo metió como heredero y lo nombró supervisor de coordinadores. Josué salió cantando de la oficina, feliz como niño con juguete nuevo. En su viejo carro, coreaba promesas que nunca se cumplirían.

Ese mismo Josué luego pidió prestados 200 pesos a FreNaR y nunca los devolvió. También le pidió 75 dólares a Andrés Rosalió t, en Orlando, y tampoco pagó.

El anillo del abogado: Pastor Luciano y Branchi

Todos los cercanos a Puerto Real se amontonaron un día en la oficina. El aire estaba cargado de tensión, las caras largas y las voces bajitas. Finalmente, uno de ellos habló, en nombre de todos:

—Ya no podemos aguantar más, queremos que usted resuelva esto de una manera salomónica para todos. Hemos esperado muchísimo tiempo, hemos hecho muchos intentos de cobrar nuestro dinero, y necesitamos decidir qué vamos a hacer con nuestras vidas.

Puerto Real golpeó el escritorio con fuerza. Su rostro enrojeció.

—¡No soy banco, no soy quien decide esta situación! Esto está en manos del gobierno y en manos del banco. ¡Ya hice lo que tenía que hacer!

Pero no convencía. Otro le respondió:

—Sí, pero usted tampoco nos da ningún tipo de detalle.

Estaban ahí RRR, miembros de la Comisión Internacional, Chancher, Pastor Luciano, Branchi, y otros del círculo íntimo. El ambiente era de motín suave, pero firme. Puerto Real, viéndose acorralado, respiró hondo y dijo:

—Espérense un momento. Déjenme hacer una llamada, déjenme ver qué puedo hacer.

Marcó un número, fingiendo hablar con alguien del banco. Luego dijo que necesitaba contactar a la señora Meden, hermana del presidente. Prometió que le devolvería la llamada en minutos. Todos esperaron.

Finalmente, con una teatralidad calculada, la llamada entró; lo que no se sabe si era de Aracenda Meden o de quién. Puerto Real colgó y habló:

—Okay. Váyanse a sus casas y mañana vengan aquí a la oficina todos de traje, que se les va a pagar a ustedes la parte de su dinero. Mañana nos vemos en el banco. Pero vengan aquí primero, y de aquí nos vamos juntos al banco de la Torre. Vengan temprano, porque me dijeron que a las 9 a. m., al abrir el banco, teníamos que estar allí.

La alegría fue colectiva. Algunos se abrazaron. Se despidieron entre sonrisas. Era la promesa que llevaban años esperando. La víspera fue de preparación: trajes planchados, zapatos lustrados, nervios contenidos.

Y llegó la mañana.

Puerto Real apareció temprano en Central Derecho, también vestido de traje. Dio la impresión de seriedad. Todos salieron juntos hacia el Banco Nacional de Herencias.

Cuando llegaron al edificio, Puerto Real se detuvo en la entrada.

—Déjenme subir para avisar que ya estamos aquí, espérenme aquí —dijo, con voz segura.

Subió. Se perdió entre los pasillos.

Fue a hablar con un supuesto ejecutivo… que en realidad era el encargado de limpieza.

Y por ahí mismo desapareció.

Se fue directo a una finca en Villa Mella. Se cambió de ropa, se puso una bermuda, se acostó en una hamaca y pidió agua de coco. Mientras tanto, abajo en el banco, el grupo esperaba… y esperaba… y esperaba.

Furioso, Pastor Luciano se fue directo a Santiago. Duró más de tres meses sin regresar a la oficina ni hablarle a Puerto Real. Los demás, poco a poco, fueron siendo contentados con excusas, llamadas y falsas promesas nuevas.

El maletín negro de Puerto Real

Durante años, en cadenas de WhatsApp y discursos casi litúrgicos, circuló una historia que parecía sacada de un thriller político: el doctor Puerto Real tenía un maletín negro.

No era un portafolio cualquiera. Era su *fútbol nuclear* personal, como se le llama al maletín que acompaña al presidente de los Estados Unidos, cargado con los códigos de activación de misiles atómicos. Pero en el caso de Puerto Real, los códigos no eran de guerra, sino de supuesta redención financiera: la llave para acceder a las cuentas invisibles donde —según él y sus voceros— reposaban los trillones de la familia Rosaliót.

—El dinero está en la nube —decía Óscar Aza—. Pero no en una nube digital cualquiera. Solo puede ser visto por quienes tengan el acceso espiritual y criptográfico que Dios le otorgó al doctor.

Era, según ellos, una revelación mística combinada con tecnología bancaria de otro mundo. El maletín negro se convirtió en un objeto sagrado: la versión dominicana del Arca de la Alianza, cargada no con tablas de piedra, sino con documentos tan sagrados que había que tocarlos con guantes blancos, porque si no se desintegraban y se volvían polvo.

Dan Muñez juraba que en ese maletín estaban los contratos, las genealogías, las rutas bancarias, y los códigos que validaban la herencia. Puerto Real afirmaba que también tenía copias de todo en una bóveda secreta, y que había enviado expedientes oficiales a las Naciones Unidas y a la Corte de La Haya, como si el mundo estuviera esperando su autorización para liberar el dinero.

María Alemán —la más fiel del coro— decía que todos los presidentes del planeta eran aliados de su abogado, que *nadie se mete con Puerto Real porque está protegido por potencias*. Tan mentirosa como las mismas mentiras de Puerto Real.

Puerto Real, el albañil

Un día, con tono solemne y traje bien planchado, el doctor Puerto Real apareció en la Central Derecho con un anuncio que prometía cambiarlo todo.

—Mañana vamos al banco —dijo—. Me llamaron del banco de San Martín. Hay que estar temprano. Que todos vengan trajeados.

Fue como si el cielo se abriera. La esperanza, vieja y cansada, volvió a levantar la cabeza. Esa noche, muchos no durmieron. Plancharon camisas prestadas, lustraron zapatos ajenos, y prepararon lo poco que tenían para lucir como quienes, al fin, recibirían lo prometido.

Al día siguiente, la Central se llenó de herederos vestidos de gala: hombres en saco y corbata, mujeres con peinados de salón. Y Puerto Real también llegó trajeado, con su maletín y su aura de importancia.

—Denme un minuto —dijo—. Estoy esperando una llamada para que nos atiendan de una vez.

A las diez de la mañana, su teléfono sonó. Al colgar, exclamó:

—Ya me llamaron, ya me llamaron.

La ansiedad se convirtió en júbilo.

—¿En qué carro nos vamos? —preguntaron varios—. ¿Vamos todos juntos o por separado?

Puerto Real negó con la cabeza.

—No, yo me voy con mi chofer. Me pidieron que fuera solo, para llevar la lista de los que van a cobrar.

Y se fue… solo.

Pero nunca llegó al banco.

En vez de eso, se quitó el traje y terminó en un tarantín de Villa Mella, pegando blocks como un albañil cualquiera, ayudando a levantar una pared bajo el sol. Así lo vieron con sus propios ojos Judith y Julio Ángel, quienes no solo lo presenciaron: le tomaron fotos y las compartieron por los grupos. Las imágenes circularon como fuego: el hombre que prometía trillones había abandonado el banco… por una cuchara de mezcla y una pared a medio construir.

El *hombre más rico del mundo*, como algunos le decían, con documentos supuestamente en La Haya y maletines con códigos místicos, estaba sudando cemento.

Y el banco… seguía esperando.

En otra ocasión, Puerto Real ordenó pintar toda la Central Derecho de blanco. Iban a dar una rueda de prensa, decía. El pago se iba a anunciar oficialmente. Quería una imagen celestial: sillas blancas, paredes blancas, herederos vestidos de blanco. Quería que la prensa viera un desfile de pureza. Decía que cuando los dominicanos vieran aquel acto, el país temblaría ante la grandeza de su dios.

Y llegaron todos, vestidos de blanco. Excepto una.

Una heredera, sin recursos para más, apareció con un pantalón azul y una camiseta amarilla. No tenía ropa blanca. Solo eso tenía.

Cuando Puerto Real la vio, su rostro se transformó.

—¡Tú me desobedeciste! —gritó frente a todos—. ¡Tú vas a morir!

Y con una furia inexplicable, sentenció:

—¡Ya no hay pago! Esta persona vino de azul y amarillo. No respetó las instrucciones. El acto se dañó.

Cerró su maletín. Cerró la puerta. Y se fue.

Dejó a cincuenta personas vestidas de blanco en absoluto silencio. Nadie entendía cómo un color podía haber destruido una promesa de años. Nadie entendía cómo un abogado que hablaba de justicia… podía ser tan cruel.

El día que el coronel Justo se arrodilló ante Puerto Real

Fue uno de esos días pesados en la Central Derecho, donde el aire olía a esperanza vencida y a sudor de voluntarios. En la oficina estaban Branchi, Matin Hidaygo el notario, el pastor Luciano y varios miembros del Comité de la Comisión de Pago. Algunos venían de fuera; tenían semanas trabajando sin paga, alojados en un apartamento alquilado que ya pensaban entregar. Debían renta, comida, dignidad.

Se sentaron frente a Puerto Real, ya sin rodeos.

—Doctor, necesitamos saber —dijo uno—. Llevamos mucho tiempo sirviéndole sin cobrar un centavo. Todo esto lo hacemos gratis.

—La comida que usted se come la compra Chancher, y cuando da dos mil pesos, ni el cambio le devuelven.

Puerto Real alzó la vista, molesto.

—¿Ahora quieren sueldos? ¿Ahora soy un banco? —gruñó, golpeando el escritorio—. ¡Yo no soy un banco! ¡Esto está en manos del gobierno!

Ordenó a su escolta sacarlos de la oficina.

La puerta se cerró con rabia y los dejó afuera con su hambre y su lealtad.

Pasaron dos horas.

Puerto Real reapareció almorzando un pica pollo grasiento, comprado, como siempre, por Chancher. Le empujó la mitad a RRR, como de costumbre.

Entonces, entró el coronel Justo.

Venía con los ojos enrojecidos, la voz apagada.

—¿Qué te pasa? ¿Por qué estás llorando? —preguntó Puerto Real, sorprendido.

El coronel respiró hondo. Su voz salió quebrada:

—Un líder de la familia Rosaliót ha muerto. Y no tienen con qué enterrarlo.

Contó que lo habían llevado al cementerio… pero no pudieron enterrarlo. No había nicho. No tenían tierra. No había dinero para comprarla. Ni siquiera había podido comprar su medicina. La falta de tratamiento fue lo que aceleró su muerte.

—Murió por pobreza, doctor. Por no tener con qué tratarse. Y eso… eso me duele el alma.

El silencio cayó como un juicio.

—Páguele a esa familia. Aunque sea a esa. Por piedad.

Puerto Real dejó el hueso sobre el escritorio. Su mirada se endureció.

—Lo que ustedes quieren es hacerme la vida imposible —bufó—. Así como otros vinieron a echarme la culpa… ¡pero yo no soy un banco!

Se levantó. Su voz rebotó como látigo en las paredes.

Y entonces ocurrió lo impensable.

El coronel se arrodilló.

El mismo hombre que por años le había jurado lealtad, se dobló ante él, con lágrimas cayendo sobre el suelo de cerámica.

—Doctor, por favor… limpiemos nuestro testimonio. Está por el piso. Páguele a la familia. Ya está por el piso.

Puerto Real lo miró. Y sin decir una palabra, salió de la oficina dando un portazo.

Justo quedó de rodillas, murmurando una oración:

—Dios, ten misericordia de nosotros. Y ablanda el corazón de este hombre.

Pero el corazón de Puerto Real seguía más duro que una piedra de río.

XII | El Cisma de la Herencia: Promesas Rotas y Deudas Eternas

Renuncia de la Comisión Internacional — Mercy Vergas y los 90 mil dólares — Nesara Gesara y los pagos prometidos — Nace el Frente Nacional Rosaliót FreNaR — Las dos mentiras más grandes de La Herencia — Los Guerreros — Los Hermanos de Colón — La Lcda. Genmy Rosaliót — El Préstamo del dinero

Renuncia de la Comisión Internacional

La ruptura no fue súbita, pero cuando ocurrió, retumbó como un portazo seco en la historia de la herencia. Puerto Real, ya aferrado a su estilo autoritario y mesiánico, había comenzado a gobernar su entorno como un caudillo. No admitía consejos, mucho menos oposición.

Durante un tiempo, tuvo quien lo sostuviera. Su Comisión Internacional lo acompañaba como si de un profeta se tratase, y no era raro que, en los eventos, algunos le levantaran las manos al aire, como Aarón y Hur lo hicieron con Moisés en los días de batalla. Según narra el Éxodo, mientras Moisés mantenía los brazos en alto, el pueblo de Israel prevalecía; pero cuando los bajaba, perdía fuerza. Por eso, sus seguidores lo sostenían, uno a cada lado, creyendo que su victoria dependía de ese gesto sagrado.

Puerto Real también fue sostenido. Pero no por fe verdadera, sino por la esperanza desesperada de una familia hambrienta de justicia. Y como todo falso Moisés, no supo distinguir entre el respaldo y la obediencia ciega.

La lealtad, para él, era una calle de un solo sentido. Aquel que ya no servía a sus intereses era descartado sin contemplación, arrojado como papel higiénico en el zafacón del olvido. Sin gratitud. Sin centavo. Sin disculpas.

La Comisión Internacional, que le había rendido respaldo, que le había dado legitimidad en momentos clave, se cansó de ser usada. Julio Ángel fue tajante: no habría más colaboración. No más viajes, no más sacrificios personales, no más silencio cómplice.

Puerto Real había perdido algo más que apoyo institucional. Perdía estructura. Perdía legitimidad. Y con ella, el aura que alguna vez confundió con autoridad divina.

La Comisión regresó a sus países de origen, a sus hogares, a sus vidas. Todos menos Víctor, quien encontró otra razón para quedarse: se casó y echó raíces en la isla, lejos de las cenizas de la cruzada que alguna vez creyó justa.

Mercy Vergas

Otra pieza clave que se rompió del engranaje de Puerto Real fue Mercy Vergas y su lugarteniente inseparable, Memo Cruz. Ambos habían tragado mentiras hasta el hartazgo, y un día decidieron que ya era suficiente.

Cruz apareció en la Central Derecho acompañado de Mercy y dos hombres uniformados. Dijo con voz solemne:

—Trajimos federales.

Puerto Real asomó desde su despacho, frunciendo el ceño. Solo aceptó recibir a los federales y a Cruz. A Mercy, la dejó plantada en la recepción como a una expareja traicionada.

Esa fue la chispa que encendió el fuego de la furia. Mercy salió del edificio jurando venganza. Quienes la conocían no sabían si estaba más herida por la humillación o por celos. Porque, aunque nadie lo decía en voz alta, muchos sospechaban que entre ella y el abogado había existido algo más que política. Algo tóxico. Algo no resuelto.

Pero la historia dio un giro tragicómico: los supuestos federales que Memo llevó aquel día resultaron ser... bomberos. Bomberos de Nueva York. Vestidos con uniformes impecables, sí, pero sin placas federales, sin investigaciones, sin jurisdicción. Solo bomberos, confundidos e invitados sin saber que serían presentados como agentes especiales ante una oficina donde la paranoia se respiraba.

La farsa fue descubierta días después, pero ya era tarde. El rumor de *los federales* se había regado como pólvora en los grupos. Cruz lo había confirmado en un audio, con esa voz que inspiraba confianza en los ingenuos.

Tiempo después, Mercy y Memo organizaron una gran reunión en Nueva York. Asistieron decenas de herederos, incluyendo al primo Moyeto y a Yonaby. En medio de luces, cámaras y un entusiasmo frenético, Mercy apareció en pantalla proyectando cuentas bancarias, montos y promesas. Aseguró que iba a pagar a la familia Rosaliót. Que los fondos estaban ahí. Que era cuestión de tiempo.

—Tengo todo listo —dijo, mirando a cámara—. El dinero está asignado y pronto vamos a comenzar los pagos.

En otra ocasión, ya sin pantallas ni multitudes, Mercy hizo otra declaración.

—Esto ya está en manos de la Interpol.

Después dijo que también lo había entregado al Tesoro de los Estados Unidos. Luego, que estaba bajo revisión del Banco Mundial. Las agencias internacionales desfilaban como santos en una procesión. Pero nunca hubo prueba de nada. Solo declaraciones, promesas y transmisiones llenas de esperanza.

Más adelante, junto a Cruz, recaudaron 90 mil dólares. La idea era contratar abogados de ojos azules. Se entendía: abogados gringos, poderosos, expertos en fondos internacionales.

Pero los que aparecieron fueron dominicanos, de ojos marrones, y con acento del Cibao.

El dinero desapareció. Nadie sabe a dónde fue. Mercy aseguró que estaba intacto, pero nunca enseñó un solo papel. Cuando se intensificaron los reclamos, dijo que lo había depositado en la cuenta de su hijo. Tampoco hubo recibo, ni comprobante, ni hijo visible.

El tiempo pasaba, y los cheques nunca llegaban. Mercy volvió a prometer pagos para el Día de las Madres. Pasó otro Día de las Madres, y nada. Entonces vino su explicación más cósmica:

—Cuando se alineen los planetas —dijo—, llegará el dinero… a través de Nesara Gesara.

Una leyenda de internet. Un mito financiero. Un salvavidas invisible para quienes se ahogan en excusas.

Al final, Memo Cruz, avergonzado, se alejó de Mercy Vergas. Y la familia Rosaliót… perdió otros 90 mil dólares.

Frente Nacional Rosaliót FreNaR.org

Las guerras contra Puerto Real se multiplicaban como incendios descontrolados. Nadie lograba hacerlo entrar en razón. Fue entonces cuando un grupo de antiguos miembros de la Comisión Internacional, cansados del autoritarismo del abogado, fundaron el Frente Nacional

Rosaliót. Así nació FreNaR, la primera institución formal creada para defender los intereses de la familia Rosaliót.

Desde sus inicios, FreNaR canalizó el hartazgo de miles de herederos que ya no creían en los discursos mesiánicos ni en los pagos invisibles de Puerto Real. La organización abrió su primera oficina con gran esfuerzo colectivo. El Dr. Murray, quien ya había alzado la voz contra el abandono de la herencia y la manipulación religiosa, se convirtió en uno de los pilares fundadores. Bajo su impulso, más de 17,000 herederos fueron registrados como miembros activos.

En una llamada temprana, Jesús Rosaliót lo contactó con un ruego directo:

—Doctor, necesitamos que nos ayude para poder mantener la institución FreNaR.

El Dr. Murray respondió fundando el Grupo de los Siete, integrado por Verónica Cruz, Daisy, el pastor Andrés, el pastor David, Pablo de Nueva York, Junior Rosaliót (hermano de Marta), y él mismo. Juntos crearon el Club One Hundred, una iniciativa solidaria destinada a sostener el funcionamiento básico de FreNaR: cubrir la renta, pagar servicios, y mantener encendida la llama de la esperanza.

Sin embargo, pronto surgieron roces internos. Algunos miembros de FreNaR querían controlar el uso del dinero, proponiendo gastos innecesarios como la compra de una impresora a color, cuando apenas había fondos para cubrir lo básico. Verónica Cruz y Mauricio se opusieron enérgicamente: el dinero debía destinarse a lo urgente y prioritario. Ante la falta de consenso, el Grupo de los Siete se desligó formalmente de FreNaR.

Aun así, no se desvincularon por completo. Continuaron ayudando a FreNaR y al programa del primo Rosaliót, guiados por el compromiso con la causa, no por estructuras rotas.

Verónica fundó un grupo alternativo, El Corito, mientras que Andrés el militar y Gladys Valera asumieron la conducción de Club One Hundred desde dentro de FreNaR.

Al mismo tiempo, el Dr. Murray mantenía su llamado abierto a la unidad familiar. Había insistido en numerosas ocasiones en que la familia no estaba desintegrada, que aún había tiempo para sanar. Pero Puerto Real jamás respondió. Moyeto, también defensor de la reconciliación, envió audios apelando a la paz y a la unión. Tampoco fue escuchado. El abogado permanecía en su torre, sordo y encerrado en su lógica de poder absoluto.

Las dos mentiras más grandes de La Herencia Rosalió́t

Lo más sorprendente del caso Rosalió́t no fue que las mentiras provinieran del abogado. Eso ya era parte del paisaje. Lo verdaderamente insólito fue que las dos mayores falsedades de toda la saga no vinieron de Puerto Real, sino de un joven entusiasta llamado Adonáis.

Adonáis, con un carisma juvenil y una labia endulzada de convicción, se había convertido en una figura conocida en los grupos de herederos. No por su sabiduría financiera ni por documentos verificables, sino por sus gestos espectaculares. Uno de ellos marcó un antes y un después.

En un video que circuló como pólvora digital, Adonáis aparecía llamando al supuesto Banco SATAN DER. Al otro lado de la línea, una voz con acento europeo respondía como si fuera un gerente bancario:

—Sí, señor, el dinero fue enviado ya a República Dominicana. Se trata de una suma considerable…

En segundos, los grupos estallaron de emoción. Audios de fe, lágrimas de alegría, y promesas de celebración empezaron a inundar los chats. Para muchos, ese video era la prueba irrefutable de que el dinero existía, de que el banco hablaba, de que, al fin, la herencia se acercaba.

Hasta que alguien hizo una pregunta incómoda:

—¿Y quién es el gerente del banco?

La verdad fue un balde de agua fría. El supuesto gerente era nada menos que el hermano de Adonáis, residente en Holanda. Toda la llamada había sido una representación, una farsa. Dos hermanos engañando a miles de personas con una conversación montada.

FreNaR jamás disciplinó al joven. Nadie pidió disculpas. Nadie dio explicaciones.

Pero Adonáis no se detuvo ahí.

Meses más tarde, volvió con otra revelación: afirmó públicamente que representantes de FreNaR se habían reunido con el candidato presidencial Louis Abinoré en el octavo piso de un edificio, justo un día después del cierre oficial de campaña. El anuncio fue tan estruendoso como inverificable.

No se mostró evidencia. No hubo fotos, ni videos, ni testigos.

Solo la voz de Adonáis, inflamada de certezas, que repetía el número ocho como si de allí saliera la salvación.

Nadie lo acusó de maldad. Pero sí de otra cosa:

Es hablador hasta la tambora.

Y en un proceso donde cada palabra podía mover multitudes, esa forma de hablar —sin freno, sin fuente, sin verdad— resultó más peligrosa que mil enemigos.

Nelson y Modesto

Desde Nueva York surgió otro frente. Nelson y Modesto, este último conocido como el *presidente de los Rosaliót de Nueva York*, alzaron la voz desde el norte, afirmando que el dinero de la herencia reposaba en bancos estadounidenses.

Según contaban, habían contratado abogados que prometieron que la familia pronto recibiría el pago tan esperado.

El dinero nunca llegó.

Aun así, ambos continuaban trabajando por la causa, en silencio, sin escándalo ni ruido. Formaron un nuevo grupo, cada vez más distante de Puerto Real, que comenzaba a quedarse solo. Aunque las promesas nunca se concretaron, su lucha persistía, como una llama que se niega a apagarse en el frío del desencanto.

Los guerreros

De las cenizas del caos emergió otro grupo: Los Guerreros. Sus líderes eran Roque, Agustín, José Francisco, Miguel Trinity, William Vorgas y Félix, además de Agustín el Caminante, quien solía recorrer pueblos llevando una cruz al hombro. Algunos decían que caminaba por fe; otros, que lo hacía para justificar las remesas que recibía desde fuera.

Los Guerreros se presentaban como un frente serio, de hombres entregados a la causa. Y en parte, lo eran.

Miguel Trinity era considerado un hombre sin mancha, respetado por su conducta y su voz serena. William Vorgas, amigo entrañable del doctor Murray desde hace más de medio siglo, era descrito como un caballero, con el porte de los tiempos antiguos. José Francis de la Vega, ebanista de manos finas y espíritu noble, trabajaba junto a ellos, acompañado de Anthony Series 56, otro integrante comprometido.

Pero como toda manzana tiene su gusano, Roque y Agustín empañaron el legado del grupo. Una vez organizaron una rifa: vendieron los boletos, recolectaron el dinero... y jamás sortearon nada. Se gastaron los fondos, dejando un silencio incómodo que todavía persiste en los chats familiares. A pesar de los tropiezos, Los Guerreros lograron más que muchos.

Los hermanos de Colón

También surgieron Los Hermanos de Colón, un grupo peculiar liderado por Pedro y Bella, hermanos de sangre, acompañados de un abogado misterioso cuya identidad nunca fue confirmada. Se decía que trabajaban directamente con Barril GOLD, convencidos de que la mina era la clave, no las historias de herencias fantásticas traídas por Puerto Real.

El grupo operaba en las sombras: ni para aquí, ni para allá. No mostraban documentos. No convocaban a nadie. Sus supuestas gestiones quedaban atrapadas en un limbo sin informes, sin pruebas, sin resultados.

Pedro, en particular, se ganó fama por su afición al chisme. Era experto en buscar audios viejos y desenterrar polémicas olvidadas. Su hermana Bella lo defendía con uñas y dientes, incluso después de que Joseph le rompiera la boca en un altercado que aún se murmura en los pasillos de los chats. Desde entonces, Pedro se dedicó a reciclar viejos audios como si fueran lingotes de oro.

Los Hermanos de Colón afirmaban tener la única genealogía válida, pero esa clave dorada no les había servido de nada. Ni han cobrado. Ni han avanzado. Solo critican desde la orilla. Como todos, también nacieron de la gran división provocada por Puerto Real.

La Licenciada Ana

Desde Santiago, la Licenciada Ana intentó formar un nuevo movimiento: La Unidad Familiar. Su intención era buena. Su discurso, esperanzador. Pero la realidad fue otra.

El grupismo, los egos, la división y las heridas abiertas por años de traiciones convirtieron su proyecto en otro intento frustrado.

Puerto Real, una vez más, aparecía como el gran divisor.

La Licenciada Genmy Rosalió

A mediados de 2018, Genmy Rosalió comenzó a involucrarse más activamente en el tema de la herencia, luego del fallecimiento de su madre, quien era heredera directa. Hasta ese momento, su participación había sido distante. Hablaba esporádicamente con su prima Carola, quien estaba profundamente empapada en los asuntos familiares, pero no se sentía parte del movimiento.

Fue precisamente Carola quien la introdujo en su primer grupo, Selección Divina, liderado por José Mejía. Allí Genmy empezó a descubrir la complejidad de la situación y a comprender que, cuanto más se exponía a distintos espacios, más claro se hacía el panorama. Pronto comenzó a unirse a otros chats y foros de la familia Rosalió, donde conectó con nuevas figuras. Entre ellas, Verónica, quien más adelante la presentó al Dr. Murray, quien no solo la animó a participar, sino que, según sus propias palabras, *me enseñó un español de verdad y me ayudó a perder el miedo a hablar frente a la cámara* y a otros líderes.

La prima de Genmy también la ayudó a integrarse a otros espacios de discusión y activismo. A medida que se adentraba en esos círculos, Genmy descubrió algo más profundo: Puerto Real no solo estaba manipulando a la familia, sino que, según sus propias investigaciones, también había despojado de tierras a otras personas, incluyendo a su propia esposa, una licenciada Paz.

Con experiencia como investigadora bancaria y una red de contactos significativa, Genmy decidió actuar. Su prima Carolina, quien era cuñada de un empresario influyente en República Dominicana, la puso en contacto con ese hombre. Al conversar con Carolina y su cuñado, este les confesó que conocía a un abogado de alto nivel en el banco SATAN DER, con acceso directo a documentación sensible.

El abogado aceptó colaborar, pero impuso una condición:
—Estoy dispuesto a compartir la información, pero esto podría costarme el trabajo. Si me arriesgo, necesito al menos 50,000 euros —dijo con voz grave—. Es un seguro para poder sobrevivir si algo sale mal.

Tras consultar con la Comisión Internacional, se acordó enviar primero 5,000 euros como muestra de buena fe. Para reunirlos, la Comisión logró recolectar 2,000, y Genmy, confiando en sus compañeros, pidió prestados 3,000 euros a una comadre, aun sabiendo que el préstamo llevaba intereses. Genmy recordó que lo iba a tomar a interés y que, si había algún atraso, había que pagar.
—Tómalo tranquila —le dijeron—. Eso no va a durar ni dos semanas. Te lo vamos a devolver rápido.

Ella accedió. Para facilitar el proceso, fue junto a Joseph a casa de Mercy Vergas con la intención de conseguir respaldo logístico y financiero para la transferencia.

El dinero se envió a través de Carlos, de Bankinter, y este lo entregó al abogado en cuestión. Poco después, el contacto cumplió con su palabra: entregó las cuentas vinculadas a la empresa familiar Rosaliót Solemnidad, que existía desde los primeros registros bancarios.

Genmy, con su experiencia, revisó la documentación y la compartió de inmediato con Elím y los miembros de la Comisión Internacional. Pero a partir de ese momento, el entusiasmo inicial comenzó a disolverse. Aunque los datos estaban entregados, el compromiso de enviar los otros 45,000 euros nunca se concretó. Pronto comenzaron los rumores, las acusaciones y los silencios incómodos. Algunos insinuaban que la información había sido vendida, cuando en realidad, ya todos tenían acceso a ella. La deuda de Genmy creció. Los intereses y recargos elevaron los 3,000 euros iniciales a 5,700 euros, y tuvo que solicitar otro préstamo para poder saldar el primero. A pesar del peso económico, nunca recibió apoyo para saldar esa deuda, ni de quienes la animaron a asumirla, ni de quienes se beneficiaron de su gestión.

El préstamo del dinero por Puerto Real

Sabemos que Puerto Real no tenía el dinero de la familia Rosaliót, aunque decía lo contrario. Afirmaba que lo había traído en 2017 y que se lo había entregado secretamente —y sin consultar a los verdaderos herederos— al señor Dañino Meden.

Las razones para desconfiar eran múltiples y acumulativas.

La primera: Puerto Real seguía exigiendo dinero a los herederos cada vez que prometía un supuesto pago. Alegaba que era para cubrir trámites legales en Central Derecho, generando una maquinaria burocrática que solo beneficiaba a su círculo íntimo.

La segunda: ordenó establecer centros de acopio, preparando a los herederos para una supuesta logística de distribución. Al mismo tiempo, Josué, su aliado de confianza, lanzó una corporación global con certificados de inversionistas —otra fachada más para mantener viva la ilusión de que la herencia venía en camino.

La tercera razón fue aún más descarada: cada semana enviaba audios prometiendo un pago inminente. Usaba frases como el *dinero ya está liberado*, *solo falta una firma*, o *estamos a un paso de la bendición*. Pero ese paso nunca llegaba.

¿Cómo podía Puerto Real hablar de un pago inminente sabiendo que no tenía el dinero? Simplemente porque era un ladrón, bandido, mentiroso y estafador.

¿Por qué decimos que no lo tenía? Porque él mismo lo confesó. En una reunión celebrada en un local alquilado para fines políticos, admitió que el dinero no estaba en su poder. Vestido de blanco, con un pin dorado en la solapa, reunió a decenas de seguidores en sillas plásticas frente a un letrero que decía:

—Por la Familia, por la Patria, por la Herencia.

Dijo que Dañino Meden le había ordenado fundar un partido político para que la familia pudiera cobrar.

—El dinero está prestado en unas islas —dijo—. Pero esas islas han entrado en guerra. No ha sido posible recuperarlo.

Y entonces comenzaron las teorías.

—¡Eso fue en las Bahamas! —dijo uno—. Después del huracán Dorian en 2019, el sistema bancario colapsó. Ahí se perdió todo.

—No, no. Fue en Malta —insistió otro—. Después del asesinato de aquella periodista que investigaba lavado, todo se destapó.

—¡Chipre! —gritó alguien más—. Con su escándalo de los pasaportes dorados y los rusos comprando ciudadanía, ahí debe estar.

—No, fue en las Islas Caimán —interrumpió otro con tono de experto—. Las tienen en la mira por lo de los Paradise Papers.

—Pero esperen —dijo uno desde el fondo—. Él dijo que era por una guerra. Y ninguna de esas islas estuvo en guerra en 2019.

—¡Claro que hubo guerra! ¿Tú no viste lo de Venezuela?

—¿Qué tiene que ver eso? Venezuela no es una isla.

—¡¿Y tú qué sabes si el dinero no estaba en Isla Margarita o en una filial bancaria del Caribe venezolano?!

—¡Calla, traidor! ¡Tú no crees en el abogado!

—¡Ese dinero está enterrado en convenios internacionales, tú no entiendes de geopolítica!

Nadie sabía con certeza dónde estaba el dinero.

Pero todos fingían que sí.

En ese clima absurdo, Puerto Real llamó a votar por el Penco, el candidato del PDL, como si de eso dependiera el destino económico de la familia Rosalió.

Incluso llegó a decir que quien no votara por el Penco estaba maldiciendo su propia herencia. La mayoría lo miró en silencio. Nadie le había dado permiso para prestar un centavo de esa herencia, y mucho menos para entregarla a un político que venía con el mismo discurso de siempre.

Varios miembros de Central Derecho se postularon como candidatos a diputados y senadores: Óscar Aza, José Noche y otros que repetían el discurso del voto estratégico y el partido salvador.

XIII | Judas y el Fantasma

Puerto Real estafó a la familia prometiendo pago sabiendo que había prestado el dinero — La Caída de Puerto Real — El video de Puerto Real — FreNaR — Aquiles — Burundanga — Darwin — Josué delata a Puerto Real por 30 mil pesos — Arrestan a Puerto Real — Mejor secuestremos a Puerto Real y yo lo hago hablar

Si Puerto Real sabía lo que habían hecho con el dinero de la familia, ¿por qué entonces los exprimió hasta la sangre, a costa de nada? Simplemente, porque era un ladrón.

Sus seguidores seguían creyendo en él. En una reunión secreta convocada alrededor de una piscina, reunió a decenas de personas y les dijo que sin El Penco no habría pago. Les ordenó, sin rodeos, que fueran a votar por El Penco. Más tarde, lo reiteró públicamente en un video, donde afirmaba que toda la familia debía apoyar a ese candidato.

Lo que sí se vio en esos días fue mucho dinero: bolsas, maletines, fajos de billetes como si los furgones de Guillén se hubieran abierto. Billetes por todas partes. Ese dinero, utilizado en la campaña política, era parte del mismo capital que Puerto

Real le había entregado —sin consultar a los herederos— a Dañino Meden.

Pero Dañino perdió las elecciones frente a Louis Abinoré. Y con esa derrota, todos los sueños construidos por los puertorealistas se vinieron abajo.

Después vino algo inusual, casi inaudito en la historia política del país: una reunión entre Dañino, León Hernández y Louis Abinoré. Tres presidentes —dos salientes y uno entrante— compartiendo mesa, sellando acuerdos que solo ellos entendían.

Decadencia y caída de Puerto Real

Puerto Real fue perdiendo apoyo día tras día, y cada vez más personas comenzaron a volverse contra él.

En un programa de televisión conducido por el doctor Murray, el propio abogado fue invitado a responder preguntas sobre la herencia Rosaliót. Allí, ante la audiencia, Puerto Real reconoció que no podía probar que el dinero depositado en el país pertenecía a los Rosaliót. Dijo textualmente que, al igual que cualquier otro heredero, debía esperar a que el banco decidiera pagar. Era una confesión pública, inesperada y devastadora.

Aquel momento marcó un antes y un después. El abogado que durante años había prometido certezas comenzó a ofrecer solo dudas.

Muchos habían intentado hablar con él. El doctor Murray sostuvo numerosas conversaciones privadas, pero el abogado se mostraba cada vez más arrogante. Miraba a la familia como si fueran borregos, chivitos hartos de jobo, fáciles de embaucar.

Dan Muñez, quien por mucho tiempo fue considerado el poder financiero detrás del trono, también intentó hacerlo entrar en razón, pero con igual resultado: silencio o burla.

Al mismo tiempo, la fiscal del Distrito Nacional, Ramona Rivas, comenzó a investigar con más intensidad. Las constantes marchas y bloqueos callejeros de la familia Rosaliót, exigiendo justicia y el pago de su herencia, empujaron a la fiscalía a actuar.

Pero nadie se atrevía a denunciar.

Entonces la fiscalía recurrió a tácticas más creativas. Colocaron anuncios en los periódicos invitando a los herederos a poner querellas. Montaron carpas con jugos, bombones y donas frente al Palacio de Justicia, ofreciendo meriendas gratuitas como si se tratara de una feria judicial, todo con tal de motivar denuncias contra el abogado.

Aun así, Puerto Real seguía creyéndose intocable. Confiaba en que el PDL se mantendría en el poder. Jamás imaginó que Dañino Meden sería sustituido por El Penco, y que este, a su vez, perdería las elecciones ante Louis Abinoré, quien arrasó en primera vuelta.

Fue entonces cuando la familia Rosaliót se reorganizó. Desde la plataforma FreNaR, con liderazgo de Elím Rosaliót, se conformó un equipo legal encabezado por los licenciados Carlos, Lebrón, Claudio, Ana y otros juristas, quienes presentaron una querella formal ante la fiscalía contra Puerto Real.

También lo hizo Mercy Vergas, quien había prometido vengarse del abogado por no dejarla entrar a su oficina aquel día en que trajo a unos supuestos federales. La dejó abajo, sola, expuesta. Fue su punto de quiebre.

La querella de FreNaR se enfocó en abuso de confianza. La de Mercy y su equipo legal fue más directa: acusación de estafa. Sostuvieron que toda la herencia era un montaje fraudulento.

El Ministerio Público actuó. Era un momento extraño en la historia nacional. Le enviaron a Puerto Real un acto de alguacil con orden de comparecencia. Pero el abogado se negó a presentarse. Aconsejado por Josué, Óscar Aza y su asesor de siempre, José Noche del Canadá, decidió ignorar la citación, alegando que no había sido notificado formalmente.

Ramona Rivas advirtió públicamente, a través de redes y ruedas de prensa, que el abogado debía entregarse. Ya se contaban 283 querellas formales. Se estimaba que el monto recaudado por el supuesto trámite legal superaba los 16 millones de pesos, con pagos individuales que iban desde los 30 hasta los 40 mil pesos, todo a cambio de la promesa de una herencia inexistente. El Ministerio Público declaró el caso como complejo, y lo vinculó además a posibles delitos de lavado.

La situación se intensificó.

El Ministerio Público allanó su oficina. Rompieron puertas, confiscaron documentos, se llevaron cajas enteras con archivos. La imagen del supuesto defensor de la familia Rosaliót se desmoronaba.

Puerto Real entró en fuga. Vehículos sin identificación comenzaron a rondar su casa. Equipos armados lo buscaron por diferentes barrios. Durante ese tiempo, su paradero fue un misterio. Se decía que se ocultaba en villas de la costa este, que dormía en casas prestadas, que usaba intermediarios para comunicarse.

Mientras tanto, en los chats de WhatsApp y transmisiones en vivo, sus seguidores más fieles —Ángela, Dan Muñez, María Alemana, Josué, Óscar Aza y otros— insistían en que no existía ninguna orden de arresto. Decían que todo era un malentendido, una persecución política, una guerra espiritual.

Pero ya no era posible ocultarlo.

Puerto Real estaba oficialmente prófugo.

El video de Puerto Real

Puerto Real reapareció a través de un video grabado con tono desafiante. No era un mensaje dirigido a la familia Rosaliót, sino a dos gobiernos: el de León Hernández y el de Dañino Meden. Los acusó de ser los verdaderos responsables de todo lo relacionado con la herencia Rosaliót. Denunció que el Banco Nacional de Herencias lo había demandado por falsificar cuentas bancarias y manipular cartas oficiales (cosa que era mentira del banco, pues todas esas cuentas son reales hasta ahora). También habló de un acuerdo de confiabilidad que, según él, había firmado con la institución, así como de una cuenta colmena que el mismo banco le había habilitado. El abogado insistía en que todo estaba en regla. Era la primera vez que el abogado parecía asustado. Y tal vez, por primera vez, dijo algo de verdad.

Pero en las calles, nadie lograba encontrarlo. Puerto Real se había vuelto invisible.

—Se puso como si fuera Enrique Blanco —decían algunos con ironía. Se referían a Rafael Enrique Blanco Sosa, conocido en su época por sus habilidades para evadir a las autoridades y desaparecer sin dejar rastro. Así actuaba ahora el abogado: volviéndose "tocón" con la policía, ilocalizable, como si se hubiera evaporado del sistema.

En una maniobra tan absurda como teatral, Puerto Real intentó demostrar que no tenía ninguna orden de arresto. Se vistió de saco, bajó de un vehículo frente al Palacio de Justicia y caminó por la acera principal mientras se filmaba. Nadie lo detuvo. En el video parecía desafiante, valiente, casi mártir. Pero luego se descubrió la verdad: era domingo. El letrero decía claramente CERRADO. Sabía que no habría nadie allí. Todo fue un montaje para mostrar presencia sin arriesgarse.

Lo mismo ocurrió con la supuesta aparición en el parque Eugenio María de Hostos, donde había convocado a la familia Rosaliót para entregar pruebas definitivas. Nunca llegó. Grabó el video el día anterior, junto a Carmita Durán, en un rincón apartado del parque. Luego lo publicó como si hubiese estado allí el día de la manifestación. Otra manipulación más.

Mientras tanto, la fiscal Ramona Rivas intensificaba la presión. Aparecía en medios de comunicación nacionales reiterando que Puerto Real era un prófugo activo, acusado formalmente de estafar a 283 personas. Pero entre líneas, el mensaje era más fuerte: en realidad, las víctimas eran miles. Solo 283 habían tenido el valor de presentar querellas. Los demás, unos 50,000, seguían atrapados en la esperanza o el miedo.

El Ministerio Público ya había emitido una orden de arresto formal desde el 21 de mayo de 2021. No se trataba de rumores. El expediente incluía más de 600 pruebas: registros bancarios, testimonios, documentos falsificados, contratos firmados. La acusación era clara: Puerto Real había cobrado, junto a sus cómplices, entre 15,000 y 30,000 pesos por persona a cientos de familias —una y otra vez—, prometiendo una herencia ficticia.

En paralelo, comenzó el desfile judicial.

Mike Olivo se entregó a las autoridades y recibió prisión domiciliaria con grillete electrónico y una garantía económica de un millón de pesos. Miguela, arrestada días antes, compareció ante el juez alegando sufrir cáncer, aunque nunca entregó certificados médicos. El juez la dejó en prisión domiciliaria, también con grillete. Ampaguo, en cambio, acudió a la fiscalía en silencio. Se esperaba su prisión preventiva, pero fue liberado tras llegar a un acuerdo como testigo colaborador. Sin embargo, una vez en libertad, se encerró en su casa y nunca más habló públicamente de la herencia Rosaliót.

La reacción social fue turbulenta.

En redes, algunos aún defendían a Puerto Real como un mártir político, víctima de un sistema corrupto que lo perseguía por conocer secretos de Estado. Otros lo consideraban un farsante, un manipulador, un estafador profesional. La prensa lo retrataba como el cabecilla de una red que había despojado a cientos de dominicanos de más de 16 millones de pesos, y eso solo en denuncias formales.

La familia Rosaliót se fracturaba desde dentro. Algunos exigían justicia. Otros seguían convencidos de que el abogado sabía dónde estaba el dinero. La confusión crecía, como también la vergüenza colectiva. Nadie quería aceptar que todo había sido una mentira.

Y mientras los demás imputados eran procesados por estafa, asociación de malhechores y lavado de activos, Puerto Real seguía desaparecido. Grababa videos, aparecía en reuniones clandestinas, hablaba de conspiraciones. Pero no regresaba a su oficina. No comparecía ante un tribunal. No caminaba libremente por las calles.

Se había convertido en su propio fantasma.

FreNaR y el Grupo Burundanga

Cansados ya de las risas cínicas de los puertorealistas —quienes juraban en los chats que Puerto Real no iba a ser encarcelado porque no tenía ninguna orden de arresto— el grupo Burundanga se organizó con un propósito claro: capturarlo. Lo dirigía Aquiles, bajo la sombrilla de FreNaR, acompañado por militares activos de la familia Rosaliót y por un joven delincuente de nombre Darwin, quien no soportaba más burlas.

Buscaban a Puerto Real día y noche, en los montes, en callejones, en villas turísticas. Pero no lograban descubrir su escondite. La gente, señores, se desesperaba. Puerto no daba señales de vida. No se encontraba. FreNaR y sus abogados, igual que Mercy Vergas y su equipo, acudían a la fiscalía, pero las respuestas eran siempre las mismas: que lo estaban buscando, que no sabían nada. En realidad, nunca el gobierno lo buscó.

En una ocasión, el grupo Burundanga encontró una de las casas donde creían que Puerto Real se escondía. Corrieron a buscar a una fiscal para obtener una orden de entrada. Pero Ramona Rivas y Evelyn, alegando falta de pruebas, negaron el allanamiento. Como si protegieran a Puerto Real. Como si no quisieran atraparlo por temor a que cayeran nombres del gobierno saliente. Esa historia se repitió varias veces: descubrían su paradero, y las autoridades negaban acceso.

Un día, mientras montaban guardia, se toparon con Josué. El mismo Josué que antes había traicionado a Puerto Real, luego vuelto a su círculo. Al verse rodeado por Darwin, Aquiles y otros hombres armados, Josué no pudo negar lo obvio. Era un hombre gordo, con miedo en los ojos. Darwin lo tiró al suelo y le apuntó a la cabeza.

—¡No me maten! —gritó Josué, entre flatulencias—. ¡Tengo una hija pequeña!

Aquiles le metió el revólver .38 de cañón largo en la boca. Josué temblaba, y en su rostro resbalaban gotas de sudor y vergüenza.

—¡Habla o te mueres aquí mismo! —ordenó Aquiles.

—Sácale la pistola de la boca —intervino Darwin—. Que hable. Te vamos a pagar, Josué. Te vamos a dar dinero. Treinta mil pesos, treinta monedas de plata. Como Judas.

Así fue como Josué, con voz temblorosa, confesó: Puerto Real estaba alojado a tres casas de allí.

No le dieron el dinero de inmediato. Lo pusieron bajo vigilancia de tres hombres armados. Aquiles y Darwin rodearon la casa. Al oscurecer, Darwin y tres hombres armados lograron penetrar silenciosamente en la casa, burlando la seguridad y moviéndose como sombras entre los pasillos. Allí confirmaron lo que sospechaban: Puerto Real estaba escondido, viviendo en una mansión amplia y protegida, como un rey en exilio. No había dudas: era él. Respiraba, roncaba, dormía como si el país no lo estuviera buscando.

Era cuestión de tiempo. Aquiles y FreNaR montaron guardia afuera y comenzaron a buscar más refuerzos. Rodearon sigilosamente toda la propiedad, estableciendo un cerco invisible alrededor de la casa. Sabían que no podían actuar sin una orden legal. Salieron rápidamente a buscar un fiscal —uno independiente, fuera del alcance de Ramona Rivas y Evelyn, quienes ya habían negado las órdenes anteriores.

A las cinco de la mañana, el fiscal llegó con la orden de allanamiento No. 0078–junio–2022, firmada y sellada. Ya había pasado más de un año desde que la orden de arresto No. 0236–MAYO–2021 había sido emitida. Las sombras se estiraban sobre Boca Chica mientras los relojes marcaban las últimas horas de la impunidad. En una calle llamada 6 de junio, número 2, en una villa costera oculta entre las palmeras, Puerto Real dormía en silencio. Aquel lugar —Villa Margarita— tenía vista al mar y muros altos como castillos de impunidad. Allí, entre la brisa salada y los mosquiteros bordados, se refugiaba el hombre que por más de un año había burlado a la justicia. No faltaban las comodidades: aire acondicionado, sábanas limpias y una nevera bien surtida.

A las 6:20 AM, con el cielo apenas aclarando, irrumpieron en la villa. La puerta se abrió de golpe. Entraron los agentes del Departamento de Captura de Prófugos, encabezados por los sargentos De Oleo y Jiménez, junto al fiscal Juan Ramírez. Irrumpieron por las puertas y lo encontraron: Puerto Real dormía profundamente debajo de un mosquitero, junto a su esposa y su hija pequeña.

El primero en entrar fue Darwin. Se acercó sin titubear y, con voz cargada de siglos de rabia contenida, le dijo:
—Así te quería encontrar. ¿Dónde está la plata de la familia Rosalıót?

Puerto Real, todavía somnoliento, no alcanzó a responder. Lo sacaron desnudo de debajo del mosquitero y lo llevaron hacia la galería, donde la brisa de la madrugada golpeó su piel con un juicio silencioso. No entendía nada. No se lo esperaba.

Le dieron tiempo para vestirse. Luego, lo esposaron y lo subieron al vehículo. Fue llevado a la fiscalía escoltado, mientras el amanecer apenas comenzaba a iluminar el rostro del país que había estafado. En el camino, Darwin se volvió hacia Aquiles:
—Cometimos un error. Tú tenías que dejarme a ese hombre a mí antes de llamar a esa gente. Si yo no lo hago hablar, nadie lo hará. A ese tipo lo guindaba por los granos. Lo vaciaba como un animal hasta que soltara todo. Porque ahora… ahora puede ser que no hable. Tendremos que matarlo para que confiese. Y te lo digo aquí: si no lo mato en vida, lo mato después de muerto. Me encargo yo. Si muero, regreso desde la tumba. Pero a ese me lo llevo yo. Ese es un sinvergüenza. Un desgraciado. Un hijo de puta manipulador.

Darwin no conocía a Jacinto ni a Celedonio. Nunca había escuchado la advertencia de los muertos. Pero esa madrugada, con las botas cubiertas de lodo y el rencor ardiendo bajo la piel, algo ancestral se selló en silencio. Como si una deuda de siglos hubiese encontrado por fin el puño que la ejecutara.

Horas después, Ramona Rivas, fiscal del Distrito Nacional, confirmó la captura en televisión y redes sociales:
—Tarde o temprano lo íbamos a encontrar. Y ese tarde fue hoy.

El Ministerio Público declaró que pediría prisión preventiva. Argumentaron que Puerto Real ya había demostrado riesgo de fuga. No tendría privilegios. No iría a su casa con grillete, como Miguela o Mike Olivo. Esta vez, lo encerrarían.

Los cargos eran graves. Bajo los artículos 265, 266 y 405 del Código Penal, se le imputaba asociación de malhechores, estafa y fraude agravado. El expediente contenía más de 600 pruebas: documentos bancarios falsificados, cartas apócrifas de Banco SATAN DER y Banco Zúrich, registros de cobros indebidos dirigidos al Banco Nacional de Herencias. La suma superaba los RD$16 millones, pero la Fiscalía reconocía que las víctimas reales eran más de 50,000.

Parte IV
Las Brasas del Juicio

El juicio no es siempre la llegada de la verdad, sino la confirmación de un silencio más profundo. En las brasas de las promesas rotas habita la memoria de todo lo que no se dijo, de todo lo que se perdió entre mentiras y cobardías. Allí, en la penumbra, las brasas laten como testigos mudos de una justicia que nunca se encendió del todo.

XIV | El Juicio Final: Cartuchos Vacíos y Balas Reales

Condena de Puerto Real — Los 60 embustes de Puerto Real — El dinero está prestado — Se gastó un 85% de la herencia en políticos — Puerto Real dice tener un 15% de 15 trillones — Le dan 6 tiros como regalo de Puerto Real — Darwin y la Pluma se enfrentan a tiros con la policía

El juicio de Puerto Real se convirtió en una procesión de aplazamientos. Dieciocho meses de excusas: certificados médicos de último minuto, abogados que no llegaban, recusaciones absurdas, estrategias dilatorias. Las audiencias eran suspendidas una y otra vez mientras cientos de víctimas esperaban en silencio —algunas con esperanza, otras con rabia. En los grupos de WhatsApp, los rumores crecían como espuma en agua sucia.

Durante uno de esos días, cuando la nación entera contenía la respiración esperando que hablara, Dan Muñez escribió un mensaje directo al doctor Murray.

—Ahora sí va a hablar —escribió—. Ese hombre no se va a chupar esa cárcel entera. Tiene que soltar el cañón.

Murray leyó el mensaje con cautela. Llevaban años esperando una señal. Contestó sin fe, pero con algo de esperanza:

—Ojalá que sí, Dan.

Dan insistió:

—Estoy seguro. Va armado con un cañón de 105 mm de pruebas. Hoy se cae todo.

Pero cuando por fin Puerto Real habló ante el tribunal, no estalló ningún cañón. Solo levantó la cabeza, miró a la jueza y pronunció una frase hueca:

—Váyanse a trabajar… porque el Estado me venció.

El Dr. Murray, desde su pantalla, volvió a escribirle a Dan:

—¿Ese era el cañón?

Dan respondió al instante:

—No. Eso fue una pistolita de agua. Con un chorrito que no llegaba a ningún lado.

El Dr. Murray cerró el chat y suspiró, resignado:

—Este es un sinvergüenza. Perdió todo el dinero. No tiene absolutamente nada para darle a la familia Rosalіót.

Y así fue. Puerto Real no reveló cómplices. No entregó pruebas. No pidió perdón.

El 11 de marzo de 2024, el tribunal dictó sentencia. La jueza Almonte lo condenó a cinco años de prisión: dos años por estafa agravada bajo el artículo 405 del Código Penal y tres años más por porte ilegal de arma de fuego, según la Ley 631-16. Pero ese dinero no era para las víctimas. Era para el Estado. Como si el país se cobrara a sí mismo… y la familia Rosalіót quedara, otra vez, con las manos vacías.

Miguela, señalada como cómplice durante años, fue condenada a dos años de reclusión.

Mike Olivo, en cambio, fue absuelto de todos los cargos.

Ampaguo, el viejo operador financiero, recibió un auto de no ha lugar por parte del juez Mejía. Su nombre quedó fuera del expediente.

Los expedientes presentados por el Ministerio Público estaban compuestos por más de 600 pruebas documentales y testimoniales. Entre las evidencias figuraban cartas falsificadas del Banco SATAN DER y del Banco Zúrich, junto a declaraciones de que el supuesto dinero de la herencia había sido transferido primero al Banco Central, luego al Banco Nacional de Herencias. El trámite, según decían, debía gestionarse a través de una firma legal llamada la Central Derecho LPR, SRL.

Los fiscales lograron demostrar que los implicados cobraron entre RD$15,000 y RD$24,000 por persona, utilizando los nombres de Celedonio Rosaliót y María Rosaliót como supuestos ancestros para justificar la línea hereditaria. En total, el fraude superó los RD$16 millones de pesos dominicanos a 283 querellantes formales. Sin embargo, se estima que las víctimas reales superaban las 20,000 personas en todo el país.

Mientras adentro se dictaba sentencia, afuera, decenas de víctimas se agolpaban con copias de recibos, fotos de Celedonio Rosaliót enmarcadas como reliquias y pancartas que decían: 'Queremos justicia. Queremos verdad.' La fiscal apareció en televisión, seria y firme. 'Se acabó la espera. El Estado ha hablado'. Aquel día, la esperanza tenía rostro de mujer y sello de justicia.

Desde la cárcel, circularon rumores de que Puerto Real estaba escribiendo un libro. Lo llamaba *El último cartucho de Puerto Real*. Pero nunca se vio ni el cartucho ni el libro. La pólvora, como su reputación, se había mojado con el río de embustes que le había contado al pueblo.

Y si ninguna de estas 62 preguntas puede ser respondida por Central Derecho ni por su abogado, entonces todas fueron mentira. Cada una de ellas surge directamente de sus propios audios, videos y declaraciones públicas. Palabra por palabra. Promesa por promesa. Todas incumplidas.

1. ¿Cómo creer en Central Derecho y el abogado apoderado de la herencia de la familia Rosaliót?

2. ¿Qué pasó con la firma del presidente Abinoré?

3. ¿Qué pasó con el documento de 300 páginas? ¿Ya lo leyó el Doctor Puerto Real?

4. ¿Qué pasó con los dignatarios que día y noche llegan al país? Junto al botín, ¿tiene Central Derecho nombres y fotos de reuniones de ellos en el país?

5. ¿Qué pasó con los códigos después de tanto apuro?

6. ¿Qué pasó con la compañía contratada por Central para la logística del desembolso?

7. ¿Qué pasó con los nuevos directores nacionales y regionales para la organización de los herederos para el desembolso?

8. ¿Qué pasó con la recolección de documentos de cada heredero por Josué?

9. ¿Qué pasó con la compañía global de inversionistas?

10. ¿Qué pasó con el pago inminente y sin traumas de Matin Hidaygo?

11. ¿Qué pasó con el dinero de la familia Rosaliót? ¿Dónde está y cuándo lo van a entregar a sus legítimos dueños?

12. ¿Qué pasó con los contratos que hubo que ponerle un sello de emergencia?

13. ¿Qué pasó con los formularios amarillos para los primeros que iban a cobrar como equipo del doctor?

14. ¿Qué pasó con las reuniones de preparación de coordinadores para el desembolso?

15. ¿Qué tiene que ver el Banco Mundial y el Departamento del Tesoro de EUA en el desembolso de la familia Rosaliót?

16. ¿Qué pasó con Rafa, gerente del Banco de España, que supuestamente transfirió los valores de la familia Rosaliót a RD?

17. ¿Por qué no se cita al señor Noel, el federal, para que declare sobre lo que descubrió sobre la herencia de la familia Rosaliót?

18. ¿Por qué no habla públicamente del AMET y de los valores que llegaron a RD? ¿Se dice que él sabe las fechas y cantidades que llegaron?

19. ¿Por qué usted, Dr. Puerto Real, al preguntarle sobre el desembolso a la familia, desvía la pregunta a otras cosas?

20. ¿Cuándo usted dice que la herencia de los Rosaliót pasó a manos internacionales, de qué institución habla? ¿Banco Mundial, Tesoro Nacional de EUA o Fondo Monetario Internacional?

21. ¿Qué fue lo que realmente pasó con el desembolso de los días 13 y 14 de agosto de 2019, donde el grupo de Central Derecho cobraría primero y el 18 y 19 del mismo mes la familia?

22. ¿Qué pasó con el bloqueo al banco de las cuentas aperturadas en 2018?

23. ¿En qué quedó el sistema cuántico y el NESARA GESARA?

24. ¿Qué pasó con la plataforma bancaria de nómina de pago a la familia? ¿Están los bancos o en Central Derecho?

25. ¿Le depositará el abogado notario el dinero en sus cuentas bancarias a los coordinadores?

26. ¿Qué pasó con el partido PAS?

27. ¿Qué hacemos con la información de Josué, José Canadá, Dr. Mendoza, Eloísa y Aza?

28. ¿Qué pasó con unos certificados de trillones de euros enviados desde España con una adolescente por Punta Cana?

29. ¿Por qué, si el abogado sabía que el dinero estaba prestado con confidencialidad, hacían pagos similares y rectificaban documentos para cobrar?

30. ¿Dónde están los pastores y profetas de Central Derecho que daban información de pagos?

31. ¿Dónde está el famoso documento bancario que el abogado leyó en un video y que ni sus abogados saben qué dice?

32. ¿Por qué Soly, Henry y Agustín se alejaron del doctor?

33. ¿Cómo sabe el doctor que la herencia no ha sido tocada, más que los intereses?

34. ¿Si el abogado prestó el dinero de la familia Rosalió́t, quién firmó si la familia no fue?

35. ¿Cómo es que el doctor se reunió con políticos y banqueros y no con la familia Rosalió́t, que son los verdaderos dueños del dinero para darles información?

36. ¿Dónde están las tumbas de los 7 abogados muertos? ¿Sus nombres, actas de defunción, sus asesinos y familiares de cada uno de ellos?

37. ¿Dónde están las pruebas y nombres de los supuestos sicarios que quieren matar al abogado #8?

38. ¿Dónde están las pruebas de que Aníbal Trujillo mató a Nicolás Rosalió́t y le pasó un alambrado por el medio de su casa?

39. ¿Dónde están las pruebas de que la tierra del Palacio Nacional y la de la UASD eran de los Rosalió́t?

40. ¿Por qué no se pagó cuando el presidente regresara de China, Aza?

41. ¿Por qué no se cumple nada de lo que dice en sus audios el vocero Aza?

42. ¿Qué pasó con Aza cuando dijo en el programa de Josué: —Antes del 15 de junio de 2023, esto se resuelve?

43. ¿Por qué el señor Matin Hidaygo está vendiendo una encuadernación como libro por un millón de pesos a los inversionistas, coordinadores y herederos?

44. ¿Por qué Aza no le dice a la familia Rosaliót cuáles son los dignatarios que van a ver a Puerto Real a la cárcel, y la prensa dominicana no los ve?

45. ¿Por qué Puerto Real no muestra sus documentaciones, por lo menos a sus seguidores cercanos?

46. ¿Por qué Puerto Real leyó en un video un documento bancario cuando en realidad el papel era de otra cosa y nada tenía que ver con el Banco Nacional de Herencias?

47. ¿Por qué, si Puerto Real tiene un documento tan sensible que hay que tomarlo con guantes blancos, no gestiona repartir la herencia? No sea que alguien tosa y se desintegre el documento.

48. ¿Tienen los voceros y seguidores de Puerto Real esas documentaciones sensibles en sus manos o las han visto, y estarían dispuestos a ir frente a un juez a testificar?

49. ¿Por qué Puerto Real ni sus voceros nunca han presentado un papel timbrado de los bancos de Satan Der, Herencias, Mundial y tampoco hablan en audios mencionando el nombre de esas instituciones; y solo dicen *el banco* o *instituciones bancarias*? ¿Tienen miedo?

50. ¿Cuánto tiempo más tendrá que esperar la familia Rosaliót para saber la verdad del abogado Puerto Real, sin allantes, trucos y movimientos ATM?

51. ¿Cuál será la próxima serie después de una posible condena por estafa al abogado Puerto Real? ¿Sacará sus pruebas sensibles después de ser condenado? ¿Qué medidas tomará la familia Rosaliót para evitar los nuevos cuentos puertorealistas después de la estafa?

52. ¿Y qué pasó con las pruebas que Puerto Real le entregó a Carmen Ventura en el Malecón? ¿Se puede cobrar la herencia con esas pruebas?

53. ¿Para qué sirven las pruebas que sometió Puerto Real en países internacionales, si no son usadas en República Dominicana, donde está el juicio?

54. ¿Qué pasó con el pago que venía en 48 horas para los que tuvieran los códigos, dicho por Aza en 2022?

55. ¿Qué pasó con la bendición de los 12 rayos sagrados de Puerto Real que no cayó ni uno y la familia Rosalió† no ha podido cruzar el Jordán, y mucho menos el Mar Rojo?

56. ¿Por qué Puerto Real le entregó a Carmen Ventura unas pruebas de unas cuentas que andaban en todos los grupos, pero no le entregó las 3 cuentas bancarias de Carmín Lantigas que él sabía de ellas y que fueron descubiertas por el grupo de los 7?

57. ¿De dónde sacó Puerto Real la ley bancaria 5 veces más por herederos por un error del banco, cuando esa ley no existe?

58. ¿Por qué dijo Puerto Real:

—No haré millonarios a esos pobres asquerosos?

59. ¿Por qué dijo Puerto Real:

—Cuando llegue el dinero, nos esconderemos en Cuba y raparemos el concón de los calderos de arroz de las mujeres cubanas con 100 dólares?

60. ¿Por qué dijo Puerto Real:

—Váyanse a trabajar?

61. ¿Por qué dijo Puerto Real:

—El estado me venció?

62. ¿Qué pasó con el pago de noviembre de 2023 que dijo Puerto Real?

Sería muy oportuno —decían algunos en los pasillos— que la Central Derecho y el abogado apoderado del caso Rosalió† respondieran, al fin, a sus clientes. Pero el silencio era grueso, como una manta sobre cadáveres sin nombre. Y ya para entonces, el abogado del diablo estaba preso.

Desde la celda, Johnny Puerto Real intentó negociar con los abogados de FreNaR, el grupo emergente que buscaba rescatar lo que quedaba del caso. Les ofreció pruebas. Dijo que tenía documentos firmados, claves bancarias, nombres verdaderos. Todo a cambio de una sola cosa: su libertad.

Claudio y Lebrón, los representantes legales de FreNaR, lo escucharon en la cárcel. Esperaban algo concreto. Pero Puerto Real hablaba en círculos. Prometía sin entregar. Insinuaba sin mostrar. Al final, no ofreció nada. Solo quería salir.

FreNaR se negó.

En un último intento, Puerto Real cambió la historia. Les dijo que había sido prestado. Que solo manejaban los intereses, no el capital.

—El capital está intacto —insistió—. Está puesto a producir. Solo se está moviendo el interés.

—¿Y a quién se lo prestaste? —le preguntaron.

Pero no respondió. Bajó la mirada. Murmuró algo sobre confidencialidad y razones de Estado. Sin decir nombres, todos entendieron lo mismo: el dinero había ido a parar al gobierno de Dañino Meden y su partido, el PDL. Un gobierno que, en su momento, arrastraba más de 300 funcionarios bajo sospecha de corrupción.

—Eso no fue una herencia. Fue un préstamo político —dijo Claudio al salir—. Y ahora, ni el dinero ni la verdad están accesibles.

En otra ocasión, una comisión distinta —integrada por el señor Cáceres, miembro de la comisión de familia, y su abogado personal— visitó a Puerto Real en prisión. Querían una respuesta definitiva. Una cifra. Un destino.

Puerto Real los miró fijo.

—Se gastó el 85% de la herencia —dijo, sin pestañear—. Pero aún tengo el 15% reservado para los Rosaliót. Quince trillones de euros.

Cáceres y su abogado se miraron en silencio. Si el 15% eran quince trillones… entonces el total ascendía a cien. Cien trillones. ¿Y el resto?

—¿Dónde están los ochenta y cinco? —preguntó el abogado.

—Se usaron en trámites —respondió Puerto Real, encogiéndose de hombros—. Abogados, viajes, documentos, políticos… Usted sabe cómo es eso.

No lo sabían. Y él no lo explicó.

Pero todos lo entendieron. En silencio.

Ochenta y cinco trillones desaparecidos entre maletines, pasillos oficiales y cuentas en el extranjero. Regalos a mafias. Premios a traidores. Pago por silencio. Solo quedaban quince. Quince trillones invisibles. Sin rastro. Sin acceso. Sin justicia.

El abogado del diablo había hablado.

Y no había herencia.

Solo deuda.

Yonna Puerto y Orquídea

Durante el juicio contra Puerto Real —un proceso largo, enredado y tóxico que se extendió por casi dieciocho meses— la sala de audiencias se transformaba en una arena. De un lado, los realistas. Del otro, los herederos que habían iniciado la demanda. Cada día parecía una batalla entre facciones enemigas, con miradas afiladas y dientes apretados. En más de una ocasión, la tensión desbordó los márgenes legales.

Un día, estalló el caos.

Yonna Puerto —hija del acusado— y Orquídea, una de las herederas más vocales, estaban presentes en la sala. Orquídea grababa con su celular, buscando dejar constancia de lo que consideraba una farsa judicial. La esposa de Puerto Real la notó. No le gustó. Caminó hacia ella con rostro endurecido.

—¿Qué estás grabando? —le dijo, como quien exige respeto con los dientes.

Yonna intervino. Le habló en tono agresivo a Orquídea. Y los gritos no tardaron. En segundos, familiares, seguidores y dolientes se mezclaron en una pelea verbal. Unos a favor de Orquídea. Otros defendiendo a Yonna. Un agente judicial intervino. Otro pidió refuerzos. Hubo empujones, insultos y manos alzadas. Las tres mujeres y su pequeño séquito tuvieron que ser sacadas del tribunal por seguridad.

Minutos después, cuando se leyó la sentencia de condena, Puerto Real —siempre teatral— cayó al piso como si se desplomara el mundo con él. Se desmayó. Tuvieron que cargarlo. Algunos decían que era una actuación. Otros, que era el cuerpo cediendo al peso de sus demonios.

Más tarde, cuando lo despertaron y lo preparaban para su traslado nuevamente a la cárcel, ocurrió otra escena.

Frente a una puerta de hierro en el área de seguridad, Orquídea y Yonna se volvieron a encontrar. Una de cada lado de la reja. Nadie sabe quién habló primero. Solo que empezaron a insultarse con rabia antigua. A gritarse cosas que iban más allá del caso: ofensas personales, familiares, viscerales.

En medio de ese cruce de palabras, Orquídea cometió un error.

Se acercó demasiado a la reja.

Yonna lo aprovechó.

Desde el otro lado, la agarró del cabello con una fuerza salvaje, la jaló contra los barrotes, le estrelló la cabeza contra el marco de hierro una, dos, tres veces. Orquídea gritó, intentó soltarse, pero el metal era más rápido que los reflejos. Le dejaron la frente abierta y el cuello adolorido.

Tuvo que ser llevada al médico. Le colocaron un collarín ortopédico. Tenía lesiones cervicales y moretones en el rostro. Y lo juró públicamente:

—Esto no se queda así. Me voy a encargar de Yonna.

La guerra pasó de física a virtual.

Días después, un audio comenzó a circular en los grupos familiares. Era la voz de Yonna. Sin filtros. Sin vergüenza.

—Orquídea se acostaba con mi papá —decía, con tono de burla venenosa—. Yo la vi. Llegó agarrada de la mano con él a la casa. Se sentaron a comer gallina en un rincón solitario. Y no era gallina lo único que estaban comiendo, créanme.

El audio se hizo viral entre los chats de herederos. Causó una tormenta de rumores, insultos y rupturas entre quienes la apoyaban y quienes no podían creerlo. Orquídea negó todo. En voz alta. En privado. En público.

Incluso llamó al doctor Murray por teléfono, desesperada por limpiar su nombre. Su voz temblaba, pero no se quebró:

—Yo nunca me acosté con Puerto Real —le dijo—. Nunca.

El Dr. Murray la escuchó en silencio. No hizo promesas. Solo tomó nota mental de una verdad más entre todas las verdades cruzadas que rodeaban al caso.

Porque si algo quedaba claro, era que Puerto Real no respetaba a nadie.

Absolutamente a nadie.

Mientras tanto, Darwin

Darwin, el joven de mirada turbia y labios apretados, llevaba meses diciendo en los grupos que un día le daría de baja a Puerto Real. No hablaba en metáforas. Lo decía como quien dicta una sentencia. Como quien guarda una deuda de sangre clavada bajo la piel.

Decía que Puerto Real merecía morir.

Un día, tras un asalto fallido a un rapero haitiano en un callejón sin ley, Darwin fue sorprendido por la policía. Hubo disparos. Corrió. Se metió entre callejones, saltó una verja, esquivó un disparo que le pasó rozando el hombro. Alcanzó a llegar a su casa jadeando, con las botas llenas de lodo y la camiseta empapada en sudor. Cerró la puerta con fuerza. Se apoyó contra la pared. Pensó que ahí terminaba la persecución.

Se equivocó.

La patrulla no se detuvo. Frenaron con un chirrido frente a la casa, tiraron la puerta abajo a patadas y entraron como manada. Nadie gritó *ALTO*. Nadie mostró una orden. Solo se escucharon seis disparos secos, cada uno más frío que el anterior. El cuerpo de Darwin cayó de espaldas, sacudiendo el piso. Sangre en las baldosas. Silencio repentino.

Uno de los oficiales se acercó, lo pateó con la punta del zapato.

—Está listo —dijo.

Lo sacaron como cadáver. En una camilla sin sábanas. Rígido. Ojos entrecerrados. Lo llevaron al hospital más cercano, lo depositaron en una sala sin urgencias. Un joven médico residente, cansado, comenzó a llenar el acta de defunción sin revisar del todo el cuerpo.

—Masculino. Impactos múltiples. Pronóstico: fallecido en el lugar —dictaba mientras marcaba las casillas del formulario.

Se acercó a limpiar el rostro del cuerpo, por simple respeto. Colocó una sábana blanca hasta el pecho.

Y entonces, el muerto tosió.

Una tos seca, áspera, de ultratumba.

El médico dio un salto. Gritó. Se le cayó el bolígrafo. La enfermera del turno soltó una bandeja. El cuerpo se sacudió apenas. Los ojos se abrieron. Un hilo de sangre bajaba por la comisura de los labios, pero Darwin estaba vivo. Apenas. Pero vivo.

Lo imposible había ocurrido.

Los médicos se activaron. Lo subieron a emergencias. Intentaron estabilizarlo. Había perdido sangre, tenía órganos comprometidos, pero seguía luchando. Como si la muerte no lo aceptara. Como si tuviera un asunto pendiente en la tierra.

Los seis tiros, decían en voz baja, no fueron del operativo. Fueron un encargo. Un *regalo* sellado en plomo que Puerto Real habría ordenado desde prisión, pagando tres mil dólares a un coronel resentido. Venganza por su apresamiento. Una ejecución disfrazada.

Pero Darwin sobrevivió.

FreNaR, Elím Rosalióт, Aquiles y varios miembros de la familia lo ayudaron a recuperarse. Para los puertorealistas, Darwin era un delincuente callejero. Para quienes conocían la historia, era un soldado herido en una guerra desigual. Un testigo incómodo. Una bomba con corazón.

Al salir del hospital, Darwin quiso huir del país. Planeaba cruzar por México hacia Estados Unidos, acompañado de otro joven. Buscó apoyo. Tocó puertas. Le pidió ayuda incluso al doctor Murray.

El Dr. Murray dudó. Escuchó las advertencias. Pero al ver en Darwin un deseo real de comenzar de nuevo, decidió ayudarlo. Le hizo una donación. Un gesto de fe que más tarde desató críticas feroces. Lo llamaron cómplice. Protector de criminales. Pero el Dr. Murray recordaba lo mucho que Darwin había arriesgado por la familia Rosalióт cuando todos callaban.

Con ese dinero, Darwin y su compañero gestionaron sus pasaportes. Con los pasaportes listos, Darwin y su compañero se dirigieron a la oficina de Migración para recogerlos. Era una mañana sofocante. El calor subía desde el pavimento como vapor de caldera. Ambos iban vestidos discretamente, como si eso bastara para esconder un pasado.

—Hoy salimos —dijo Darwin, con voz firme—. Por fin.

Entraron al edificio con nerviosismo contenido. En la ventanilla, la funcionaria revisó los datos en su sistema y frunció el ceño.

—Hay un pequeño inconveniente con el documento del señor —dijo, mirando al compañero de Darwin—. Necesitamos que pasen a una revisión rápida en el área de control.

Los condujeron hacia una puerta lateral. Nada sospechoso a simple vista. Pero cuando cruzaron el umbral, Darwin lo sintió.

Era el aire.

Pesado. Silencioso. Distinto.

Detrás de ellos, se escuchó el cerrojo de la puerta cerrarse.

La sala estaba vacía. Sin sillas. Sin personal. Solo un escritorio con un abanico apagado.

—Esto no está bien —dijo el compañero.

Antes de que pudieran reaccionar, otro agente entró por la puerta del frente y, sin dar explicación, les ordenó:

—Salgan. Ahora mismo.

Los empujaron hacia la calle trasera del edificio. En la acera, tres motocicletas los esperaban: eran sus compañeros. Los habían acompañado por precaución. Pero en ese momento, justo cuando Darwin cruzaba el umbral hacia el exterior...

La trampa se cerró.

Tres vehículos policiales salieron de esquinas opuestas. Puertas que se abrieron de golpe. Hombres encapuchados. Chalecos sin insignias. Fusiles listos. Todo en cuestión de segundos.

—¡Corre! —gritó Darwin, pero ya era tarde.

El primer disparo fue directo al compañero. Cayó al instante, la cabeza explotando contra la acera. Uno de los motoristas intentó sacar su arma, pero apenas la rozó antes de recibir tres tiros en el pecho. Otro alcanzó a disparar al aire antes de desplomarse. El tercero intentó huir, pero cayó en la esquina, sangrando por la boca.

Darwin no era el objetivo. No estaban tras él. Era el otro. Pero la ley no distingue cuando dispara. Y Darwin, leal hasta el final, no iba a dejar que cayeran solos.

Sacó su arma. Disparó. Gritó. Cubrió a su gente. Se arrastró entre cuerpos. Una bala lo alcanzó en el abdomen. Otra rozó su pierna. Siguió disparando, empapado en sangre.

Gritó el nombre de su compañero antes de caer de rodillas.

Y su cuerpo se desplomó como un costal de sangre, entre el humo y los casquillos aún calientes.

La calle quedó sembrada de cuerpos. Sangre en el pavimento. Casquillos humeantes. Gente mirando desde ventanas, grabando con celulares. Una periodista llegó minutos después. La policía se limitó a decir: *intercambio de disparos con antisociales.*

Cinco muertos. Un mismo día.

Horas más tarde, en la revisión forense, un técnico halló un papel doblado en el bolsillo trasero del pantalón de Darwin. Estaba empapado en sudor seco, sucio de tierra y ligeramente quemado en una esquina, como si hubiese atravesado el infierno con él.

—Puerto Real, un día te arrancaré la cabeza.

Pero su muerte dejó preguntas sin respuesta. Su hermana aseguró que Darwin llevaba dos días desaparecido. Incluso había llamado a Aquiles para saber si él sabía algo. Y cuando apareció, el cuerpo estaba morado y frío.

Parecía sembrado en la escena.

Fue enterrado sin ceremonia, sin duelo público, sin tumba con nombre.

Pero hasta el último instante, Darwin se llevó consigo su deseo de justicia. Su obsesión con ver caer a Puerto Real. Lo decía una y otra vez, con rabia, con fuego:

—No hay nadie en esta familia que pueda cobrar todo el daño que ese hombre le hizo a los Rosaliót. Nadie... excepto yo.

Y aunque lo enterraron sin gloria, hay quienes dicen que Darwin no descansó.

Que el silencio de su tumba nunca fue completo.

Que algo... se quedó esperando.

XV | Los Sellos del Silencio: El Último Intento

Viaje de Carlos a España — La cooperativa de FreNaR — La Licda. Genmy — Viaje a España — Grupo de los 7 — Cinco cosas que descubrimos en España

¿POR QUÉ LA CONDENA E INMOLACIÓN DE JOHNNY PUERTO REAL?

Simplemente por estas diez cosas que perdió Puerto Real.
1. Perdió sus metas, visión y sueños.
2. Perdió a la mayoría de sus seguidores.
3. Perdió su reputación y honor.
4. Perdió su movimiento político, no partido. (PAS) = pan, agua y sal.
5. Perdió la presidencia de la República Dominicana.
6. Perdió un gran liderazgo sobre 2 millones de personas.
7. Perdió la verdad en sus palabras, convirtiéndose en un mitómano.
8. Perdió la herencia de la familia Rosaliót y ser el hombre más rico del mundo.
9. Perdió su libertad en una celda, en vez de libertad en el Palacio Nacional.

10. Y perdió también su silencio, que lo condenó, porque se tragó las pruebas.

Los que dicen que el dinero está en el banco no tienen pruebas

En esos años, muchos afirmaban que el dinero de la familia Rosaliót estaba guardado en el Banco Nacional de Herencias. Lo decían con seguridad. Lo repetían en reuniones, en chats, en audios cargados de esperanza. Pero ninguno de ellos tenía pruebas.

Ni un número de cuenta.

Ni un recibo de depósito.

Ni una certificación oficial.

Solo palabras.

Solo la vieja historia que Puerto Real comenzó a contar en 2017, asegurando que el dinero ya estaba en el país.

Pero esa versión había colapsado años más tarde, cuando el propio abogado —en una entrevista ampliamente vista— reconoció, ante el país entero, que no tenía cómo reclamarlo. Que le faltaban las pruebas.

Y, aun así, hubo quienes siguieron repitiendo sus palabras. Como si nada hubiese pasado.

Ni él, ni quienes todavía lo defendían, podían mostrar un solo documento que confirmara sus dichos. Una acusación verbal contra el banco no valía más que un suspiro. Porque en la historia —y en la justicia— las cosas se prueban, no se presumen.

Y el abogado jamás presentó una demanda formal contra el banco. Nunca exigió una auditoría. Nunca activó un proceso legal para verificar la supuesta existencia del dinero. Solo él sabía por qué. Pero lo que estaba claro… es que esa inacción no beneficiaba a los herederos.

La familia Rosaliót, ya en ese punto, estaba fracturada en dos:

Los que exigían pruebas y documentos.

Y los que seguían creyendo por fe ciega, por nostalgia o por conveniencia, en una promesa que nunca se pudo comprobar.

Lo más trágico no era la mentira original.

Era que muchos de los que criticaban a Puerto Real en público… seguían repitiendo sus mentiras en privado.

Y eso los convertía en sus cómplices.

Viaje de Carlos a España

Tras el arresto de Johnny Puerto Real, la organización FreNaR intentó hacer lo que nunca se había hecho con seriedad: buscar la verdad. No la promesa, no el rumor. La verdad.

Querían saber qué pasaba en Europa. Qué había de cierto en los nombres de los bancos, los depósitos, los impuestos.

Por eso enviaron a uno de los suyos: el licenciado Carlos.

Carlos viajó a España con el respaldo de FreNaR. Lo recibió Jesús Rosaliót, uno de los miembros clave del movimiento en el extranjero. Desde el inicio, la misión provocó tensiones: Carlos declaró públicamente que su visa había sido gestionada por el abogado Luis Maten Hidarguo —el mismo abogado español que tantas veces había negado conocer detalles del caso Rosaliót— y que incluso se había alojado en su casa.

Pero eso no era cierto.

Quien realmente lo asistió fue Jesús.

Jesús fue quien lo recibió, quien lo alojó, quien lo orientó. Fue él quien sirvió de puente para que Carlos pudiera llevar intimaciones legales a bancos como SATAN DER y otros en Madrid. Las cartas fueron entregadas. Y los bancos prometieron responder… por escrito, a la residencia de Jesús.

La carta nunca llegó.

Nunca hubo notificación.

Jesús juró que no recibió nada.

Carlos, por su parte, interpretó el silencio como un bloqueo. Confundido, se alejó de FreNaR y presentó su renuncia. Lo que siguió fue otra guerra interna: audios, insultos, acusaciones. Las facciones de la verdad se enfrentaban entre sí.

Carlos insistía en que la carta existía. Jesús repetía que nunca la vio.

Días después, Carlos recibió un paquete de documentos oficiales. No eran nuevos. Eran las mismas respuestas que ya había compartido antes: ningún banco español había recibido ni un solo euro proveniente de instituciones dominicanas.

Tampoco existía rastro de fondos transferidos desde bancos dominicanos hacia cuentas europeas. Y lo más contundente: ningún banco español reconocía haber manejado una herencia con el apellido Rosaliót.

A través del canal de Óscar Aza —uno de los grandes amplificadores del caso— incluso se dijo públicamente que los impuestos de la herencia ya habían sido pagados.

Pero Carlos, en su obstinación por verificar, acudió directamente a Hacienda.

La respuesta fue definitiva:

—No se ha registrado el pago de ninguna herencia en nombre de Rosaliót… ni de ningún apellido similar —respondió el funcionario.

La palabra *traidor* comenzó a circular en los chats. Carlos fue señalado por los mismos que antes lo habían enviado como emisario.

Pero no se rindió.

Hizo un segundo viaje, esta vez por fuera de FreNaR. Lo acompañaban Gladys, Andrés y el Grupo de los Siete, respaldado también por la licenciada Genmy. Todos querían esclarecer lo que aún parecía una fábula con capa de legalidad. Todos ayudaron. Todos firmaron. Todos buscaron.

Pero el resultado fue el mismo:

ningún banco confirmó nada.

Ninguna herencia había sido movida.

Ningún depósito existía.

A su regreso, Carlos difundió un comunicado en forma de nueve audios. Adjuntó las cartas selladas de los bancos. Las pruebas estaban ahí. Claras. Oficiales. Irrefutables.

Y aun así… la gente siguió creyendo que Puerto Real había traído la herencia.

Seguían hablando del dinero que está en el banco.

De depósitos que no aparecen porque los están ocultando.

De conspiraciones.

De fe.

Pero los bancos —ni los dominicanos ni los españoles— nunca respondieron con nada concreto. El Banco Nacional de Herencias guardó silencio. SATAN DER también. Y así, el misterio permanecía sellado.

¿Dónde metió el dinero Puerto Real?

Nadie lo sabía.

Nadie lo sabe.

Solo tres hombres conocen la verdad:

Puerto Real. Dañino. Y León.

En cuanto a FreNaR y la famosa cooperativa

Todo comenzó con una idea: formar una cooperativa que unificara a toda la familia Rosaliót. FreNaR la presentó como una solución: crear una sola fuente económica, centralizar esfuerzos, recaudar fondos. Pero algo en esa propuesta generó incomodidad en el Dr. Murray desde el inicio.

—Eso no procede —dijo con firmeza en una reunión celebrada en su propia casa en Boca Chica. Frente a él estaban la presidenta Elím, Isabel y Joseph.

—La herencia no se maneja con cooperativas. Esto puede salirse de control.

Le explicaron que, para pagar inscripciones y gastos logísticos, necesitaban una cuenta colectiva. Que el dinero llegaría. Que había que estar preparados. Entonces, explicado todo, el Dr. Murray accedió a respaldar a FreNaR por todo lo alto. A través de todos los medios de los chats de la familia Rosaliót, le dijo a la gente que fueran a pagar su inscripción. Incluso pagó la inscripción de 70 miembros del grupo —no familiares suyos— con la esperanza de que la familia pudiera conseguir algo para subsistir.

Todo cambió una mañana, cuando Isabel salió de su casa rumbo a una estación de gasolina donde distribuía combustible a mayoristas. Mientras esperaba al gerente, se acercó discretamente al área administrativa.

Allí escuchó una conversación. Dos hombres hablaban de millones, de herencias ocultas, de la familia Rosaliót.

Isabel fingió revisar una factura mientras aguzaba el oído. Las palabras *Rosaliót* y *millones* flotaban en el aire como bombas sin detonar.

—¿Y ustedes qué saben de eso de la familia Rosaliót? —preguntó con voz afilada como navaja.

El gerente intervino:

—Están diciendo que ustedes tienen una fortuna… y que ellos saben cómo cobrarla.

—Yo soy heredera. Soy Rosaliót —dijo Isabel sin titubear.

—¿Tú? ¿De verdad? ¿Y podrías llevarnos con la directiva?

Horas después, los hombres estaban frente a la comisión de FreNaR. Les hablaron de dinero congelado, de fondos bloqueados, de claves secretas. Mostraron documentos. Dijeron tener acceso a más de 10,000 millones.

En principio, se pensaba que eran los 10,000 millones de Barril Gold, pero resultó que eran otras personas.

Los invitaron a unas oficinas discretas. Allí, frente a un grupo reducido que incluía abogados y técnicos, mostraron en pantalla lo que parecían ser cuentas activas.

Cuentas con cifras exorbitantes. Pantallazos con ceros como estrellas. Se hablaba del tema incluso en el programa de Joseph Mengía, quien decía haber visto un pantallazo en el lugar donde se reunieron.

Se reunieron dos técnicos de FreNaR: Víctor, ingeniero en computación, y otro programador que también era ingeniero naval en los Estados Unidos. Como sabían tanto de computadoras, comenzaron a hacerles preguntas a los supuestos inversionistas. Pero los hombres respondieron con evasivas, sacando un carnet y diciendo:

—Nosotros somos personas reconocidas, profesionales en esto. Déjeme ver su carnet.

El ambiente se volvió turbio. El Dr. Murray, que venía en un vuelo de regreso a la República Dominicana, se enteró de lo que estaba ocurriendo al aterrizar. Se activó de inmediato. Llamó a la licenciada Genmy. Investigaron. Cruzaron nombres y fotografías.

—Yo me voy mañana a Europa —le dijo a Genmy—. Voy a Roma, Turquía y Grecia. Pero esto no puede esperar.

Lo que encontraron era escalofriante. Los rostros de esos hombres aparecían en alertas internacionales.

Eran buscados por la Interpol.

Lavado de dinero. Fraude corporativo. Delincuencia organizada. Los mismos que ofrecían millones querían usar a FreNaR como canal de legitimación.

El Dr. Murray llamó a Juan Rosaliót de inmediato.

—Estos son —le dijo—. Míralos bien. Las fotos que ustedes publicaron son las mismas que tengo en los archivos de Interpol.

Le envió artículos, fichas, pruebas.

—Mándale esto a FreNaR. Reúnanse ya. O se van a meter en un lío internacional.

Poco después, FreNaR se retiró del trato. Comenzaron a devolver el dinero de las inscripciones. La cooperativa quedó enterrada, junto con la ilusión de los 10,000 millones.

Esta vez, la familia se salvó a tiempo.

No por suerte.

Por advertencia.

Lic. Genmy Grupo De Los 7 Viaje a España

Después del intento frustrado con la supuesta cooperativa y las alertas de Interpol, surgió un nuevo esfuerzo para esclarecer la verdad sobre la herencia Rosaliót. Liderados por la licenciada Genmy y el Dr. Murray, el Grupo de los Siete se propuso llevar un documento de 60 páginas a organismos internacionales tanto en España como en Estados Unidos. El propósito: poner en ventanilla el caso Rosaliót y abrir caminos para una justicia transnacional.

Para cubrir los gastos del viaje, se ideó una campaña: *Un dólar por heredero*. Las cuentas oficiales para recolectar los fondos quedaron distribuidas entre Arlene Amparo, Manolo Rosaliót, la propia licenciada Genmy y una cuenta anexa denominada Ancla. Aunque fue invitado a viajar, el Dr. Murray decidió no hacerlo, argumentando que no era heredero directo. Prefirió que la representación recayera sobre miembros legítimos de la familia. Lo anunció por los grupos familiares, hizo llamadas personales a líderes como Miguel Trinity, José Francis, el Moyeto, Julio Ángel y miembros de FreNaR. Incluso se contactó a los hermanos de Colón, pero el respaldo fue escaso.

La tensión aumentó cuando el Satélite de Santiago comenzó a manipular emocionalmente a la señora Amparo. Amenazas, chantajes y discursos seductores desataron una guerra interna que, sin embargo, no logró desmantelar el proyecto. La voluntad del grupo prevaleció. Nuevos miembros se sumaron al Grupo de los Siete: la licenciada Darkiry, Manolo de Cotuí, William, José Francisco, Moyeto, Miguel Trinity, el ingeniero mexicano Juan Carlos, Anthony serie 56, Gladys, la señora Rubí, Martín, Pancholo, Mártires, Joselin y Fermín. Fue un equipo diverso, decidido y resistente.

Contra viento y marea —y a pesar de los ataques coordinados desde Hawái, Santiago, la capital y por los puertorealistas— lograron reunir 3,200 dólares. Esa suma permitió financiar el viaje de Genmy a España.

Pronto surgieron rumores malintencionados. Algunos enemigos del proyecto alegaron que Genmy nunca había salido del país. Pero las pruebas eran claras: el pasaporte con sello de salida de España, fotografías del recorrido, los pasajes de avión y firmas de recepción de los paquetes entregados en distintas instituciones.

Los documentos fueron presentados a la Cámara de Diputados de España, una copia fue entregada a un senador español que había acusado públicamente a su presidente, y también se entregaron en el banco SATAN DER. En Estados Unidos, las entregas llegaron al Pentágono, al Tesoro Nacional, al FBI, y fueron enviadas también a legisladores dominicanos.

Las investigaciones arrojaron cinco hallazgos clave:

1. El dinero fue movilizado de España hacia la República Dominicana.

2. Puerto Real habría enviado fondos desde RD a España, posiblemente lo que luego ingresó a Central Derecho como herencia.
3. Existen cuentas a nombre de tres herederos utilizadas para mover dinero dentro del Banco de Herencias.
4. Se identificaron cuentas personales de Puerto Real.
5. Se rastrearon empresas fantasmas vinculadas a Puerto Real.

Algunos acusaron al grupo de haberse apropiado de fondos. Sin embargo, presentaron estados de cuenta de cada entrada y salida, demostrando transparencia. Lo prometido se cumplió. Y el Dr. Murray, en su tono firme, sentenció:

—El que no esté conforme con nuestro trabajo, que haga su propio proyecto.

El grupo, sin embargo, no sobrevivió a las lealtades divididas. Tres de sus miembros abandonaron la causa y se aliaron con los puertorealistas. Solo quedaron fieles el Pastor Andrés, el Pastor David, la Lic. Genmy y Bet Martínez. Los demás —Óscar Aza, José Canadá, la señora Mauricio, Verónica y Junior— decidieron cambiar de bando.

Traicionaron al Grupo de los Siete.

Y en palabras del Dr. Murray:

—Nunca me sentí peor.

XVI | La Lengua Rota: Mudez, Veneno y Verdad

Las autoridades dominicanas y los Rosalitó — Dr. Elías Wessin Chávez — Louis Abinoré — Diccionario De Los Rosalitó

Durante los años más intensos del conflicto, las autoridades dominicanas hicieron caso omiso a los reclamos de la familia Rosalitó. Ni el presidente Dañino Meden, ni su sucesor Louis Abinoré, ofrecieron una sola declaración pública. Nunca se pronunciaron ni a favor ni en contra. Ni una palabra.

Y, sin embargo, las calles contaban otra historia. Manifestaciones masivas. Taponamientos. Protestas frente al Congreso, al Palacio Nacional, y en las plazas del pueblo. Miles de voces preguntando por qué el gobierno callaba. Los presidentes hablaban con todo el mundo: con los cañeros, con los gomeros, con los buhoneros, con los chineros, con los plataneros, con los empresarios, con los embajadores. Incluso, en medio de una visita diplomática a Europa, el presidente Louis Abinoré sorprendió a una niña dominicana residente en Londres que le había pedido café por redes sociales… y le llevó cuatro paquetes personalmente, en gesto amable y mediático.

Pero del caso Rosalió t… silencio absoluto.

Ni un solo senador. Ni un diputado. Ni un ministro. Todos parecían comprometidos con una *omertá* institucional. Un pacto tácito para sepultar la verdad. Una verdad que apuntaba a decenas de cuentas millonarias. Funcionarios con depósitos entre 600 millones y 23,000 millones de dólares. Y cuentas aún más grandes, ocultas en bancos africanos, según filtraciones no desmentidas.

Solo una voz política rompió la barrera del silencio: el doctor Elías Wessin Chávez, presidente del Partido Quisqueyano Demócrata Cristiano (PQDC). No solo denunció públicamente el caso de la herencia Rosalió t, sino que exigió al gobierno una respuesta clara. En rueda de prensa, Wessin Chávez afirmó que el silencio estatal era inaceptable y que el país no podía seguir ignorando los reclamos de miles de ciudadanos que tenían derecho a la verdad. Exigió que se investigaran los fondos, las cuentas y el rol de los funcionarios. Señaló directamente al Ministerio Público y al Poder Ejecutivo. Lo hizo con nombre y apellido. Lo hizo solo.

Sus declaraciones fueron cubiertas por varios medios nacionales y circularon ampliamente por redes sociales. En un país donde el silencio era norma, Wessin Chávez eligió la palabra como lanza. Su gesto no pasó desapercibido. Fue una grieta en el muro.

Fue también en una conferencia internacional transmitida desde Miami, en la que participaron senadores de varios países y el expresidente colombiano Álvaro Uribe, cuando un legislador mexicano preguntó sin rodeos:

—¿Qué pasa con el caso Rosalió t? ¿Por qué hay tanta gente en las calles protestando en Santo Domingo?

Louis Abinoré, entonces presidente de la República Dominicana, respondió sin filtros:

—Esa gente solo anda buscando dinero. Quieren riquezas sin trabajar. Son ilusos que creen que se puede ser rico sin esfuerzo.

Aquella frase fue escuchada por representantes de México, Guatemala, Honduras y República Dominicana. Y quedó grabada. La frase cruzó el océano como un latigazo en cámara lenta. En los chats, en los barrios, en las plazas donde se gritaba:

—¡Rosaliót somos todos!—

Esa frase encendió fuegos invisibles. ¿Ilusos? ¿Por reclamar lo suyo? ¿Por no tener un apellido de palacio? Llevaban años marchando bajo el sol, con arrestos, estafas, hambre, traiciones.

Y aun así, les llamaban vagos. Les llamaban ambiciosos. Fue también el último clavo en el ataúd de la credibilidad institucional. Porque mientras los chineros y los plataneros recorrían las calles con bocinas sin consecuencias, solo un hombre —Huáscar Santo— fue arrestado por usar una guagua anunciadora para hablar del caso Rosaliót. Y ni siquiera duró preso. Elím y el equipo de FreNaR lo sacaron de inmediato.

Así como expropiaron las tierras ricas en oro de Jacinto y Celedonio sin pagarles un centavo, ahora expropiaban la memoria de su linaje. Pueblo Viejo seguía sangrando riquezas, pero ningún Rosaliót era invitado a la mesa.

Y mientras tanto, en Najayo, Puerto Real seguía en silencio. No habló. No delató. No confesó. Esperaba simplemente cumplir su condena y volver a las calles… como si cinco años de cárcel pudieran limpiar una historia de engaños.

Pero su silencio no era pasivo. Era estrategia. Desde su celda, su defensa acusó a la jueza Clara Luz Almonte de retener ilegalmente el expediente judicial, impidiendo por meses que se conociera la apelación a su condena. Alegaron violación al debido proceso, deterioro de su salud física y mental, y una supuesta conspiración para mantenerlo encarcelado sin justicia. Lo llamaron *preso político*. Dijeron que lo estaban *torturando en silencio*.

Afuera, sus defensores no callaban. Durante la visita del secretario de Estado de los Estados Unidos, Marco Rubio, a Santo Domingo en marzo de 2025, un grupo de manifestantes se congregó frente al Palacio Nacional con pancartas que decían: *Puerto Real no robó — reveló*. Acusaron al gobierno de encubrir a Barril Gold y silenciar al único abogado que se atrevió a mover el dinero. La prensa apenas cubrió el incidente. Las cámaras oficiales enfocaron otros ángulos. Pero la consigna quedó grabada.

Con cada mes en prisión, su leyenda crecía en ciertos círculos. Para algunos, era un villano. Para otros, un mártir. Decían que lo condenaron por saber demasiado, que lo callaron para proteger a los verdaderos culpables. La verdad era otra: lo condenaron por estafa. Pero la mentira —como siempre— viajaba más rápido.

Y en los grupos, las guerras seguían.

—¡Cómplices! —gritaban unos.

—¡Traidores! —respondían otros.

Las mismas manos que un día marcharon juntas, ahora se apedreaban con palabras.Las palabras ofensivas, peyorativas y discriminativas son irónicamente más usadas cada día en los grupos Rosaliót:

¿Cuándo es el pago?	A esos ya les pagaron
¿Cuándo hay pago?	Abogados de ojos azules
¿Qué saben del dinero?	Abran champagne
¿Ya pagaron?	Adelante, familia Rosaliót
14 pulgadas	Ahí, ahí, ahí
A ese ya Puerto Real	Al virgen
le dio lo suyo	Anaconda

Areperos
Atrapa cheles
Ay, mamá ay, ay, mamá
Bájate los pantalones
Banco a banco
Banco Central
Banco Reservas
Banco Satan Der
Barrabasada
Barrick Gold
Bendiciones de lo alto
Boleros
Borregos
Bragueta alegre
Buenos días, buenas tardes y
buenas noches
Burundanga
Cállate, coge pulgadas
Celebren, celebren
Centro de Acopios
Certificados
Chapeador
Chapeadora
Charlatán
Chiflado
Chuki
Cobra negra
Códigos IBAN/Swift
Con mamá, no
Contrato de confiabilidad
Contrato de confidencialidad
Cuentas bancarias

Cuide su genoma
Culebra, faltan
Danny baba
Dañadores del proceso
Date un baño de mantequilla
De Aza peo
Defender lo indefendible
Delincuente
Delincuentes vividores
Descerebrados
Diccionario familia Rosaliót
Dios
Disidentes
Disociadores
El boletín # 8
El cangrejo
El cantazo
El chapeo
El cuervo negro
El cuervo
El desembolso
El emperador
El Emperador
El juicio de fondo
El Jumbo
El monje de media lengua
El niño ya nació
El pago
El prófugo
El síndrome de la proyección
psicológica
El síndrome: Merejo

El vibrador
Enajenados mentales
Energúmenos
Equivocado
Eres un alfabeto
Esos no cobrarán
Espiga de ébano
Estado a estado
Están sonando los tambores
Faraón
Farfullero traidor
Farfullero
Frenalistas
Fucú
Fuego a la lata
Hablar pluma de burro
Hijo de tu maldita madre
Hijo del diablo
Ilusos
Infiltrados
Infiltrados
Josué
Karateca
La arepa ya está
La azotea
La banda de frenos
La barrial
La cueva
La culebra
La dama de hierro
La esposa de Satanás
La fecha la pongo yo

La guinea
La Mafia siciliana
La merienda
La miel está al pecho
La mujer de los 7 pantis
La NASA
La pava soy yo
La pava
La película
La preliminar
La refracción psicológica
La serpiente
La tendencia Jonnaida
La vaca Justin
Ladronazos
Lambones
Las 61 preguntas
Las rolitas
Lengua con jarabe de pico
Lo dice María de Alemania
Los 3 granos
Los 300 mil pesos
Los 90 mil dólares
Los enemigos
Los enemiguitos
Los falsos defensores de
la familia
Los llamados líderes
Los pecunios
Los puros
Los sufridos
Los testículones

Los vendidos
Machete
Mándame pa' una recarga
Manejo información sensible
Manos negras
Más cuentos escritos desde la cárcel y fuera de ella
Me voló la tapa de los sesos
Medida de coerción
Mente maquiavélica
Mi familia, mi sangre
Moisés
Muestre las pruebas
Nargumeno
Negra bembona
Nesara Gesara
Ni están con Dios, ni con el diablo
No me escupas la inteligencia
No me vomites la inteligencia
Rosaliót
Oye, viralata
Pacotilla
Pantis flojos
Papá Pitufo
Papá Porto
Pastor del diablo
Pastores diabólicos
Patrón oro
Perrito faldero
Perro lambiscón
Perros coleros

Pica pollos
Piña, mamey, zapote
Platanales
Pruebas contundentes
Psicología inversa
Puerto Real es quien sabe adónde la pava puso los huevos
Puerto Real va a inmolarse
Puerto Realistas
Puerto vendió la herencia
Que alguien le dé un tiro
Que te agarre un cáncer
Remeseros
Rosaliót puros
Sáquenlo de la herencia
Sáquenlo del grupo
Se acabó el evento
Se fue el mes y nananina
Se llevaron los panes
Serpiente de siete cabezas
Shalom
Shalones
Síndrome de conjeturas
Síndrome de especulación
Sistema cuántico
Son angladistas
Son delincuentes
Son pagos por las manos negras
Soy como el bambú
Supuestos pastores
Tapón de bañera
Te voy a demandar

Te voy a demandar
Tesoro de EUA
Testaferros
Tira peo
Tirar un audio
Tírenlas por los grupos
Todo pasa, hasta la ciruela
Traidores
Transferencias internacionales
Un abrazo a la distancia
Un enema de cadillos con un tallo de lechosa
Ustedes no son familia
Vividores
Y eso que es cristiana
Y eso que es pastor
Ya pagó con cárcel
Yo confío en mi doctor
Yo soy un ATM

Parte V
Cenizas del Linaje

Al final de todo fuego, solo quedan cenizas que hablan de lo que fue y de lo que no pudo ser. Cada grano gris es memoria, cada brasa apagada es una promesa rota. Las cenizas no son el fin del fuego, sino su testamento; guardan el eco de lo que ardió con esperanza y se consumió entre traiciones. Un linaje no muere del todo mientras sus cenizas sigan manchando la historia, pues allí, en el polvo mezclado con sangre y silencio, la verdad aún respira

XVII | Crónica del Tesoro Oculto

La Entrevista que despertó a los Herederos

No fue una entrevista cualquiera. En algún rincón templado de Santo Domingo, en 2019, Johnny Puerto Real se sentó frente a un redactor extranjero —no diremos de qué revista— para hablar, con aire solemne y mirada afilada, del llamado Tesoro oculto de Jacinto. El artículo se publicó poco después y no tardó en circular entre creyentes, herederos y escépticos por igual. Lo que sigue no es una transcripción literal. Es una recreación narrativa de aquella conversación, con nombres modificados pero los hechos contados tal como fueron.

La grabación es temblorosa, con imágenes borrosas y sin sonido. Todo indica que fue hecha a escondidas. Se distinguen tres figuras: dos hombres vestidos con chaquetas de cuero oscuro y una mujer con un abrigo rojo, elegante y llamativo. Están en el vestíbulo principal de un banco suizo cuya fachada y reputación pesan tanto como sus paredes de granito. Quien graba también lleva chaqueta de cuero; su brazo entra y sale del cuadro, como un testigo involuntario. Es Johnny Puerto Real. La escena ocurre en otoño de 2017, en Zúrich.

Los hombres son dominicanos. La mujer, su traductora, es suiza, pero con sangre isleña en las venas. Dos de los videos los muestran revisando papeles con gesto solemne antes de entregárselos a un funcionario del banco. Son documentos que, según Puerto Real, acreditan que miles de personas con el apellido Rosalió t tienen derecho a una fortuna dormida desde hace generaciones. Dicha fortuna estaría guardada en las entrañas de ese banco y de otra institución en España, conocida como SATAN DER SA.

—Este proceso —explica una voz en off, grave y pausada— no es nuevo. Es el fruto de años de búsqueda, genealogías, firmas notariales y promesas silenciadas.

En el tercer video, la comitiva se dirige hacia una esquina menos transitada del vestíbulo. Allí hay un baúl antiguo, colocado como pieza decorativa. Los acompañantes de Puerto Real posan a ambos lados del cofre.

—Éste —dice Puerto Real— es de la época de Jacinto Rosalió t.

Cuenta que Jacinto y su padre, Celedonio, eran dueños de una mina de oro en la República Dominicana. Enviaban parte del mineral a España entre los albores y la mitad del siglo XIX. Una fracción era para el monarca. El resto, para ser guardado en bancos europeos. Se rumorea que, tras la guerra civil española, gran parte fue transferida a Suiza.

Luego de esa pausa reverente frente al baúl, el grupo camina por un pasillo angosto y llega a una sala discreta.

—Éstas son las oficinas que nos han entregado —declara Puerto Real, mientras la cámara recorre el lugar.

—Serán para las actividades de los Rosalió t dentro del banco —añade—. Pronto seremos algunas de las personas más ricas del mundo.

—Todo un lugar hermoso —comenta, con una sonrisa apenas contenida.

Seis años antes, recibí una llamada de un hombre llamado Néstor Paniagua. Tenía 45 años, vivía en Nueva Jersey y me localizó después de obsesionarse con un documental sobre atletas en quiebra en el que yo aparecía como comentarista. Era dominicano. Me contó que, en su familia, desde hacía generaciones, se hablaba de una herencia olvidada en Suiza. Nunca habían logrado recuperarla, pero él creía que eso estaba por cambiar. Quería que lo ayudara a encontrar un abogado.

Paniagua no era Rosaliót. Su linaje pertenecía a otra familia dominicana, los Guzmán. Pero la historia era casi la misma: un antepasado, José Eugenio Guzmán González, comerciante y naviero, habría enviado oro a España a finales del siglo XVIII. Como Jacinto, entregó una parte al rey y depositó el resto en un banco europeo.

De todas las llamadas extrañas que he recibido como periodista, no sé por qué le presté atención a ésta. Paniagua trabajaba en una pequeña empresa en Manhattan, con un salario modesto de 50 mil dólares al año. Su esposa, Yesenia, era técnica quirúrgica. Tenían cuatro hijos. No vivían en la miseria, pero tampoco tenían casa propia ni coche nuevo.

Había algo entrañable en Paniagua. Sabía que las probabilidades estaban en su contra. Pero —¡qué maravilla sería si lo lograba!

La herencia no era una fábula para Néstor Paniagua; la había escuchado desde niño, susurrada por su madre en noches de insomnio y repetida entre tías y primos con solemnidad de oración. Recordaba con claridad una visita peculiar: un par de abogados europeos en el pequeño apartamento familiar de Queens, hablando en voz baja, insinuando que su madre —y por extensión, él— podía ser heredero de una fortuna dormida en los cofres suizos. Pero los medios para viajar jamás llegaron, y con ellos se esfumó la posibilidad de saber la verdad.

Un primo suyo, Juan Bautista Guzmán —al que todos llamaban Tito— llevó la obsesión más lejos. A principios de los años noventa vendió su restaurante en el Alto Manhattan, dejó atrás su vida neoyorquina y se lanzó a una travesía por toda la República Dominicana. Buscaba archivos, pistas, cualquier prueba de que la leyenda familiar no era solo humo. Perdió su matrimonio y casi toda su fortuna en esa cruzada, pero logró algo valioso: reconstruyó su árbol genealógico con tal precisión que Paniagua creyó que quizás sí había una vía con los suizos.

Lo puse en contacto con Marcelo Hausmann, un abogado famoso por haber demandado a bancos suizos en los años 90, obligándolos a indemnizar a descendientes de víctimas del Holocausto cuyos fondos habían sido ocultados tras muros de secreto bancario. El caso se resolvió con un acuerdo de 1,300 millones de dólares en 1999. Tras eso, Suiza modificó varias leyes, haciendo más accesible la recuperación de cuentas inactivas.

El equipo de Hausmann tomó el caso Guzmán y trabajó en él durante casi un año. Pero en 2014 llegó la respuesta definitiva. Paniagua me escribió:

—Hausmann informa que el experto no pudo encontrar nada bajo el nombre de nuestro bisabuelo, José Eugenio Guzmán González. Nos dicen que el caso está cerrado oficialmente y que el defensor no aceptará más reclamos. Hemos llegado a una respuesta final, un *no* en un mundo lleno de caos. Y pensándolo bien, ¿qué otra cosa podía traer todo ese dinero sino más dolor y problemas?

Parecía el final... pero no lo fue.

En enero de 2018, Paniagua me contactó de nuevo, esta vez eufórico. La búsqueda del tesoro había resucitado. Tito —quien se había vuelto a casar, esta vez con una mujer de apellido Rosalió†— le había contado algo extraordinario: un abogado aseguraba haber encontrado la fortuna de los Guzmán.

El nombre del abogado: Johnny Puerto Real.

El taxista levantó una ceja cuando le mostré la dirección. Era una zona áspera de Santo Domingo, poco frecuentada por turistas. Las calles eran estrechas, con bolsas de basura apiladas en las esquinas, y las aceras frente a los colmados estaban llenas de hombres tatuados. La mayoría de los edificios parecían abandonados, excepto uno.

Un edificio de tres pisos vibraba con actividad. En la entrada, un cartel decía: *Central Derecho*. Una docena de personas esperaba en las escaleras, mientras otras tantas deambulaban por la calle. Al subir al segundo piso, encontré una fila de personas completando formularios que luego entregaban en un mostrador con asesores.

Tras unos minutos, alguien señaló una escalera de caracol negra. Subí con cautela. En la cima, un guardaespaldas con un arma semiautomática me sonrió y me hizo un gesto hacia una puerta.

Pasé junto a una cocina pequeña donde varias mujeres revolvían un gran caldero de sancocho. El olor era denso, casero. Entré a una oficina amplia, más ordenada que el resto del edificio. Una veintena de personas esperaba en sillas de plástico y sofás desgastados, todos con la mirada fija en un hombre detrás de un enorme escritorio.

El hombre —Johnny Puerto Real— hablaba por teléfono. Al verme, levantó la mirada, levantó una ceja, y con un gesto de la mano señaló una silla vacía frente a él.

Él era Johnny Puerto Real. No cabía duda: destacaba sin esfuerzo. Llevaba un blazer azul marino, jeans ajustados y mocasines relucientes. Aunque rondaba los 65 años, su apariencia desmentía la edad: rostro terso, casi sin arrugas, y cabello cortado al ras. Su sonrisa, medio curva, era difícil de descifrar. Pero lo que realmente imponía era su presencia. En aquella sala atestada, todos parecían girar en su órbita: reían cuando él reía, se indignaban cuando fruncía el ceño. Lo llamaban *Doctor* por su título en derecho —un honorífico poco común entre abogados dominicanos, pero que nadie osaba cuestionar en su caso.

Era finales de marzo. Néstor Paniagua también se encontraba allí; habíamos llegado en el mismo vuelo desde Nueva York. Para él, era la primera vez que pisaba tierra dominicana desde aquellos días de trámites con el bufete Hausmann. Ahora, su realidad era distinta: había dejado atrás su empleo como agente de atención al cliente y se ganaba la vida con dos trabajos como repartidor, ganando apenas la mitad de su antiguo sueldo. Para entonces, ya había nacido su quinto hijo. Con su partida, había dejado sola a Yesenia, su esposa, al cuidado de los niños. Apostaba mucho: su trabajo, su familia, quizá su matrimonio entero. Sin embargo, hablaba de su viaje como si no existiera otra alternativa. Al igual que su primo Tito, sentía un deber sagrado: ayudar a los Guzmán a recuperar aquella riqueza ancestral. Sus familiares, cansados de ilusiones rotas, lo criticaban con dureza: lo veían como un insensato que había abandonado todo por una causa fantasiosa. Paniagua, dolido, no entendía su falta de apoyo; después de todo, lo hacía por ellos.

La mayoría de las personas reunidas en aquella oficina eran miembros de la familia Rosaliót. Más tarde, Puerto Real me explicaría que había sido su abogado desde 2011. Me aseguró que había identificado sus herencias mucho antes de dar con las de los Guzmán. La sensación general era clara: los trámites de los Rosaliót ya iban muy adelantados, mientras que los Guzmán apenas comenzaban a asomar la cabeza en ese océano legal. Y era evidente: los Rosaliót creían firmemente que el dinero estaba a punto de llegar.

Cuando finalmente terminó su llamada, me acerqué y le pregunté cómo había logrado encontrar aquellas herencias. En lugar de responder directamente, se lanzó en una larga digresión histórica que apenas tocaba el tema del dinero. Su exposición se extendió por más de una hora. Pronto comprendería que Johnny Puerto Real tenía una extraña incapacidad para responder una pregunta con una respuesta sencilla.

Paniagua, que oficiaba de traductor, me acompañó mientras Puerto Real iniciaba un recorrido por la historia colonial de La Española —la isla que hoy comparten República Dominicana y Haití— en el siglo XVII. Con entusiasmo, narró cómo en 1649 dos españoles aristócratas, José Margarito del Rosaliót y Victoria Guzmán, contrajeron matrimonio y se establecieron en la isla. Según él, fue en ese momento cuando se entrelazaron las fortunas de ambas familias.

Y siguió hablando. Y hablando.

Finalmente, alcanzó el punto crucial: la historia moderna de los Rosaliót. A lo largo de los siglos, habían sido terratenientes prominentes en Cotuí y sus alrededores —una región situada a unos 105 kilómetros al norte de Santo Domingo. Aunque conocidos como hábiles agricultores y ganaderos, su verdadero poder económico radicaba en una mina de oro que, según la tradición oral, perteneció a Jacinto del Rosaliót en el siglo XIX. Pero todo eso se vino abajo en 1930, con la llegada al poder de Rafael Leónidas Trujillo —el infame *Jefe* que instauró una dictadura de hierro por más de tres décadas.

Cada Rosaliót con el que hablé después tenía una historia escalofriante sobre ese período. Fueron despojados a la fuerza de sus tierras, sus documentos destruidos, sus voces silenciadas. La represión era brutal: los opositores desaparecían, y muchos miembros de la familia se vieron obligados a esconderse. La herencia, antes fuente de orgullo, se volvió un tema tabú.

Cuando Trujillo fue asesinado en 1961, los Rosaliót que habían permanecido en Cotuí vivían en la miseria, y otros habían emigrado a Estados Unidos o España.

Durante las décadas de 1980 y 1990, el gobierno dominicano asumió el control de la mina, pero la administró con tal ineptitud que terminó clausurándola. No fue sino hasta 2006 que la minera canadiense Barril GOLD Corp., en sociedad con Doramina S.A., adquirió la concesión y emprendió una ambiciosa modernización. Con una inversión de 3,700 millones de dólares —la mayor inversión extranjera en la historia del país—, revitalizaron la operación y ampliaron el terreno minero… justo el mismo que los Rosaliót reclamaban como propio desde hacía generaciones. Como parte del acuerdo, el Estado dominicano negoció un 50% del flujo de caja generado por la mina, y para 2017, había recibido 181 millones de dólares en impuestos y regalías.

Mucho antes de la llegada de Barril GOLD, algunos miembros de la familia Rosaliót ya se preguntaban por qué jamás se les había permitido reclamar sus tierras ancestrales. Cuando las excavadoras y maquinarias llegaron, los Rosaliót aún vivían cerca del yacimiento y añadieron una nueva queja: afirmaban que Barril estaba devastando el entorno y enfermando a los habitantes. La empresa, por su parte, negó tajantemente tales acusaciones.

A lo largo de los años, varios abogados se ofrecieron a representar a la familia, pero todos terminaron por alejarse sin lograr avances significativos. Entonces apareció Johnny Puerto Real, quien prometió algo más grande: no solo recuperar las tierras perdidas, sino también obtener miles de millones de dólares en compensaciones por los daños sufridos —tanto físicos como económicos.

—Yo les prometí justicia —me dijo Puerto Real—. Y esa justicia tiene un precio.

Ese precio era su comisión: un 30% de todo lo que lograran conseguir. Para algunos Rosaliót, la cifra era desorbitada, pero cuando se votó entre los representantes familiares, su propuesta fue aprobada. En febrero de 2012, presentó la primera de al menos seis demandas contra la minera.

Puerto Real convirtió el litigio en un movimiento. Organizó marchas, sentadas y manifestaciones que duraron cuatro días y culminaron frente al Palacio Nacional en Santo Domingo. A sus clientes les aseguraba que estaba en conversaciones con Barril, que el juicio avanzaba con buen ritmo, que un acuerdo estaba próximo.

—Nos van a pagar —decía con convicción—. Es cuestión de tiempo. (No obstante, según el portavoz de Barril, ninguna de esas afirmaciones era cierta).

Cuando nos conocimos, Puerto Real insistió en que los pagos estaban al caer.

—Barril GOLD ya está preparando el desembolso —me aseguró con una media sonrisa.

Pero siete años después, ningún Rosaliót ha visto un solo centavo.

Puerto Real me confió que su obsesión con el legado de los Rosaliót no era nueva. Según él, todos en la familia crecieron escuchando historias sobre una herencia escondida, un tesoro que los haría ricos más allá de lo imaginable.

—Algunos perdieron la cabeza soñando con eso —me dijo con tono serio—. Las madres les susurraban a sus hijos:

—Ustedes no son pobres, solo están esperando su fortuna.

Él también se sumó a la búsqueda.

Durante tres años, lideró una cruzada para recolectar documentos genealógicos de hasta cinco generaciones atrás.

Miles de miembros de la familia recorrieron parroquias, bibliotecas municipales, registros civiles y archivos históricos buscando certificados de defunción, actas de matrimonio, partidas de nacimiento —cualquier papel que sirviera para demostrar su vínculo con la tierra que ahora reclamaban. Estos documentos eran clave no solo para recuperar el terreno, sino también para la legendaria fortuna.

Según su versión, su investigación lo llevó más allá del Caribe. Viajó a España, Suiza y otros rincones de Europa, persiguiendo rastros de cuentas bancarias olvidadas. Para financiar su cruzada, reunió a un pequeño grupo de inversores privados a quienes prometió el 30% de lo que él mismo ganara si lograba rescatar la herencia.

—La primera pista apareció en las Islas Caimán —aseguró—. Más de 700 millones de dólares en una cuenta olvidada… y un banquero que, por suerte, decidió ayudarme.

Ese banquero, según él, le explicó exactamente qué debía buscar en otras instituciones financieras para continuar la búsqueda.

Al final de su extenso relato, Puerto Real afirmó haber localizado doce cuentas bancarias —aunque más tarde, con tono confidencial, me confesaría que eran más de doce—, repartidas entre el Banco Satan Der en España y Banque Helvétique en Suiza. La mayoría estaban registradas a nombre de Celedonio del Rosalíot, padre de Jacinto. Las cuentas de los Guzmán, explicó, aparecieron por azar, gracias al entrelazamiento de los linajes tras el matrimonio histórico entre ambas familias. Algunas estaban a nombre conjunto, otras exclusivamente bajo el apellido Guzmán.

—Me topé con media docena más —me dijo—. Todas bajo Guzmán, sin el Rosalíot.

Durante décadas, miembros de ambas familias habían intentado rastrear estas cuentas, pero siempre chocaban con el mismo obstáculo: la falta de documentos legales exigidos por los bancos. Según Puerto Real, una corte internacional había intervenido años atrás, congelando los fondos y dificultando el acceso.

En cuanto pude hacerle una nueva pregunta, opté por la más evidente:

—¿Cuánto dinero hay exactamente?

Él sonrió, levantó las manos en el aire y se encogió de hombros como un niño travieso que guarda un secreto.

—Más de lo que se puede contar —dijo con una risa contenida.

Cuando viajé por primera vez a República Dominicana, lo hice con una mezcla de escepticismo y curiosidad. No descartaba por completo que la historia de la herencia fuera real. Pero también sabía que había señales claras de que podría tratarse de una estafa elaborada. Para prevenirme, antes de partir contacté a un abogado dominicano vinculado a los Guzmán. Su respuesta fue tajante:

—Todo esto es una fábula —me dijo sin rodeos.

Aun así, Puerto Real se mostraba hospitalario. En mis visitas siguientes al país, me recibía con abrazos efusivos y me trataba como si fuésemos amigos de toda la vida. Me dejaba presenciar sus reuniones, posar en fotos con visitantes, incluso escuchar conversaciones privadas. Sin embargo, jamás me mostró una sola prueba concreta de la existencia de la fortuna.

—¿Y el banquero de las Islas Caimán? —insistí en una ocasión—. ¿Podría ponerme en contacto con él?

—Por supuesto —respondió—. Te conseguiré su nombre y número.

Nunca lo hizo.

La misma historia se repetía con los contactos en Satan Der y Banque Helvétique. Según él, había una mujer en España

—Carmen— y otra en Suiza —Celeste— que actuaban como intermediarias de confianza. Pero cuando pedí sus apellidos o algún número telefónico, no me ofreció nada.

Buscando algo de claridad, hablé con Darío Leal, cofundador de una firma suiza especializada en rastrear cuentas bancarias antiguas para herederos potenciales.

—Historias como esa las escucho todo el tiempo —me dijo con tono escéptico—. Es extremadamente improbable que un banco conserve registros de cuentas anteriores a 1925. Eso ya queda muy lejos.

Le compartí esa opinión a Puerto Real y a su círculo cercano, pero no se inmutaron. Según ellos, Leal estaba equivocado, porque estas no eran cuentas comunes.

—No están inactivas —me explicó uno de sus asistentes—. Son cuentas especiales de depósito. Nadie puede tocarlas sin los documentos adecuados. Ningún banco las puede liquidar sin autorización explícita.

La explicación sonaba fantasiosa, una invención más en una larga cadena de promesas imposibles. Y, sin embargo, una exgerente de fondos privados en J. Proctor Mason & Co. de Nueva York —una mujer sin conexión alguna con la República Dominicana— me aseguró que ese tipo de cuentas, aunque raras, sí existían.

—Se llaman cuentas de legado contingente —me explicó—. Están diseñadas para permanecer intactas hasta que se cumplan ciertas condiciones específicas.

Cada vez que intentaba interrogar a Puerto Real con mayor rigor, desviaba la conversación hacia relatos floridos y heroicos. Uno de sus favoritos era el de 1965, cuando —según él— participó como niño soldado en la invasión estadounidense.

—Yo tenía doce años —me dijo con orgullo—. Luché contra los marines. Desde entonces, soy un rebelde.

También aseguraba que entre sus ancestros había poetas y patriotas.

—Uno de los míos escribió el himno nacional —afirmaba—. La sangre que corre por mis venas es historia viva.

Y, por supuesto, hablaba con frecuencia de Dios.

—Esta herencia —me decía con solemnidad— no es solo dinero. Es un regalo divino para los Rosalió.

Y siempre estaba Barril Gold… omnipresente, inevitable. Puerto Real canalizaba su furia denunciando la traición y la codicia de la compañía extranjera. En una ocasión, soltó una profecía apocalíptica:

—Si Barril no se sienta a negociar con los Rosalió, habrá una catástrofe en la mina —vociferó—. ¡Va a explotar! ¡Morirá gente!

En medio de su arenga, juraba que llevaría la lucha a las calles y que ningún inversionista extranjero volvería a confiar en la República Dominicana. Su discurso sonaba grandioso, incluso mesiánico, pero al mismo tiempo escapista. ¿Y si todo era un engaño? ¿Cuál era el propósito?

Según el contrato que había firmado con los Rosalió, Puerto Real no vería un solo peso hasta que ellos cobraran lo suyo. ¿Qué estafador, entonces, pasaría la mayor parte de su vida laboral rodeado de aquellos a quienes supuestamente engaña? Viajaba con frecuencia a Cotuí para liderar protestas y había entregado medicinas a miembros enfermos de la familia. No fingía: parecía vivir y respirar la causa Rosalió.

Después de semanas de súplicas, finalmente logré obtener algo tangible. El asistente de medios de Puerto Real me hizo llegar tres videos confidenciales, grabados en la sede de Banque Helvétique, en Zúrich. Me pidió máxima discreción —especialmente con el banco—. Mandé traducir los videos, y el tercero —aquel del baúl antiguo— sugería una relación, aunque fuera simbólica, entre Puerto Real y la institución financiera.

Le pregunté, a través del asistente, si podría acompañarlo en su próxima visita a Europa para reunirse con los banqueros. Imaginaba que ese viaje podría develar, de una vez por todas, la verdad.

La respuesta llegó pocos días después:

—Sí.

No era el único ansioso por saber más. Los Rosaliót y los Guzmán compartían mi inquietud. En las reuniones familiares que organizaba esporádicamente, Puerto Real repetía el mismo patrón: posponía, divagaba, alargaba las respuestas. Al retener la información, acumulaba un enorme poder psicológico. Sus clientes vivían a oscuras, aferrados a la promesa de un hombre encantador, sí, pero elusivo. Desconfiar de él sería renunciar al sueño. Y eso, para muchos, era impensable.

La devoción se respiraba en cada rincón del mundo digital. En WhatsApp, la comunidad había creado al menos ocho grupos distintos dedicados exclusivamente a la herencia. Eran hervideros de rumores, anécdotas e hipótesis. Pero, por encima de todo, eran espacios de desahogo, fe compartida y espera angustiosa.

Allí, las emociones fluctuaban entre la euforia y la desesperación. Nunca desaparecía la certeza de que la fortuna existía.

Me agregaron a los grupos a principios de abril, pocas semanas después de mi regreso del primer viaje. El entusiasmo era contagioso. Circulaba un rumor: entre el 15 y el 20 de abril, cuatro o cinco cuentas del Banco Satan Der serían finalmente liberadas. La esperanza tomó forma práctica. Los Rosaliót empezaron a abrir cuentas en BHN Herencias, el banco estatal dominicano.

Los chats se inundaron de imágenes: supuestas transferencias internacionales, capturas de pantalla de PINs enviados por correo, nombres de funcionarios bancarios. Algunos afirmaban haber recibido ya sus códigos de acceso. El ambiente era de conteo regresivo. Compartían fotos de carros de lujo, villas en la playa, viajes soñados.

—Esta —escribió Paniagua en su Facebook— será la semana más esperada en la historia de nuestra familia.

El 15 de abril amaneció con el pulso colectivo acelerado… y así pasaron cinco días en completo silencio. Nada. Ni noticias, ni movimientos, ni dinero.

Hasta que, en la mañana del 20 de abril, todo pareció cambiar.

Puerto Real, como de costumbre rodeado de sus fieles, atendió una llamada. Habló en voz baja, casi susurrando, durante unos minutos. Al colgar, su rostro era pura luz.

—Ya está —anunció, con una sonrisa que le cruzaba el rostro—. La transferencia se hizo. Parte del dinero ya está en la República Dominicana.

La sala estalló en murmullos. Nadie preguntó detalles. Pero todos entendieron —o quisieron entender— que el dinero había sido depositado en el banco central. Tal vez lo dijo, tal vez lo insinuó. No quedó claro. Pero en cuestión de minutos, la noticia se propagó como pólvora por todos los grupos de WhatsApp.

La oficina de Puerto Real se transformó en una escena de júbilo desenfrenado. Algunos bailaban al borde del delirio, otros alzaban las manos al cielo y alababan al Señor. El ron corría como agua. Las botellas de cerveza se multiplicaban como por arte de magia. En medio del bullicio, Puerto Real alzó una botella de vino teñida de miel —según él, del mismo color del oro de Jacinto del Rosaliót— y bebió con solemnidad.

—Las guerras se dan por oro —declaró, alzando la voz—. No conozco otra actividad más importante que el hombre haya realizado en su vida que no sea la búsqueda u obtención de oro.

Yo, desde la distancia, seguía todo por WhatsApp. Los videos, los audios, los mensajes en cadena… todo parecía apuntar a un momento histórico. Me debatía entre la incredulidad y el deseo de creer. Contra mi instinto, compré un pasaje de regreso a Santo Domingo.

Y, como temía, no hubo ninguna distribución.

El lunes 23 de abril, circularon rumores de que BHN Herencias había rechazado a varios Rosaliót debido a la avalancha de intentos por abrir cuentas. El banco, por supuesto, lo negó rotundamente. El martes, el grupo de WhatsApp hervía con nuevas teorías: dos agentes de policía habrían escoltado a Puerto Real hasta el banco central. Nunca ocurrió.

El miércoles, Puerto Real publicó un video. Con frases cuidadosas, admitía no saber con certeza si el dinero ya estaba en el país. Y remataba:

—Sin mí —dijo, mirando a cámara— no hay dinero.

Para entonces, la historia ya había captado la atención de los medios. El jueves, rodeado de micrófonos y cámaras, Puerto Real ofreció una rueda de prensa en su oficina. Ante la pregunta inevitable

—¿Dónde está el dinero?— respondió con un suspiro

—No lo sé. Pero lo descubriré.

Explicó que él y su equipo viajarían pronto a España y Suiza para entregar una última ronda de documentos. Visitarían seis o siete bancos. Tendrían reuniones. Buscarían respuestas. Aseguró que, en cuanto las tuviera, los Rosaliót serían los primeros en enterarse.

—¡Vamos a cobrar! —gritó una mujer al fondo.

—¡Amén! —respondieron varios.

El viernes, el Banco Central rompió el hechizo. Emitió un comunicado tajante: no había recibido ningún depósito, no era su función manejar herencias, y condenaba a quienes propagaban noticias falsas con fines maliciosos. La ilusión, una vez más, se desvanecía.

Pocos días después, Puerto Real partió a Madrid, acompañado por sus asistentes y varios miembros clave de las familias Rosaliót y Guzmán.

Antes de unirme al grupo, almorcé con Tito y su esposa, Isadora. Ella me reveló algo que ignoraba: también era una Rosaliót. Me contó que había entregado documentos genealógicos a Puerto Real en nombre suyo y de trece parientes más.

—Nos cobraron cinco mil pesos por el poder notarial —explicó—. Y quinientos pesos más por el contrato del treinta por ciento.

Hice la cuenta. Catorce personas, doce mil pesos dominicanos. Doscientos treinta y ocho dólares en total. Prácticamente lo mismo que el salario mínimo mensual del país. En ese momento, todo empezó a encajar.

Paniagua también viajó a Europa con Puerto Real. Para entonces, llevaba más de un mes en la República Dominicana. Había sido nombrado *coordinador de EE. UU.* para los Guzmán. Su labor: convencer a otros familiares de buscar documentos, validar el linaje y convertirse en clientes del abogado.

Supuestamente, los coordinadores recibían una remuneración. Paniagua, sin embargo, no había visto un centavo.

Estaba desempleado. Yesenia —su esposa— era ahora el único sostén de la familia. Apenas alcanzaba a pagar la renta. Sus hermanos estaban indignados. No solo por su ausencia, sino porque había convencido a su madre de entregarle su tarjeta de crédito para costear el viaje.

El precio de la fe se volvía cada vez más alto.

A pesar de todo, cuando lo vi en Europa, Paniagua no podía estar más feliz. La herencia —ese espejismo dorado— se había convertido en su vocación. Ya no era repartidor, ni desempleado, ni esposo desesperado. Era un hombre con propósito, un buscador de fortuna con destino trazado por el linaje. En Burgos, al norte de Madrid, se alojó con dos de los inversionistas de Puerto Real: un hermano y una hermana, emprendedores con aire de iluminados.

—Aquí es donde empieza todo —escribió en Facebook junto a una foto en la cima de una montaña nevada.

En Suiza, Paniagua paseó en bote por el Lago de Zúrich junto a Clara Sommer, la misteriosa intermediaria de Banque Helvétique. Subió fotos con sonrisas congeladas y paisajes idílicos. Durante las cenas, escuchaba conversaciones en voz baja sobre preparativos para la *distribución*. Según contó luego, Puerto Real hablaba de recaudar medio millón de dólares —quinientos mil— para un recinto blindado, chalecos antibalas, y otras medidas de seguridad.

—Temo por mi vida —decía con tono grave—. Esto va más allá de una herencia. Esto es una revolución.

Yo también estaba en Europa. Puerto Real me recibió con el mismo entusiasmo teatral de siempre, pero también con la misma estrategia: mantenerme lejos de cualquier persona que pudiera darme respuestas concretas. Intenté entrevistar a los inversionistas, a Sommer, a otras figuras clave. Nada. Nadie accedió. Ningún banquero me recibió. De hecho, según mis observaciones, Puerto Real no sostuvo ni una sola reunión formal. La única instancia real ocurrió en Banque Helvétique, cuando él y Sommer entregaron documentos que —supuestamente— certificarían la legitimidad de los Rosaliót como herederos.

—Nos llamarán en un mes —le dijo el banco a Sommer, según ella.

Y con eso, regresaron a casa.

Poco después, Puerto Real envió un audio a todos los grupos de WhatsApp:

—El dinero ya viene. Estamos en la última etapa. Pronto lo tendrán en sus manos.

Pero no todos compartían el mismo entusiasmo.

A finales de mayo, alguien alzó la voz. Una periodista dominicana rompió el silencio con fuerza. Se llamaba Anayeli Rosaliót. Además de ser una figura reconocida en el programa radial *El Sol del Amanecer*, era parte de la propia familia. Su tío creía fervientemente en Puerto Real. Ella no.

Visitó la Central de Derecho, revisó documentos, entrevistó a quien pudo. Luego, una mañana, sentada frente a la mesa ovalada del estudio, lanzó su acusación en vivo:

—Puerto Real vende ilusiones. Esto no es una herencia. Es una estafa —dijo, con la voz firme.

Durante diez minutos narró, con detalle, las prácticas del abogado: cobraba para convertir a las personas en *clientes*; exigía pagos por poderes notariales y contratos. Prometía fortunas a cambio de fidelidad y silencio.

Entonces, un asistente de Puerto Real —el más irascible del grupo— llamó al programa. Con tono exaltado, proclamó:

—¡Los Rosaliót tienen seis cuentas en Banco SATAN DER con más de seis mil millones de euros! ¡Gran parte de ese dinero ya está en República Dominicana!

—Usted tiene más dinero que el dueño del banco —se burló Anayeli.

La llamada, lejos de desmentir las acusaciones, las reforzó.

El escándalo estalló en los chats de WhatsApp. Algunos Rosaliót estaban furiosos, pero no por haber sido estafados. Muchos seguían convencidos de la existencia de la herencia. Lo que realmente los enfurecía era sentirse ignorados, desinformados, agotados. Habían renunciado a empleos, hipotecado sueños, apostado todo a una promesa sin rostro. Personas enfermas esperaban el dinero para cirugías que no podían pagar. Los ancianos querían ver, antes de morir, aunque fuera una fracción del tesoro.

La fe, lentamente, empezaba a tornarse desesperación.

Una semana después de la denuncia de Anayeli, los grupos de WhatsApp ardían. Uno de los mensajes destacaba entre todos: un audio cargado de furia dirigido directamente a Puerto Real. La voz, ronca y cortante, exigía respuestas inmediatas —nada de rodeos ni parábolas.

—Queremos saber el monto exacto, el día y la hora —gruñía el remitente—. Y si no lo dices antes del domingo, prepárate. No hay cueva, país, ni mar donde puedas esconderte. Ya te lo advertimos. El lunes salimos a las calles.

Llegué a la oficina de Puerto Real esperando una escena de caos. Pero cuando crucé la puerta, todo parecía una tarde cualquiera. Risas. Chistes. Cafecito. Él estaba allí con sus asistentes, sereno como siempre. Más temprano, un grupo numeroso se había congregado en el lote vacío junto a la oficina. Pero, una vez más, elocuente como predicador, Puerto Real los había tranquilizado.

—Hermanos, no teman —declaró ante la multitud—. Hay diez mil quinientos millones de dólares en un banco suizo. Esa bendición ya está reservada. Dios está con nosotros, y vamos a llegar hasta el final.

Ya en privado, mientras hablaba conmigo, su tono se alteró. Decía que desde niño esperaba que le dispararan.

—Todavía estoy esperando —me dijo, medio en broma, medio en serio, con una sonrisa torcida.

Pero a medida que la tarde caía, su rabia hervía. Se refería a un grupo específico dentro de la familia Rosaliót.

—Dicen que no hice nada en los viajes, que no fui a los bancos, que vine a robarles. ¡Pulgas! ¡Garrapatas! Pasan el día entero sentados en un sofá esperando que les caiga el dinero del cielo —bufó, golpeando el escritorio con la palma.

De pronto, tomó una copia del contrato base. La agitó en el aire como si fuera un arma sagrada.

—Yo tengo el poder de revocar este acuerdo. ¡El que critique se queda fuera! —exclamó—. Hay veinte nombres. Ya están en la lista.

Y esa misma noche, la lista apareció en WhatsApp. Veinte personas eliminadas. Excluidas de la herencia.

Durante la cena, junto a sus asistentes, Puerto Real revisaba los mensajes en su celular con una sonrisa satisfecha.

—Mira esto —dijo, mostrándome un chat—. Hasta los que me insultaban están suplicando volver. Es tan fácil. Antes quemábamos carros y llantas. Ahora, un nombre en una lista basta.

—¿Y los enemigos?

—Se acabaron. Los desintegramos.

En las semanas siguientes, Puerto Real reforzó su control. Llamó a la creación de una página web oficial. A partir de entonces, solo allí se divulgarían las novedades. Videos esporádicos, audios crípticos, promesas recicladas: *Faltan pocos pasos, Vamos avanzando, Todo sigue según el plan.*

Entonces ocurrió algo inesperado. En uno de los chats, alguien compartió un tercer video confidencial. Otra grabación en el interior de Banque Helvétique. Mostraba una sala supuestamente reservada para el caso de los Rosaliót.

El video no tardó en llegar a Miguel Surun Hernández, presidente del Consejo Nacional de Juristas de la República Dominicana. Ya conocía la demanda por la herencia. Ya tenía dudas. Pero esta grabación avivó sus sospechas. Y con eso, decidió actuar.

—Vamos a investigar —anunció poco después—. Y esta vez, será en serio.

Ahora que el video circulaba sin control, decidí enviarlo directamente a la portavoz de Banque Helvétique. Le pregunté —¿Qué tipo de sala es esta?—. Su respuesta fue seca y definitiva: —Es una sala de espera —me escribió.

Poco después descubrí algo aún más revelador. Sommer —la supuesta intermediaria clave— había recibido una carta reciente de un funcionario junior del banco. En ella se declaraba que no había registro alguno de relación comercial entre Banque Helvétique y Celedonio del Rosalióт, el padre de Jacinto.

Una fuente me confió otro dato: Puerto Real y su equipo, en más de una ocasión, fingían haber entregado documentos, posando para fotos afuera del banco como si acabaran de salir de una reunión oficial. Todo era escenografía. Sommer, según resultó, no era ninguna pieza central del rompecabezas financiero. Era consultora multilingüe de productos de cuidado de la piel. Su papel se había limitado a traducir para Puerto Real durante su estadía en Zúrich. Cuando logré contactarla, me lo confirmó sin rodeos:
—Nunca lo vi en una reunión con ningún banquero —dijo—. Ni una sola vez.

El fraude ya no olía: apestaba.

Al fin, una parte de la familia Rosalióт comenzó a marcar distancia. Algunos lo hacían motivados por la investigación en curso del Consejo Nacional de Juristas. Otros, simplemente, estaban exhaustos ante el silencio constante de la oficina de Puerto Real. Sin embargo, lo más sorprendente era que incluso los más desencantados seguían creyendo en la existencia de la herencia. Aunque con dudas, se aferraban a él. ¿Quién más, si no él, tenía la llave?

Puerto Real reaccionó de forma inesperada. Empezó a publicar audios cada vez más erráticos en WhatsApp. En uno de ellos decía:

—Tal vez esté loco… pero soy su representante. No tienen a nadie más. No hay otro abogado. Yo los he apoyado. ¿Ustedes me van a abandonar?

También afirmaba que le habían ofrecido dinero para traicionar a la familia y dejar el caso, pero que él —según sus propias palabras— había elegido la lealtad.

Una nueva fecha surgió entonces como esperanza: entre el 18 y el 23 de junio llegaría el pago. Los grupos de WhatsApp se reactivaron, pero esta vez el entusiasmo era tibio, con tono de superstición más que de certeza. Al poco tiempo, el asistente de Puerto Real publicó un audio:

—Hay ciertos problemas técnicos… Puede que cause un pequeño atraso.

Días después fue a la radio. Declaró que se debía realizar una auditoría mayor, y la fecha de pago se movía nuevamente: ahora sería entre el 30 de junio y el 8 de julio.

Los mensajes en WhatsApp se tornaron desesperados:

—Hay personas que llegaron a la República Dominicana sin nada. Se endeudaron. Prometieron pagar los préstamos el 19 —escribió uno.

—Lloré con una señora por teléfono —decía otro—. Hay un hombre que ya no puede ver los chats y teme por su vida. Esto no es justo.

—Es como una novela. Un día de terror, dos horas de alegría, y luego otra vez el terror.

Y así fue como llegó el lunes 25 de junio.

Ese día, Puerto Real recibió el golpe más fuerte a su credibilidad.

Amalia Osorio, la periodista más respetada de la televisión dominicana, dedicó su programa dominical *El Reporte con Amalia Osorio* al escándalo de la herencia. Osorio era una figura nacional. Cuando fue a entrevistar a Puerto Real en dos ocasiones anteriores, la multitud frente a su oficina la aplaudió como si fuera una dignataria.

Esta vez, no había aplausos. Había fuego.

Su informe fue devastador.

Amalia Osorio reveló, en pleno programa, la carta oficial enviada por Banque Helvétique a Clara Sommer. En ella, el banco afirmaba de forma rotunda que no existía ni había existido jamás ninguna relación financiera con Celedonio del Rosaliót.

—Eso solo aplica a una cuenta —replicó Puerto Real con una sonrisa tensa cuando Osorio le mostró la carta—. Hay otras que el banco sí reconoció.

—¿Y esas cartas? ¿Podemos verlas? —insistió Osorio.

—Por temas de privacidad familiar… no puedo compartirlas —contestó él, mirando hacia otro lado.

A cada pregunta directa, respondía con evasivas. Y en momentos, incluso parecía hablar sin coherencia. La entrevista se convirtió en un desfile de titubeos y respuestas inconclusas. Al cierre del programa, Osorio fue directa:

—¿Por qué han tenido que esperar tanto los Rosaliót para recibir su herencia?

Puerto Real se encogió de hombros, elevó las cejas y respondió, como si su voz viniera de una parábola bíblica:

—También se dudó de Jesucristo…

Durante la investigación para este artículo conocí a decenas de Rosaliót, pero hubo un grupo en particular que nunca olvidé. Los conocí cerca de Cotuí, una de las zonas más pobres que visité. Allí, la vida giraba alrededor de la mina de Barril Gold y el aire parecía cargado de resignación. Muchos se quejaban de que la tierra ya no servía para cultivar, y culpaban a la mina.

—¿Por qué no se van de aquí? —les pregunté.

Margarita, una mujer de mirada serena y voz firme, respondió sin titubear:

—Estamos atados a esta tierra. Aquí caminaron nuestros ancestros.

Me habló de otra época, cuando Cotuí era próspera y la tierra virgen escondía oro bajo cada piedra. Me pidió imaginar a Jacinto, joven, cruzando el monte donde ahora estaba su patio. Me contó cómo de niña criaba gallinas y vendía huevos por el vecindario. Aquella finca ya no existía; según ella, Barril Gold se la había quedado.

¿Y cómo no creerle? Para ellos, Puerto Real no solo ofrecía una herencia: ofrecía justicia, redención y venganza contra la multinacional que había transformado su tierra en polvo. ¿Qué importaban unas cuantas dudas cuando lo que él prometía era el regreso de la dignidad?

Pero las malas noticias no cesaban.

Días después del reportaje de Osorio, BHN Herencias publicó un anuncio de página completa negando rotundamente haber recibido fondos o mantenido contacto con algún representante de los Rosaliót. El Consejo Nacional de Juristas de la República Dominicana inició formalmente el proceso judicial para suspender la licencia profesional de Puerto Real. Yadira Beltrán, la fiscal federal, publicó en X (antes Twitter) que el caso estaba bajo investigación activa. Aunque la fiscalía evitó hablar con los medios, una fuente me reveló que los investigadores calculaban que Puerto Real tenía como clientes a unos 29,300 Rosaliót y Guzmán.

¿Y cuánto dinero representaba eso? Era difícil saberlo con certeza. Pero si se tomaba como referencia el gasto de Isadora y sus parientes —unos US$238 por cada uno— el total ascendía, fácilmente, a cientos de miles de dólares.

Puerto Real no se replegó. Todo lo contrario.

Presentó una demanda por difamación contra Anayeli Rosalíot —que más tarde retiró— y movilizó entre 50 y 60 simpatizantes frente al tribunal, vitoreando su nombre. Afirmó, sin pruebas, que el Consejo Nacional de Juristas lo había exonerado. Acusó a Barril Gold de estar detrás de una campaña internacional para despojar a los Rosalíot de lo que legítimamente les pertenecía. Continuó enviando mensajes de voz, pidiendo calma, fe y paciencia.

En uno de sus movimientos más audaces, su oficina publicó fotos donde aparecía yo mismo, como si mi presencia diera validez a toda la operación. Los chats de WhatsApp comenzaron a llenarse con rumores de documentos *de último minuto* provenientes de España que desbloquearían los fondos. Por supuesto, una nueva fecha de pago estaba en el horizonte.

Todo esto me recordó una historia descrita en el libro *The Confidence Game* (2016) de María Konnikova. Narra la vida del legendario estafador Oscar Merrill Hartzell, quien convenció a más de 70,000 personas de que estaba en proceso de recuperar la fortuna de Sir Francis Drake a través de una demanda contra el gobierno británico. Aseguraba que quienes financiaran el litigio serían recompensados generosamente. Incluso después de su arresto, sus víctimas —fieles hasta el final— recaudaron más de 400,000 dólares para pagar su defensa.

Mirando a Puerto Real, no pude evitar pensar: ¿acaso estaba viendo a Hartzell reencarnado en el Caribe?

Parece que eso mismo sucedía con los Rosalíot y los Guzmán.

Paniagua era de los que aún creía. De regreso en casa, hacía oídos sordos a las noticias negativas —decía que todo era mentira, desinformación, envidia. Mientras tanto, el atraso en el alquiler había llegado a tal punto que él y Yesenia enfrentaban un desalojo inminente. Aun así, se negaba a buscar empleo. Pasaba los días pegado al WhatsApp, enviando notas de voz, participando en cadenas de oración, llamando a contactos en la República Dominicana. Yesenia, agotada, estallaba en reproches. Le dolía verlo así, atrapado en una fantasía, mientras su familia se desmoronaba.

Finalmente, decidí confrontarlo.

—Paniagua, ¿y si todo esto ha sido una estafa? —le pregunté—. En Europa no hubo reuniones, solo fotos y paseos turísticos. Nunca se presentó una prueba real de que la herencia existiera. ¿No ves lo que esto le está haciendo a tu familia?

Guardó silencio. No discutió. Tampoco asintió. Me miró con ojos cansados y simplemente dijo:

—Tengo que llevar esto hasta el final.

El verano pasado hablé con Homero Pimentel Peña, abogado dominicano y excandidato presidencial. Pimentel Peña estaba asesorando a un grupo de Rosaliót en Nueva York que querían demandar tanto a Puerto Real como a Barril Gold.

—Fui a su oficina —me contó—. Le pedí los documentos de mis clientes. ¿Y sabes qué hizo?

—¿Qué?

—Me propuso que me uniera al proceso.

Cuando Pimentel Peña se negó, Puerto Real cambió de estrategia. Según él, no se trataba solo de herederos. Era una fuerza política. Afirmó que, en 2016, se había reunido con el entonces presidente Dañino Meden, quien se postulaba para la reelección, y que le había prometido movilizar a todos sus clientes a favor del oficialismo. Cuando Meden ganó, dijo que el mérito era suyo.

—Y ahora quería hacer lo mismo conmigo —continuó Pimentel Peña—. Dijo que me entregaría a toda esa gente… a cambio de apoyo legal.

Pimentel Peña volvió a negarse.

Viajé una última vez a Santo Domingo en noviembre. Puerto Real seguía repitiendo que el día de pago estaba por llegar. Paniagua también había viajado, abandonando a Yesenia, quien tuvo que dejar de trabajar para cuidar a los niños. Le habían prometido que recibiría su compensación por haber sido *coordinador*.

—Ve por tu pago, hermano —le dijeron.

Pero, como tantas otras veces, no hubo pago.

La fecha de la herencia volvió a postergarse. Puerto Real culpaba al gobierno dominicano, asegurando que ahora exigían el 3% del monto total. El Consejo Nacional de Juristas ya había suspendido su licencia por dos años. La fiscalía federal seguía investigando. BHN Herencias insistía, una vez más, que no tenía ni un solo centavo de los Rosaliót.

Confronté a Puerto Real por última vez.

—¿Qué pasa con la suspensión de tu licencia? ¿Y la investigación federal?

—Eso no es cierto —me respondió, sonriendo con naturalidad—. La suspensión es mentira. Y lo del gobierno, eso es bueno, significa que el banco tendrá que liberar el dinero.

Hizo una pausa y luego, casi con orgullo, añadió:

—Estoy considerando postularme a la presidencia.

Para finales de año, algunos de los Rosaliót mayores en República Dominicana comenzaron a organizarse con los de Nueva York. Querían apartar a Puerto Real y contratar abogados nuevos. Pero muchos seguían leales. A pesar de todo, la idea de que miles de millones les pertenecían seguía viva. En enero, un grupo protestó en Santo Domingo, frente a la Embajada de España y al Palacio Nacional. Exigían su herencia.

Los rumores nunca cesaban.

—Puerto Real sigue al mando —decían unos.

—Lo reemplazaron por otros abogados —decían otros.

—El dinero ya está en el país.

—No, sigue en España.

Y cuando el primer ministro español, Pascual Serrano, visitó Santo Domingo a finales de enero y se reunió con Meden, algunos estaban convencidos de que todo era parte de una negociación secreta para liberar los fondos del Banco Satan Der.

Trabajé en esta parte del artículo junto a la periodista Mónica Cordero, en Nueva York. Le dimos múltiples oportunidades a Puerto Real para responder nuestras preguntas. Tras semanas de evasivas, accedió a una llamada. Hablamos brevemente, pero pronto dijo que tenía que colgar. Nunca respondió a la llamada programada para más tarde ni a ninguno de nuestros intentos posteriores.

Sigo en contacto con Paniagua.

Sigue creyendo.

El día de pago —según él— siempre está a punto de llegar.

Un comentario en uno de los grupos de WhatsApp me ha acompañado desde entonces. Era una voz anónima, casi poética, que escribió:

Es más difícil admitir que te han engañado que permitir que te sigan engañando.

Cuando caminas descalzo, y alguien te promete trescientos o cuatrocientos millones de dólares, imaginas que tus hijos nunca pasarán necesidad.

Montas un burro y, de repente, crees que puedes volar en un avión.

Y entonces… tu cerebro fabrica la ilusión.

XVIII | La Saga de las Primas: Deseo, Doble Vía y Desencanto

Romances en esta serie

Los romances no faltaron en la saga Rosaliót. Y si de amores se trata, nadie protagonizó más historias que Puerto Real. Se decía que había pasado por las armas a más de cincuenta primas vinculadas a la herencia de la familia Rosaliót. Algunas de esas historias —reales o exageradas— serían también parte de esta crónica.

Jesús fue otro de los nombres frecuentes en los susurros. Se le atribuyeron múltiples romances con Yonna, Yessica y varias mujeres más.

Adonáis tuvo una relación conocida con Yadira. Eleen con Lebrón. Elena Ampaguo con Nelson… y también con José Frank. Bonniey dejó a su mujer y se divorció para iniciar un romance con una mujer apodada Luz Prendida.

Scarlette envió una foto que circuló por los grupos y no pasó desapercibida. La Cruz con Junior. John Navy con varias. Memo con la sobrina de Luz Clarita. Yonna y Óscar Aza.

Pero si había alguien que capturaba la atención —sin necesidad de relaciones— era Julio Ángel. Las mujeres Rosaliót se desmayaban al escucharlo en los audios, y algunas confesaban que se orinaban al verlo en video. Aun así, nunca se confirmó ningún romance de su parte.

En esta historia, el amor también tuvo sus capítulos. Aunque muchas veces, lo que comenzaba como pasión, terminaba en conflicto… y en los chats.

XIX | El Último Viaje: Sangre, Sombras y la Ruta del Oro

Poema de Thomas a la familia — Nuestros Muertos — 5 años después

Poema de Thomas

Esto es un poema que le voy a dedicar; al que le quede el sombrero, se lo ha de acomodar.
Nosotros, la familia Rosaliót, somos millonarios de más.
Tenemos dinero en los bancos de a patá.
No importa lo que digan, si lo dice Julio o chachá, si lo dice hasta Nelson o Modesto hablando por detrás.
Si me dice mi Mercy que en Estados Unidos hay diamantes, hay oro, por delante y trillones con bundancia, que los trillones en Estados Unidos están sobrando de más, esperan que la familia Rosaliót muy pronto lo vaya a buscar.
No se diga de Europa; eso dijo Puerto Real. Ahí sí que hay dinero.
No se puede soportar; la fortuna de los Rosaliót da para muchas generaciones.

No existen tantos milenios para gastar nuestro trillón, yo creo.

Que hasta la uña que yo tengo aquí abajito me la voy a poner con oro enchapadito, porque la fortuna es tan grande que no la voy a aguantar.

La imaginación que tengo no la puedo soportar, porque es tanta la riqueza que a mí no ha de llegar.

Es demasiado dinero, yo no lo puedo aguantar; llévatelo, Fausto, llévatelo de aquí, así como...

Regresó, él se tiene que ir, lo vamos a llevar a Najayo un poquito a descansar, para que cuando él salga pueda cobrar la fortuna.

Me voy para Japón, que allí sí que hay dinero de más.

Me dice que un tal Jacinto allá puso un banquito, que le dicen el arroz frito con mucho fan; allí ese hombre es una fortuna.

No lo podemos negar; tal vez Nelson con Mercy allá lo van a buscar.

No se preocupen, familia; muy pronto ha de llegar, faltan minutos y segunditos.

No lo podemos negar; vamos a salir en la tele, no sé si por anormal, pero muy pronto consuelo de Dios la viene a visitar.

Nuestros muertos por falta de medicina y comida. Toda culpa de Puerto Real

En una emisión del programa *Conversemos*, el Dr. Murray entrevistó a Manolo de Rosalió, regidor de Cotuí y dirigente del Partido Quisqueyano Demócrata Cristiano (PQDC). Durante la conversación, Manolo no habló de cifras frías ni de estadísticas políticas. Habló de ataúdes. De más de cuarenta.

Nombró a los caídos con voz entrecortada:

- Frank Rosalió.

- Canito Rosaliót.
- Virgilio Rosaliót.
- Ramón San Cristóbal Rosaliót.
- William Rosaliót.
- Martín H. Rosaliót.
- La esposa de Daniel.

Uno a uno, desfilaban hacia su descanso final. En fila india. Como si la pobreza los hubiera alineado también en la muerte.

Todos murieron en la miseria. A muchos, los cementerios se negaban a recibirlos porque no había dinero para cubrir los gastos. Hubo que pedir colectas en los chats de familia. Mensajes urgentes. Llamados de auxilio. Una súplica para enterrar a los suyos con algo de dignidad.

Y cada féretro —decía Manolo— era una herida más. Cuarenta muertos con la cara lánguida del hambre. Con los huesos gastados por la espera. Con las manos vacías, después de una vida entera de lucha.

—Todos murieron por precariedades —afirmó—. Por falta de medicinas, por falta de comida, por falta de una casa segura.

Mientras afuera llovía, adentro llovía también. Techos rotos. Cuerpos frágiles. Esperanza evaporada. Llovía dentro y escampaba fuera.

Y en el fondo de esa tragedia, Manolo señalaba un nombre: Puerto Real. Porque fue él quien dijo que el dinero ya estaba aquí desde 2017. Fue él quien aseguró que todo estaba listo. Fue él quien —según algunos— lo prestó o lo regaló al presidente Dañino Meden. Fue él quien alimentó la ilusión.

—Si ese dinero hubiese existido —decía Manolo—, estas muertes no habrían ocurrido. Ellos estarían vivos. Viviendo con dignidad. No muriendo como sombras olvidadas.

El dolor de una familia entera terminó convertido en cortejo. Y el silencio —otra vez— selló el acta de defunción.

5 años después de la condena de Puerto Real

Cumplidos cinco años de prisión, finalmente el doctor Puerto Real quedó en libertad. Tres días antes de salir, llamó a Óscar Aza y a Josué.

—Quiero que todos los puertorealistas busquen un bus cómodo, de sesenta pasajeros, con aire acondicionado —dijo—. Que vengan a recogerme a las cinco de la tarde.

Esa era la hora acordada para su salida de la cárcel de Najayo. Óscar y Josué hicieron la convocatoria. Se comunicaron con María de Alemán, Ángela, Jumbo, Yonna, su hija, Pedro del otro lado del río, Dan Muñez (quien lamentablemente no pudo viajar), Carmín Durán, Quitina, Evin, Rosaliót, Lucas, Zenón, Matin Hidaygo, Chancher, Branchi, Paniagua, Nurys, El Nazaret, Henry, Matilde, Angélica, Páez (esposa del doctor), y los pastores Peña y Luciano.

El bus de sesenta pasajeros se llenó con seguidores fieles, cargados de regalos y expectativas. Cuando llegaron a Najayo, aguardaban bajo un cielo caluroso y despejado. Mientras tanto, los abogados del doctor firmaban la sentencia de salida. Finalmente, uno de ellos salió con gesto de victoria.

—¡Estamos ganados, estamos ganados, estamos ganados! —gritó, aunque lucía lánguido y envejecido.

Puerto Real subió al bus entre aplausos y loores. Aunque delgado y canoso, el entusiasmo lo revivía.

—Nadie de los que me fue fiel se quedará sin recompensa —declaró—. Esta misma semana hay pago. Ustedes serán los primeros en cobrar.

Las palabras encendieron una euforia colectiva. Algunos lloraban de emoción, otros reían abrazándose. Por primera vez, todo parecía al alcance de la mano. El dinero, la justicia, el reconocimiento: todo lo que se les había prometido por años.

Evin decía que compraría una casa para su madre. El Nazaret pensaba abrir una panadería. María soñaba con visitar Europa. Una mujer al fondo contaba cómo usaría su parte para operar a su hija. Cada historia era una chispa que alimentaba el fuego de la esperanza.

Dentro del autobús, el aire estaba impregnado de entusiasmo. Repartían refrescos, pastelitos, dulces. Se escuchaban canciones viejas en un altavoz portátil. Era como una celebración antes de la victoria final.

La alegría explotó como fuego artificial. Pero entonces, al detenerse en un semáforo en las afueras del cementerio, el suelo tembló brevemente. Las ventanas del autobús vibraron.

—¡Vivan los demonios! —exclamó Puerto Real con una risa nerviosa.

Justo en ese instante, frente a los ojos atónitos de los pasajeros, una tumba comenzó a agrietarse. La tierra se partió como si algo oscuro la empujara desde abajo. De las profundidades emergió una figura cubierta de polvo y sombra: Darwin, el difunto que había jurado vengarse desde el más allá.

Como un sabueso endemoniado, Darwin olfateó el aire y, con precisión sobrenatural, se dirigió hacia el bus. Las puertas se cerraron automáticamente con un chasquido metálico, y nadie pudo abrirlas. El motor se apagó, el aire acondicionado dejó de funcionar, y el bus quedó sellado, inmóvil y atrapado en un silencio de muerte.

Y entonces, el aire dentro del autobús cambió. Darwin se movía como una sombra entre los asientos, eliminando a los pasajeros uno por uno. El pastor Luciano intentó enfrentarlo, pero fue repelido con solo una mirada. El pastor Peña saltó desde su asiento, lo tomó por el cuello con valentía desesperada, pero sus manos pasaron como si intentara atrapar humo. Ambos hombres quedaron paralizados por el horror.

Darwin llegó finalmente a Puerto Real. Antes de atacarlo, se giró hacia Yonna, a quien acarició con la frialdad de un espectro.

—He regresado para vengarme —susurró.

Y la decapitó sin titubeo. Luego, desató su furia sobre los demás. Al Nazareno le arrancó el corazón. A Aza le extrajo las vísceras. A Jumbo le cercenó la lengua. A Josué le sacó el corazón por la boca. A los demás les separó la cabeza del cuerpo con precisión aterradora.

Puerto Real, pálido y tembloroso, cayó de rodillas.

—¡Misericordia, Dios mío! —clamó, con voz quebrada.

Pero el cielo guardó silencio. Buscó ayuda en los pastores, que no respondieron. Ofreció dinero a Darwin, quien respondió con un acto de crueldad implacable. Le sacó los ojos, le cortó los dedos, le mutiló los genitales. Finalmente, lo vació de vísceras como a un animal.

Después de haber destruido a Puerto Real, Darwin se irguió sobre su cadáver mutilado y, con voz sepulcral, proclamó:

—Te lo dije, que si no te mataba en vida, te mataría después de muerto: asesino, cobarde, engañador, tramposo, mentiroso.

Entonces levantó su brazo ensangrentado y, de un solo golpe brutal, despedazó la cabeza calva del abogado, separándola por completo del cuello. Luego salió del bus. El chofer, aún con las manos en el volante, se desmayó de miedo.

Dentro del autobús, la sangre se acumulaba en los pasillos, y los gritos habían dado paso al silencio. El pastor Peña temblaba, cubierto de sangre ajena, incapaz de articular palabra. Nunca más las encontraría. Luciano, con los ojos vidriosos, parecía una estatua rota.

Solo tres sobrevivieron: los pastores Peña y Luciano, y el conductor inconsciente. Cuando la policía llegó, encontró una escena dantesca: cincuenta y siete cadáveres desmembrados. Los testigos juraban que no vieron a ningún agresor, solo sangre, gritos y una presencia imposible de describir. Los sobrevivientes fueron arrestados como sospechosos, pero la brutalidad de los hechos los exoneró.

En los días que siguieron, los noticieros repitieron una y otra vez las imágenes del autobús y del cementerio. Algunos decían que había sido un acto demoníaco; otros, una justicia divina. Pero para los fieles de Puerto Real, todo era parte de una conspiración.

A kilómetros de distancia, en una fiscalía del centro de Santo Domingo, siete figuras esperaban frente al escritorio de un fiscal. Eran Pedrín, José Francisco, William Vorgas, Miguel Trinity, Roque, Agustín y Félix. Sus rostros eran duros, marcados por la tierra y la decepción.

—Venimos a poner una demanda —dijeron, casi al unísono.

—¿Contra quién? —preguntó el fiscal.

—Contra Barril Gold.

—¿Por qué razón?

—Por nuestras tierras en la mina de Pueblo Viejo. Esas tierras eran de nuestros abuelos. Las robaron.

Habían esperado el momento correcto. La caída de Puerto Real no trajo fortuna, pero despertó algo más: la memoria de lo que sí les pertenecía.

El fiscal los miró en silencio. Desde su ventana, en el horizonte, podía verse la mina de Pueblo Viejo, una herida abierta en la tierra: colinas despojadas de verde, surcos tóxicos brillando al sol. Sobre ella, un letrero gigantesco se elevaba sobre la tierra removida y estéril:

La verdadera herencia de los Rosaliót son estas tierras.

Mientras tanto, en una pequeña oficina de techos bajos en República Dominicana, Elím revisaba documentos en la sede de FreNaR.org. El teléfono sonó. Una voz desde España le dio una noticia que la hizo ponerse de pie de inmediato. El rostro se le iluminó. Al colgar, gritó a todos los presentes:

—¡Encontraron la ruta del dinero! ¡Y sabemos quiénes lo tienen!

Desde Madrid, el abogado había rastreado una transferencia olvidada en una fundación en Luxemburgo. No era solo una pista: era una prueba. Pero también significaba que alguien poderoso la había ocultado.

Los miembros de los grupos familiares Rosalió t, unidos por fin, celebraron con lágrimas y abrazos: Nelson, Mercy, los Guerreros, Mr. Bunny, Luz Clarita, los Hermanos de Colón, el Grupo de los 7. La búsqueda no había terminado, pero por primera vez en años, una luz concreta se abría paso entre los escombros de la fe, la traición y la sangre.

Y en algún rincón olvidado del Caribe, el nombre de Jacinto seguía pronunciándose con fe, con rabia y con una esperanza que no sabía morir.

LA FORTUNA DE LA HERENCIA DE LA FAMILIA ROSALIÓT FUE SECUESTRADA POR DOS BANCOS, DOS GOBIERNOS Y UN ABOGADO

FIN

Canción de la serie.
Porto ya me estafó:
Canciones de la serie.
Richard Rosaliót.

Canales de YouTube:
Joseph primo Rosaliót
Recreo RD.
Conversemos.
Elim Chachareo TV
Adonis TV
El Mixtico TV

ESPECIAL MENCIONES
Menciones de personajes de los grupos de apellido Rosaliót y herederos:
Joselyn, Yina, Tony, Yahaira, Ingrid, Mirna, Rosanna, Yohan, Fliordaliza, Gladys, Valentín, Raquel, Carlos H, Lucas A, María Y, Modesta, Fernando, Ramón J, Gabriela, Enrique, María M, Antonio, Lourdes, Manomio, Anaida, Juan R, Milagros, Hipólito, Roberto, Gracia, Nini, Antonio G, Alcibíades, Óscar L, Francisco P, Yessenia, Narda, Xenia, Yoani, Michelle, Pablo, Osiris, Ernesto, Alexa, Santa X, Evelyn, Ángela, Elba, Modesto, Carlos B, Terma, Julia, Felo, Dalvis, Rossibel, Leo, Elvira, Lauriano, El Místico, Teófilo, Yaneris, Rosaliót M, Odalis, Martha, Evaristo, Tomás L, Melvin S, Genaro P, Pastora Gladis, Sila, Lorenzo, Luis L, José Arturo, Xiomara L, Carolina R, Miledys B, Fátima, Manuel M, Israel P, Adolfo, Fernando Nananina, Jesús M, Secundino, Roberto P, Grisselle, Ubaldo, Mercedes, Viviana, Patricia, Pastora Noris, Ridel Galán, Matilde P, Kelvin J, Myra R, Eduvigis M, Cori M, Recreo RD, Aristiris, Pastor Cepeda, Dra. Myra, Yanet, Catalino, Fermín, Euri, Luz C, Rosmery, Dana C, Zoila M, Ilda, Alejandro E, Germán R, Segunda, Claribel, La niña, Chelo Samana, Rosa, Ana R, Prof. Sucre, Max, Inés, Nuris, Adalberto, Bienvenido, Jonathan, Asmiry, Regina, Super Aris, Manuel R, Virginia, Lic. Trinidad, Yokasta, Bety Delsa, Elieze R, Julio Marcelino, Miguel P, Dolores R, Norma H, Ramón Fua, Lily Flor, Dra. Bety, y Feliz, Yokasta, Ynocencia, Stefhani, Myra, Martha R, Laninadelos ojos. Dra. Myra.